覆雨翻雲
黃易
作品集
卷三
【修訂版】

【目錄】

「目錄」

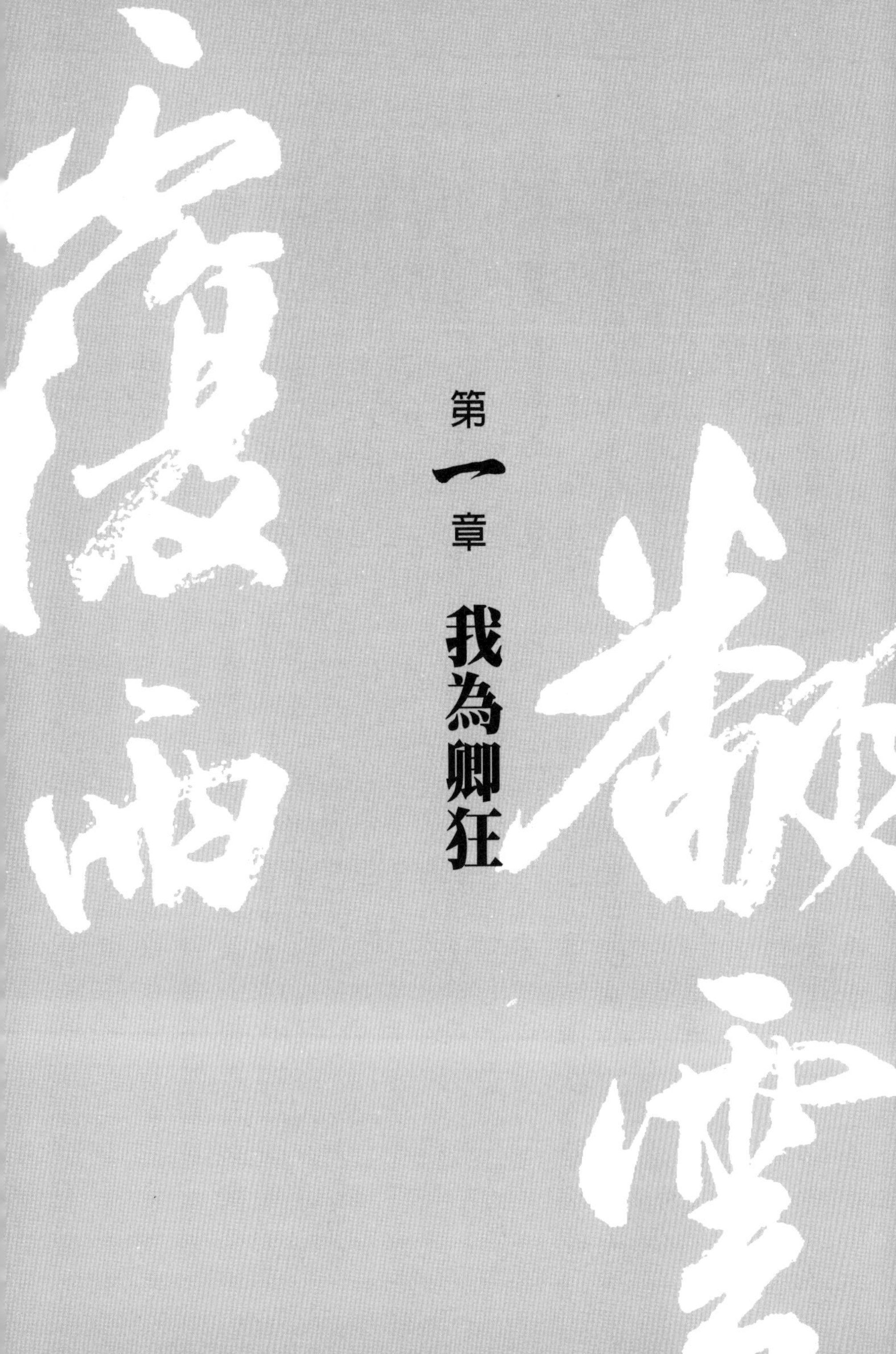

第一章 我為卿狂

第一章 我為卿狂

一道影子在曙光微明的街道掠過，轉入一條窄巷裏，到了巷子的中段處，輕輕躍起，翻過牆頭，落在一座土地廟旁的空地上，站定，原來是八派聯盟之一入雲觀的種子高手雲清。她娟秀的臉龐略見嫣紅，呼吸微呈急速，當然不是因爲疾行的關係，只不知何事會令她如此緊張。

雲清深吸了一口氣，輕叱道：「范良極！你還不出來？」

四周靜悄無聲。雲清跺腳道：「我知你一直跟著我，你當我不知道嗎？快滾出來！」

一聲嘆息，來自身後。雲清絲毫不以爲異，霍地轉身。只見范良極坐在土地廟正門前石階的最頂處，蹺起二郎腿，剛從懷中掏出旱煙管，放上煙絲，準備燃點。

雲清被范良極糾纏多年，直到今天才和對方正面相對，心中湧起一股極爲奇怪的感覺，似是非常熟悉親切，又像是陌生非常。無論是怒是恨，她腦海中想像出來的印象和眼前眞實活生生的范良極，驀然合二爲一。忽然間，她一句話也說不出來。

范良極深深望了她一眼，佈滿皺紋卻又不脫頑童調皮神氣的老臉綻出一絲苦澀的笑容，打著火石，點燃煙草，深深地吸了兩口。雲清正想著范良極那抹苦笑包含的意思，范良極吐出一串煙圈，乾咳數聲後，嘆道：「雲清婆……噢……噢……雲清小姐，你知不知已墜入了敵人的陷阱裏？」他叫慣「雲清婆娘」又或「雲清那婆娘」，幾乎順口溜出，幸好立即改口，不過早抹了一把冷汗。

雲清乃馬峻聲的姑母，馬峻聲生父馬任名的妹妹，但卻是庶母所出，父親對她兩母女並不大理會，所以雲清之母四十未到便憂鬱而終，剩下雲清更是孤苦，後來在一個機會下，爲過訪的入雲觀第一高手百慈師太看中，帶回入雲觀，成爲該觀出類拔萃的高手。她和馬峻聲之父馬任名的關係一向不太好，但對馬峻聲兄妹卻極爲疼愛，所以知道了韓府之事後，連忙趕來助陣。此刻聽到這苦苦糾纏自己的死老頭溫柔地稱自己爲小姐，本要糾正他應稱她帶髮修行的道號「雲清」才對，不知如何，卻說不出口來，微怒道：「不要扯開話題，還不把你偷了的東西交出來？」

范良極灼灼的目光貪婪地直視著她的臉龐，緩緩道：「我們有命離開這裏再說吧。」

雲清一愕，忘記了范良極可惡的「賊眼」，奇道：「你不是在說笑吧？」

范良極乃黑榜高手，她雲清亦是白道裏高手中的高手，除了龐斑外，誰能取他們性命。不知不覺裏，她將自己和范良極放在同一陣線上，這並非說她這就愛上了范良極，而是她女性的直覺，使她知道范良極不會傷害她，縱使他非常「可厭」。

范良極再吸一口煙，優優閒閒地道：「打一開始，由韓府凶案起，到你們種子高手圍攻龐斑，八派聯盟便一直給方夜羽牽著鼻子走，可惜你們還懵然不知。」

雲清被范良極奇峰突出的話吸引住，渾然忘了此次逼范良極出來的目的，微嗔道：「不要盡是聳人聽聞，若你不交代個道理出來，我便……我便……」她本想說我便以後不和你說話，因爲這是她能想出來對這老頭最大的懲罰，但回心一想，如此一說，豈非變成和對方打情罵俏，臨時將到了喉嚨的話兒吞回去，不過粉臉早燒得通紅。

范良極精靈的賊眼大放光芒，歡嘯一聲，彈起打了個觔斗，又原姿勢坐回石階上，興奮地道：「我說我說，不要不理睬我。」

雲清氣得跺腳轉身，背對著他道：「你不要想歪了，快說出來！」這次連耳根也紅透了，自出生以來，范良極還是第一個讓她嚐到被追求的滋味，其他男人，怎敢對她有半句逾越的話。

范良極道：「我很想和清妹你仔細詳談，但人家等了這麼久，早不耐煩了。」此老頭臉皮之厚，確是天下無雙，竟然打蛇隨棍上，喚起人家「清妹」來了。雲清先是勃然大怒，但接著聽到他話中有話，連忙收攝心神，耳聽八方。風聲響起。一高一矮兩人越牆而入，落在她身前丈許開外。雲清一見這兩人，立即想起兩個離開了中原武林多年的人物，心中一懍，不由往後疾退，直來到范良極身旁，心中才稍定了點，這並非表示她膽怯，而是身爲八派聯盟的十八種子高手之一，都曾接受最嚴格的戰鬥訓練，最懂利用形勢，使自己能盡情發揮所長，而眼前的環境下，她唯一求勝的法門，就是和范良極聯手抗敵，捨此再無他途。

高的那個人面如鐵鑄，兩眼大若銅鈴，左臉頰有一道深長的刀疤，由左耳斜伸至嘴角，模樣嚇人至極，右手提著一個獨腳銅人，看去最少有百斤之重，但他提著卻像輕若羽毛，沒有半點吃力的感覺。矮的那人是個禿子，腰纏連環扣帶，肩頭寬橫，方面厚唇，使他整個人看來像塊四方的石頭，但一對眼卻細而窄，裏面凶光閃爍，一看便知是凶殘狠毒之輩。

范良極吐出一個煙圈，用眼上上下下打量著兩人，笑咪咪道：「『萬里橫行』強望生、『禿鷹』由蚩敵，你們做了這麼多年縮頭烏龜，定是悶壞了，所以現在要伸出脖子來透透氣了吧！」

禿頭矮子由蚩敵長笑起來道：「我還道『獨行盜』范良極是個甚麼不可一世的人物，原來只是隻乾又瘦的老猴，如此推之，所謂黑榜十大高手，都是中原小孩兒們的遊戲。」

雲清叱道：「我明白了，你們是龐斑的走狗！」

強望生全無表情的刀疤鐵臉轉向雲清，巨眼盯著雲清，道：「不要抬捧自己，你還不足以令我們兩人出手，我們只是利用你引這老猴從他猴洞跳出來。」他樣子可怕，但偏是聲音厚而雄渾，悅耳異常，使人感到分外不諧和。

雲清恍然，難怪剛才自己逼范良極現身時，對方如此不情願，原來早看破了兩個魔頭的陰謀。沒有人可以捉到盜中之王。可是這個大盜卻爲了她，犧牲了最大的優勢，被迫要和兩大魔頭動手硬拚。她心中一陣感動，不由看了范良極一眼，這老頭雖是滿臉皺紋，但卻有著無與倫比的生氣、活力、鬥志，一種遊戲人間的特異吸引力。自己會愛上他嗎？不！那是不可能的，他不但年紀可作自己父親有餘，連身材也比自己矮上一截，毫不相配，何況自己也可算半個修道的人，眞是想也不應該朝這方向想下去。可是心中總有一點怪怪的感覺。

范良極的大笑將她驚醒過來。這名懾天下、獨來獨往的大盜眼中閃起精光，盯著強望生和由蚩敵道：「方夜羽確是了得，我和清妹的事天下間能有多少人知道，竟也給他查探出來，佩服佩服！」

雲清來不及計較范良極再喚她作清妹，心底一寒，這大盜說得沒錯，她從沒有將范良極暗中糾纏她的事告訴任何人，誰會知道？難道是……心中升起一個人來。

由蚩敵手落到腰間一抹，兩手往兩邊一拉，多了一條金光閃閃的連環扣索，嘿然道：「這個問題你留到黃泉路上見閻王時再想吧！」

就在此時，范良極張口一噴，一道煙箭緩緩往兩人射去，到了兩人身前七、八尺許處，「蓬」一聲爆開來，變成一天煙霧，聚而不散，完全封擋了對方的視線。

那范良極一閃身來到她跟前，低喝道：「走！」雲清心下猶豫。敵人的目標是范良極，自己要走，對方高興還來不及，絕不會攔阻，可是自己怎可捨他而去？

勁風壓體而來。范良極見她失去了逃走的良機，豪情湧起，大笑道：「清妹！讓我們聯手抗敵吧。」手微揚，煙桿彈起滿天火星熱屑，往凌空撲來的由蚩敵彈去。接著煙桿敲出，正擊中由煙霧裏橫掃而來的強望生重型武器──獨腳銅人的頭頂處。

禿鷹由蚩敵之所以被稱爲鷹，全因他輕功高絕，見火星迎面由下而上罩至，知道每粒火屑都含有范良極的氣勁，不敢輕進，提氣輕身，竟腳不觸地再來一個盤旋，手中連環扣轉了個小圓，火星立時激濺開去。

「噹！」煙桿頭敲在銅人頭上。強望生悶哼一聲，踉蹌退回煙霧裏。范良極也好不了多少，觸電般往後疾退，幸好在他背後的雲清剛剛躍起，衣袖上拂，迎向由蚩敵掃來的連環扣。

在碰上雲清的流雲袖前，原本挺得筆直的連環扣忽地軟下來，水蛇般纏上雲清的流雲袖，由剛轉柔，妙至毫巔。「叮！」雲清一聲嬌叱，衣袖滑下，雙光短刃挑出，挑在連環扣上。由蚩敵放聲大笑，借力彈上半空，兩腳踢擊刃尖，變招之快，令人咋舌。雲清避無可避，流雲袖飛出，蓋過雙刃，拂在敵腳之上。「霍霍！」強烈的氣流，激盪空中。雲清悶哼一聲，往後飛跌。她雖是十八種子高手之一，但比起這蒙古的特級高手，無論招式功力均遜一籌，尤其在經驗上，更是差了一大截，兩個照面立刻落在下風。

一隻手托上她的蠻腰，接著響起范良極的大喝道：「走！」一股巨力送來，雲清兩耳生風，騰雲駕霧般給送上土地廟的屋脊。雲清扭頭回望，只見下面的空地上勁風旋飛激盪裏，三條人影兔起鶻落，迅快地移動著，在那團愈來愈濃，不住擴大籠罩範圍的奇怪煙霧裏穿插著，金鐵交鳴之聲不停響起，戰況激烈異常。雲清至此對范良極不禁由衷佩服，這強望生和由蚩敵任何一人，站到江湖上也是一方霸主的身分，現在兩人聯攻一人，仍是平分秋色之局，可見范良極的眞正功夫，是如何的深不可測。這個念頭還未想完，下面的戰鬥已生變化。范良極悶哼一聲，往後踉蹌而退。此消彼長，強望生和由蚩敵兩人的攻勢倏地攀上巔峰，風捲殘雲般向仍在疾退的范良極狂追而去。

雲清嬌叱一聲，躍了下去，雙光刃全力下擊，以她的武功，這下無疑是以卵擊石，不過危急間，她早無暇想到自身的安危了。豈知看似失去頑抗能力的范良極炮彈般由地上彈起，迎上撲下的雲清，雙手緊摟著她的纖腰，帶著她沖天直上，越過了土地廟屋脊達兩丈外的高空，升速之快，高度之驚人，直使她瞠目結舌。雲清想不到范良極來此一著，又勢不能給他來上兩刀，嚶嚀一聲，已給他抱個結實，身子一軟，早來到高空之處。由蚩敵兩大凶人怒喝連聲，齊齊躍起追來。同一時間，鄰近土地廟的屋頂上百多名武裝大漢冒出，形成一個廣闊的包圍網。

范良極摟著雲清在高空中突地橫移兩丈，沒有絲毫下墜之勢，輕功的精純，令敵人也嘆爲觀止。追來的強望生輕功較遜，一口氣已盡，唯有往下落去。禿鷹則顯出其「鷹」的本色，雙臂振起，一個盤旋，往兩人繼續追去。范良極這時和雲清來到了離包圍網三丈許的高空，去勢已盡。敵人的好手們無不伸頸待望，只要范良極落下來，立即圍殺，以他們的實力，加上強望生和由蚩敵，可說有十成把握將兩人留在此地。

范良極怪笑一聲，大叫道：「清妹合作！」一甩手將雲清送出。眾人齊聲驚喝，不過回心一想，只要留著你范良極，雲清走了也沒有甚麼大礙。雲清果然非常合作，提氣輕身，任由范良極將她像一塊石子般投往十多丈外的遠處。

禿鷹這時離范良極只有丈許之遙，卻剛剛低了丈許，若范良極掉下來，剛好給他撲個正著，時間角度和速度的拿捏，均精采絕倫。禿鷹面容森冷，心中卻是狂喜，因爲他知道范良極氣濁下墜的一刻，也就是這黑榜高手喪命的一刻。他眞不明白爲何范良極竟肯爲一個女人將自己陷進死局裏去，換了他，這種蠢事絕對不幹。就在此千鈞一髮的緊張時刻，范良極扭頭向由腳底下側「飛」來的由蚩敵俏皮地眨了眨左眼。由蚩敵大感不妥。「颼！」絕沒有可能發生的事情發生了。

范良極竟向著雲清的方向，追著雲清遠距四丈開外的背影，箭般飛過去，刹那間高高逾過己方最外層的包圍網。由蚩敵怪叫一聲，氣濁下墜。當他踏足實地時，剛想彈起再追，忽然停了下來，愕然向站在丈許外，神情肅穆、凝立不動的「萬里横行」強望生道：「你幹嘛不追？」

強望生沉聲道：「我中了毒！」

由蚩敵臉色一變，望向強望生身後二丈許處那團正開始逐漸消散的煙霧，道：「你也太大意了，范良極噴出來的東西，怎可吸進……噢！不！我也中了毒，明明是閉了氣……」

雲清閃入路旁的疏林裏，范良極如影隨形，貼背而來，雲清怕他再摟摟抱抱，忙閃往一旁。豈知范良極腳才觸地，一個踉蹌，正要變作滾地葫蘆時，雲清忘了女性的矜持，一伸手抓著他的肩頭，將他扶著，靠在一棵大樹坐了下來。

雲清的焦慮實在難以形容，八派的人應早離開黃州府往武昌的韓府去了，現在范良極又受了傷，自己孤身一人，如何應付強大的追兵。

范良極乾咳數聲，喘著氣道：「給我取藥瓶出來……」

雲清道：「在哪裏？」看看范良極眼光落下處，臉一紅道：「在你懷裏？」

范良極面容誇張地扭曲，顯示出他正忍受著很大的痛苦，勉強點點頭。雲清猶豫片晌，一咬牙，終伸手到范良極懷裏，只覺觸手處大大小小無數東西，其中有一卷狀之物，心中一動，知道這是自己要找的東西。一個念頭升起，假設先取去這卷東西，不是達到了此行的目的嗎？

范良極發出的一聲呻吟，使她驚醒過來，一陣慚愧，姑不論自己是否喜歡對方，但人家如此不顧性命保護自己，還受了傷，她怎還能有此「乘人之危」的想法。忙放開那文件，摸往其他物品，最後摸到一個比拇指大上少許的瓶子，拿了出來，一看下愕然道：「這不是少林的『復禪膏』嗎？」

范良極再呻吟一聲，啞聲道：「是偷來的！快！」張開了口，迫不及待地要雲清給他餵服這少林的鎮山名藥。

雲清沒有選擇下，低下頭，研究怎樣才可把瓶蓋弄開。范良極閉起的兩隻眼睛張開了一隻，偷偷得意地看了雲清一眼，剛好雲清又抬起頭來，嚇得他連忙閉上，否則便會給雲清看破了他的傷勢，實沒有表面看起來那麼嚴重。「卜！」瓶塞彈了開來。

雲清將瓶嘴湊到范良極像待哺芻鳥般張開的口邊。一滴、兩滴、三滴，碧綠色的液體落進他口腔內，清香盈鼻，連嗅上兩下的雲清也覺精神一爽，氣定神清。瓶內裝的只是三滴介乎液體和固體間的復禪膏。范良極閉上眼睛，全力運功，讓珍貴的療傷聖藥擴散體內，這次倒不是假裝，強望生搗在他背心的那一下，若非化解得法，兼之他護體氣功深厚無匹，早要了他的命。

半盞熱茶的工夫後，范良極長長吁出一口氣，望向半蹲半跪在身前近處，面帶憂容的雲清道：「不用怕，我包保沒有兩炷半香的時間，他們也不能追來。這兩隻老鬼眞是厲害，不過他們也要求上天保佑，不要被我找到他們任何一人落單的時候，否則我定叫他吃不完兜著走，哼！此仇不報，我以後便在黑榜上除名。」

雲清剛才全神關切范良極的傷勢，又爲了方便餵藥，所以貼得范良極頗近，范良極閉目療傷時還沒覺得有甚麼問題，但現在范良極復元了大半，灼灼的目光又死盯著自己，互相鼻息可聞，哪會不感到尷尬和不自然，但若立刻移開，又著跡非常，慌亂中問道：「爲甚麼他們兩炷半香內不會追來？」

范良極見心上人肯和自己一對一答，眉飛色舞地道：「你聽過『醉夢煙』沒有？」

雲清皺眉思索，心裏將醉夢煙念了數遍，猛然驚醒道：「那不是鬼王府的東西嗎？但那只會使人淨心安慮，聽說鬼王虛若無招待朋友時，總會點起一爐這樣的醉夢草，不過那可是沒有毒的。」跟著瞪著范良極，語帶責備道：「又是偷來的吧？」

范良極搔頭道：「當然是偷來的，我老范是幹哪一行的。」旋又興奮起來道：「就因爲這種煙草是無毒的，才能使那兩隻鬼東西中計，這種草燒起來妙不可言，不但遇風不散，還能經毛孔侵入人體內，使人的氣血放緩，武功愈高，感覺愈強，會令人誤以爲中了毒，運功驅毒又無毒可驅，到他們發現眞相時，我們早走遠了，哈！」

雲清不禁心中佩服，這老頭看來雖半瘋半癲，其實謀定後動，極有分寸，想起另一事，臉色一沉問道：「那繫在我腰間的細線又是從哪裏偷來的？」

范良極略微猶豫，有些不好意思地道：「你認不得那是你們上代觀主的『天蠶拂』嗎，那次我到入雲觀探你，見到這樣的寶貝放在靈位旁，不拿實在可惜，但我又不用麈拂，便拆了開來，結成天蠶線，今天靠它救了一命，可見貴先觀主並不介懷，所以才如此庇祐。」此人最懂自圓其行之術，隨手拈來，有若天成。

雲清心道：他的話也不無道理，與其陪死人，不如拿來用了，也虧他危急時竟想出把天蠶線綁在自己腰間，拋出她時借力逃離敵人的包圍網，心手之靈快，令人嘆服，不過想歸想，表面上可不要給這「可惡」的大賊看出來。兩眼一瞪，冷冷道：「那次除了天蠶拂外，我們還不見了三顆『小還陽』，你……」話還未完，范良極老老實實伸手入懷，一輪摸索，最後掏出一個臘封的小木盒，遞了過去。

雲清緊綳著臉，毫不客氣一手接過，道：「還有……」范良極苦著臉，再伸手入懷，掏出那被捲成一小球的天蠶絲，另一手舉起，作了個投降的姿勢。雲清看到他的模樣，差點忍不住要笑了出來，幸好仍能忍著，沉聲道：「不是這個！是那份文件，剛才……剛才我……」想起伸手入他懷裏那種暖溫溫、令人心跳的感覺，忽地俏臉一紅，說不下去。

范良極一拍額頭，恍然大悟道：「噢！我差點忘記了，我原本便打算偷來送給你的。」從懷裏掏出一卷文件，乖乖地遞到雲清面前。雲清取過，看也不看，納入懷裏，文件還是溫暖的，充盈著范良極未散的體熱，兼之如此容易便得回這事關重大的文件，心裏也不知是甚麼滋味。忽然間，她感到和這年紀足可當自己父親有餘的男人不但實質的距離非常接近，連「心」的距離也很接近。可是自己怎可以接受他？別的人又會怎樣去看？何況自己雖沒有正式落髮修道，但那只因師父認為自己仍對武林負有責任罷了！

范良極正容道：「韓府凶案已成了八派聯盟合作或分裂的一個關鍵，我想知道清妹你以大局為重，還是以私情為重？」

雲清心裏湧起一陣煩躁，怒道：「不要叫我作清妹。」

范良極有點手足無措，期期艾艾道：「那喚你作甚麼？」

雲清知道自己並非因對方喚清妹而煩躁，而是爲了侄兒馬峻聲，爲了韓府凶案那難以解開的死結，嘆了一口氣，站起來道：「我要走了！」

范良極慌忙起立，想伸手來拉她又不敢，只好急道：「你這樣走出去，保證會撞上方夜羽的人。」

雲清知他所言非虛，柔聲道：「難道我們要在這林內躲一世嗎？」

范良極心想那也不錯，口中卻說：「清……噢！不……隨我來！」

韓柏摟著柔柔，慌不擇路下，也不知走了多久，到了哪裏。當他來到一所客棧的樓頂上時，見到後院處泊了幾輛馬車，不過馬都給牽走了，只剩下空車廂，心中一喜，連忙揀了其中最大的一輛，躲了進去。到了廂內坐下，向懷內玉人輕喚道：「可以放開手了！」那女子纏著他的肢體緊了一緊，仰起臉龐，望向韓柏。

韓柏正奇怪她不肯落地，自然而然低頭望去，剛才他忙於逃命，兼之她又把俏臉藏在他的胸膛裏，這時才是首次看清她的樣子。腦海轟然一震。只見那一絲不掛，手腳似八爪魚般纏著自己的女人，竟是國色天香，艷麗無倫，尤其是一對翦水清瞳似幽似怨、如泣如訴，這就立刻感到她豐滿胴體的誘惑力，生出男性對女性不需任何其他理由的原始衝動。逍遙八艷姬內的首席美女柔柔和他在這種親熱的接觸裏，哪會感覺不到這英偉青年男子的變化，口中微微呻吟，玉臉紅若火炭，但水汪汪的眼光卻毫不躲避對方，她自懂人事以來，便在逍遙帳的情慾場內打滾，最懂討好男人，何況是眼前這充滿男性魅力的救命恩人。

韓柏想起剛才躲在被裏，莫意閒惡意挑逗她時她所發出來的呻吟，更是把持不住，顫聲道：「你快下來，否則我便要對不起你了！」

柔柔櫻唇呵氣如蘭，柔聲道：「柔柔無親無靠，大俠救了我，若不嫌棄，由今夜起，柔柔便跟著大俠爲奴爲妾，大俠要怎樣便怎樣，柔柔都是那麼心甘情願。」

韓柏一聽柔柔此後要跟著他，暗叫乖乖不得了，從熊熊慾火裏醒了醒，手足無措道：「我不是甚麼大俠小俠老俠少俠，你先站起來，讓我找衣服給你穿上，再作商量。」

柔柔心中一動，在這樣的情形下，這氣質特別、貌相奇偉的男子仍能那麼有克制力，可見乃眞正天生俠義的正人君子，幽幽道：「若你不答應讓我以後服侍你，我便不下來，或者你乾脆賜柔柔一死吧！」

韓柏體內的慾火愈燒愈旺，知道若持續下去，必然做了會偷吃的窩囊大俠，慌亂間衝口道：「甚麼也沒有問題，只要你先下來！」話才出口，便覺極其不妥，這豈非是答應了她。

柔柔臉上現出強烈眞摯的笑容，滑了開來，就那樣赤條條地立在車廂中心，盈盈一福道：「多謝公子寵愛！」

韓柏目瞪口呆看著她驕人的玉體，嚥了一口饞涎，心叫道：「我的媽呀！女人的胴體竟是這麼好看，難怪能傾國傾城了。」竟忘了出口反悔。

柔柔甜甜一笑道：「公子在想甚麼？」

韓柏心頭一震，又醒了一醒，壓著慾火道：「柔柔！我……」

柔柔一副「我全是你的」的樣子，毫不避忌，來到他身旁坐下，雪藕般的纖手挽著他強壯的臂彎，將小嘴湊在他耳邊道：「大俠若覺得行走江湖時帶著柔柔不便，可將柔柔找個地方安置下來，有空便回來讓柔柔服侍你，又或帶大夫人、二夫人回來，我也會伺候得她們舒服妥貼。」

韓柏一聽大爲意動，若能金屋藏嬌，這能令曾閱美女無數的莫意閒也最寵愛的尤物，必是首選無疑，而且只是這提議，便可看出柔柔善解人意，對比起剛才在帳內時她面對莫意閒表現出的不畏死的勇氣，分外使人印像深刻。由此再幻想下去，假設秦夢瑤肯作他的大夫人，靳冰雲肯作他的二夫人，朝霞、柔柔兩女爲妾，他一定是天地間最幸福的男人了。但又想起自己身無分文，不要說買屋來藏嬌，連下一頓吃的也成問題，想到這裏，立即記起老朋友范良極，這人一生做賊必是非常富有，或可試試向他借貸，不過自己可又成了接收賊贓的大俠了。

胡思亂想間，柔柔站了起來，在他身後東尋西找，從座位下找出了一個衣箱，打開取了套男服出來。柔柔又出現在他眼光下，將素白襯黃邊的衣服遮著胸腹比了比，嫣然一笑道：「這衣服美不美？」

柔衣肉光，尤其是一對豐滿修長的美腿，看得韓柏完全沒法挪開目光，與魔種結合後的韓柏，受了赤尊信元神的感染，早拋開了一般道學禮法的約束，要看便看，絲毫不覺得有何不妥。

柔柔道：「公子！我可以穿衣嗎？快天亮了！」韓柏艱難地點點頭，心想以後有的是機會，現在確非佔有這尤物的時刻，更重要的是他是全沒有這方面的經驗的。窸窸窣窣！柔柔穿起衣服，她身材高若男子，除了寬一點外，這衣服便像爲她縫製那樣，不過她衣內空無一物，若在街上走著，以她的容色身材，肯定會惹起哄動。

柔柔歡喜地望向韓柏，愕然道：「公子！爲何你一臉苦惱？」

韓柏嘆了一口氣。柔柔來到他身前，盈盈跪下，纖手環抱著他的腿，仰起俏臉道：「公子是否因開罪了莫意閒而苦惱，若是那樣，便讓柔柔回去，最大不了便一死了之。」

韓柏慌忙伸出一對大手，抓著她柔若無骨的香肩，柔聲安慰道：「不要胡思亂想，我還沒有空去想這胖壞蛋，我擔心的只是自己的事，怕誤了你。」

原來他色心一收，立刻記起了與方夜羽的死約。只是紅顏白髮兩人，他便萬萬抵敵不了，天曉得方夜羽還有甚麼手段？顧自己還顧不了，又怎樣去保護這個全心向著自己的美女，護花無力，心中的苦惱，自是不在話下。

柔柔將俏臉埋入他寬闊的胸膛裏，輕輕道：「只要我知道公子寵我疼我，就算將來柔柔有甚麼悽慘的下場，也絕不會有絲毫怨懟。」

韓柏心底湧起一股火熱，暗罵自己，你是怎麼了，居然會沮喪起來，不！我一定要鬥爭到底，否則還如何向龐斑挑戰？如何對得起將全部希望寄託自己身上的赤尊信？如何可使秦夢瑤和靳冰雲不看低自己？豪情狂湧而起，差點便要長嘯起來。柔柔驚奇地偷看他，只覺這昨夜才相遇的男子，忽然間充滿了使人心醉的氣魄，懾人心神。

韓柏神色一動，掀起遮窗的布帘，往外望去。步聲和蹄聲傳來。一名大漢，牽著四匹馬，筆直向車廂走過來。韓柏暗叫不好，這時逃出車廂已來不及，他們擅進別人的車廂，又偷了衣服，作賊心虛，只想到如何找個地方躲起來。大漢來到車旁，伸手便要拉門。韓柏人急智生，先用腳將衣箱移回原處，摟著柔柔提氣輕身，升上了車頂，兩腳一撐，附在上面。大漢拉開車門，探頭進來，隨意望望，便關上門，牽著馬走到車頭，將健馬套在拉架上。

韓柏原想趁機逃走，眼光掃處，發覺近車頂處兩側各有一個長形行李架，一邊塞滿了雜物，另一邊卻空空如也，足可容兩個人藏進去，心中一動，想到外面也不知方夜羽佈下了多少眼線，光天化日下自己又勢不能摟著柔柔飛簷走壁，若能躲在馬車離城，實是再理想不過，輕輕旁移，滑入了行李架內。那大漢坐到御者位上，叱喝一聲，馬鞭揮起，馬車轉了個彎，緩緩開出。韓柏心情輕鬆下來，才發覺自己過分地緊摟著懷內的美女，觸手處只是薄薄的絲質衣服，不由想起衣服內那無限美好的胴體。柔柔合上眼睛，明顯地沉醉在他有力的擁抱裏。韓柏壓下暴漲的情慾，想道：這輛四頭馬車華麗寬敞，其主人必是達官貴人無疑，只看柔柔這身偷來的衣服，質料便非常名貴，不是一般人穿得起的。

馬車停了下來。韓柏找了處壁板間的縫隙，往外望去，原來停處正是客棧的正門前。兩個人由客棧大門走出來，步下石階，來到馬車旁。老的一個五十上下，文士打扮，威嚴貴氣，雖是身穿便服，但卻官派十足，較年輕的脅下挾著把遊子傘，神態優閒，雙目閃閃有神，一看便知是個高手。韓柏暗暗叫苦，若讓這手挾遊子傘的人坐進車廂裏，自己或可瞞過對方，但柔柔卻定難過關，先不要說心跳和呼吸的聲響，只是柔柔此刻在自己懷裏的身軀發出比平時高得多的體溫，便會使這人生出感應。

那挾遊子傘的高手壓低聲音，顯然是不想駕車的大漢聽到他們的說話，道：「陳老此次上京，務要打入鬼王虛若無的圈子裏，將來大事若成，皇上必論功行賞。」

那被喚作陳老的人道：「簡正明兄請放心，鬼王下面的人中除那林翼廷外，其他各人多多少少也和我有些交情……」

簡正明道：「這林翼廷正是最關鍵的人物，專責招攬人才，擴充勢力，幸好這人有一弱點，就是好色，陳老若能針對此點定計，當收事半功倍之效。」

那陳老自是陳令方，聞言精神一振道：「如此便易辦多了，小弟有一愛妾名朝霞，不但生得貌美如花，琴棋書畫更是無一不精，保證林翼廷一見便著迷。」

躲在行李架上的韓柏轟然一震，朝霞！不就是他答應了范良極要娶之爲妾的美女嗎？心中掠過一陣狂怒，這陳令方竟要將她像貨物般送出，實是可惡至極。

簡正明嘿嘿笑道：「陳老的犧牲豈非很大？」

陳令方嘆道：「我也是非常不捨得，但爲了報答簡兄和楞大統領與皇上的看重，個人的得失也不能計較那麼多了。」

簡正明肅容道：「陳老放心，我定會將一切如實報上，好了！時間不早了，陳老請上車。」

兩人再一番客氣，陳令方推門上車，坐入車廂裏，簡正明立送車外。韓柏見簡正明沒有上來，放下心頭一塊大石，但卻又恨得牙癢癢地，幾乎想立即現身，好好將這陳令方教訓一頓。馬車開出，沿著逐漸人多的街道行走，走的正是出城的路線。韓柏雖是軟玉溫香抱滿懷，但腦內想著的卻全是令他煩惱的事。

眼前首要之務，是如何逃過方夜羽的追殺。假設換了他是方夜羽，若非逼不得已，否則絕不願和一個擁有赤尊信魔種元神的人，在黎明前的時分，決鬥於一個兵器庫內，而且兵庫內的兵器還是韓柏所熟悉的，因爲他原本便是負責打理兵器庫的。也可以說，誤打誤撞下，赤尊信找到了繼承他魔種最適合的人選，沒有多少人對各種各樣兵器的感情，及得上自幼摸著兵器長大的韓柏。這種形勢方夜羽不會不知，他在答應韓柏決鬥的地點時，便曾猶豫了片晌。所以方夜羽定會不擇手段幹掉他。偏偏在這要命的時刻，他遇上了柔柔，又碰巧躲上了陳令方的馬車上，聽到了有關即將降臨於朝霞身上的壞訊息。最理想是先找個地方將柔柔安頓好，再將朝霞救出來，讓她和柔柔一起，然後看看有甚麼方法可以避過方夜羽手下的追殺。這些事想想倒容易，實行起來卻非常困難。首先，找一間祕密的藏嬌屋，便是天大難事。不但需要大量的金錢，還要周詳的策劃，否則如何能避過方夜羽和在此地有權有勢的陳令方的耳目？就算有范良極幫忙，短期內亦極難做到。其次，若貿貿然將朝霞「救」出來，如何向她解釋，如何取得她信任，如何使她甘心作自己的侍妾，凡此種種，都是一個不好，便會弄巧反拙，將喜事變成了憾事。這麼多煩惱，而每個煩惱都有害己害人的可怕後果，幾乎使他忍不住仰天長嘆，當然他不能這麼做。

附近人聲車聲多了起來，原來已到了所有大小路交匯往城外去的大道口。韓柏收攝心神，耳聽八方，方夜羽一定找人守著城門，防他雜在人群裏混出城外。馬車的速度明顯放緩下來。韓柏一邊感覺著柔柔美麗肉體予他的享受，一邊想道：現在時間還早，所以出城的人車不會是那麼多，縱使在最繁忙的午時前，出城的速度也不應如此緩慢，所以定是前頭有人盤查。不過這又奇怪了，爲何卻聽不到被阻遲了的人口出的怨言呢？由此推知，方夜羽必是動用了地方上人人驚懼的幫會組織出頭，所以連官府也要睜隻眼閉隻眼，甚至暗裏幫上一把。自古至今，官府和黑勢力都是在對立中保持一種微妙的，互惠互利的奇怪聯繫。

陳令方的聲音在下面響起道：「大雄！前頭發生了甚麼事？」

那大雄在車頭應道：「老爺！是飛鷹幫的人在搜車。」

陳令方絲毫不表奇怪，道：「『老鷹』聶平的孩兒們難道連我的車子也認不出來嗎？」

大雄低呼道：「原來聶大爺也在，噢！他看見了，過來了！」

上面的韓柏心中大喜，這次眞是上對了車，陳令方看來在黑道非常吃得開，在這樣的情況下，聶平勢不能不賣個情面給陳令方，以表敬意，否則將來陳令方懷恨在心，在官府的層次玩他一手，此老鷹便要吃不完兜著走。

一個沙啞的聲音在車門那邊響起道：「車內是否陳老大駕？」

陳令方打開窗帘，往外面高踞馬上的大漢道：「聶兄你好！要不要上來坐坐，伴我一程？」

上面的韓柏暗中叫好，這陳令方眞不愧在官場打滾的人物，自己先退一步，教人不好意思再進一步。

果然聶平喝道：「叫前面的人讓開，讓陳公出城！」

一輪擾攘後，馬車前進。聶平拍馬和馬車並進，俯在車窗低聲道：「還望陳老包涵，這次因爲是小魔師處來的命令，我們自然要拚盡老命，以報答小魔師的看重。」

陳令方一愕道：「找的是甚麼人？」

聶平以更低的聲音道：「小魔師要的人自然是厲害至極的人物。」頓了一頓快速地道：「是『獨行盜』范良極和入雲觀的女高手。」

陳令方一震道：「甚麼？是這超級大盜！這樣守著城門又有何用？」

聶平道：「聽說他受了傷，行動大打折扣，所以才要守著這出城之路。」

上面的韓柏仿若青天起了個霹靂，原本已苦惱萬分的他，這時更爲范良極的安危心焦如焚，誰能令范良極也負傷？他爲何又會和雲清那婆娘走在一道？

外面傳來聶平的聲音道：「陳老，不送了！」馬車終馳出城門。

這聶平的確是老江湖，親送陳令方到城門口，如此給足面子，將來陳令方怎能不關照他。蹄聲答答。城門方向蹄聲驟起。韓柏和陳令方同時一震。為何會有人追來？

陳令方叫道：「大雄停車！」

馬車停下，不一會來騎趕上，團團將馬車圍著。聶平在外喝道：「陳公請下車！」

陳令方老到之極，一言不發，推門下車。車頭那大雄也躍下座位，退往一旁。韓柏心中暗罵，為何一出城門便給敵人看破了，剛暗罵了這句，便想到了答案，城內是石板地，城外卻是泥路，老江湖一看泥路的軌痕，便知道車上不止陳令方一人。心中暗嘆。

外面一個冰冷的聲音響起道：「范良極你出來！」

雲清跟在范良極背後，來到城西一條護城河旁。范良極聳身便往河裏跳下去。雲清大吃一驚，探頭往下望，卻看不到范良極，只見一隻手在近河水處伸了出來，向她打著「下來」的手勢，才醒悟到那處是有條暗道。雲清最愛乾淨整潔，不禁猶豫起來。

范良極伸頭反望上來，催促道：「快！」

雲清一咬牙，看準下面一棵橫生出來的小樹，躍了下去，一點樹幹，移入高可容人的大渠裏，半清半濁的水由渠內緩緩流出，注入河裏。范良極伸手要來扶她。雲清吃了一驚，避到一旁。范良極眼中閃著異光，好像在說抱也抱過，摟也摟過，這樣用手碰碰，又有甚麼大不了。

雲清不敢看他，望著黑沉沉的渠道裏道：「你若要我走進裏面，我絕不會答應！」

范良極得意笑道：「清……嘿！你不要以為裏面很難走，只要我們閉氣走上半盞熱茶的工夫，便會到達一個八渠匯集的方洞，往南是一條廢棄了的下水道，雖然小了一些，但卻乾淨得多，可直通往城門旁的一個出口，保證神不知鬼不覺。」

雲清奇道：「你怎會知道？」

范良極眉飛色舞道：「這只是我老范無數絕活之一，每到一處，我必會先將該地裏裏外外的建築資料偷來看看。不是我誇口，只要給我看上一眼，便不會忘記任何東西，否則如何做盜中之王，偷了東西後又如何能避過追蹤？」

雲清猶豫片晌，衡量輕重，好一會才輕聲道：「那條通往城外的下水道，眞的乾淨嗎？有沒有耗子？」

范良極知她意動，大喜道：「耗子都擠到其他有髒水的地方，所以保證暢通易行，快來！」帶頭潛入渠裏。雲清想起渠內的黑暗世界，朝外深吸一口氣，以她這種高手，等閒閉氣一刻半刻，也不會有大礙，這才追著范良極去了。

范良極的記憶力並沒有出賣他，不一會兩人來到一個數渠交匯的地底池。雲清運功雙目，只見水池裏無數黑黝黝的小東西蠕蠕而動，暗叫我的天呀，幸好范良極鑽進了右邊一條較小的水道，忙跟了進去，水道不但沒有水，還出奇地乾爽，這使雲清提上了半天的心，稍放了點下來。兩人速度增加，下水道逐漸斜上，不一會范良極驀地停下，雲清驚覺時已衝到他背後，無奈下舉起雙手，按在范良極背上，借力止住去勢。雲清雖立即收手，臉紅過耳不打緊，那顆卜卜亂跳的芳心，在這幽靜的下水道裏，又怎瞞得過范良極那天下無雙的耳朵。雲清眞是作夢也想不到會和范良極在這樣一條下水道裏走在一起，還如此親熱。自二十七歲那年開始，直至今天，她已被這身前的可惡老頭斷斷續續糾纏了七年的長時間，開始時她非常憤怒，但卻拿這神出鬼沒的大盜沒法。她只想憑一己之力對付范良極，但幾年下來，竟習慣了范良極的存在。范良極不時會失蹤一段時間，當她忽然發覺檯頭或練功的院落裏多了一樣珍玩、又或由京城買回來的精美素食，她便知道他又回來了。不知不覺裏，范良極成爲了她生活的一部分。有次當范良極整整半年也沒有現身，她竟不由自主擔心起來，他是否遇到了意外？

「嘞！」尖銳的響聲將她驚醒過來。前面的范良極手上拿著一把匕首，舉手插上下水道的頂部，原來是個被厚木封閉了的圓洞。這處已是這廢棄了的下水道盡頭處。范良極匕首顯然鋒利至極，割入厚木裏只發出極微的響聲，不知又是從哪裏偷回來的東西？范良極轉過頭來，得意一笑，收回匕首，雙手高舉，用力一托。隨著瀉下的沙土，強烈的陽光由割開的圓洞透射而下，上面竟是個樹林。

就在此時，外面傳來喝叫聲：「范良極你出來！」

兩人同時一呆。敵人爲何神通廣大至如此令人難以置信的地步？

韓柏知道避無可避，一聲長笑，摟著柔柔，功聚背上，硬生生撞破車頂，沖天而起。兵刃呼嘯響起。韓柏在空中環目四顧，只見四周躍起四男一女，都是身穿白衣，但卻滾上金色、綠色、黑色、紫紅色和黃色的衣邊，非常搶眼好看。四名男子年紀均在三十至四十間，金衣邊的男人最肥胖，通體渾圓，像個人球，而手持的武器物似主人，竟是兩個直徑達三尺的金色銅鑄大輪。綠衣邊的男人體形最高，看上去就像塊木板，手持的武器是塊黑黝黝的長方木牌，看上去非常堅實，隱有刀斧劈削的淺痕，可知曾隨它的主人經歷過許多大小戰陣。紫紅衣邊的男人膚色比一般人紅得多，而他整個面相則給人尖削的感覺，特別是頭和耳都特別尖窄，手中的武器更奇怪，居然是個大火炬，現在雖未點起火來，卻已使人有隨時會著火被炙的危險感覺。穿黃邊衣的男人體形方塊厚重，左手托著個最少有二、三百斤的鐵塔，一看便知是擅長硬仗的高手。那個女子衣滾黑邊，年紀遠較那四名男人爲小，最大也不過二十五歲，面目秀美，使人印象最深刻的地方，就是她特別纖長的腰身，柔若無骨，武器是罕有人使用，可剛可柔，外形似劍，其實卻是條可扭曲的軟節棍鞭。這五人體形各異，武器均與其配合得天衣無縫，有眼力的一看便知道他們是天生可將其手中利器發揮到極致的最適當人選。換了是第二個人，縱使知道此四男一女是依金赤木碧水黑火紫土黃五色，各自配套其所屬五行特色的兵器武功，但也唯有待到眞正動手交鋒時，才能知道其中玄妙，當然，那時可能已太遲了。

但韓柏卻非其他人。赤尊信移植入韓柏體內的魔種，最精采絕倫之處，並非將韓柏變成了另一個赤尊信，而是將赤尊信精氣神和經驗的精華，種入韓柏體內，與韓柏的元神結合，藉著新主人本身的天分才情性格，獲得「再生」的機會。要知無論怎樣超卓的人，潛力和壽命均有窮盡之時，但種魔大法卻等於一次再生的機會。試想，假設一個嬰兒一出世時便像赤尊信那樣厲害，再多練一百年，會是甚麼光景？種魔大法正是這個原理。那是武功到了龐斑或赤尊信那等進無可進的層次時，只有一個種魔大法，也許是唯一能再求突破的方法。當然駕馭魔種並非易事，韓柏便數次險些受魔種所制，那時輕則神經錯亂，重則狂亂胡爲，全身經脈爆裂而亡。龐斑的道心種魔大法又和韓柏的被動不同，牽涉到天人的交戰，玄異至極，雖然將來何者爲優，何者爲劣，現在仍言之過早，但龐斑本身已是天下最頂級的人物，在這基礎上再作突破，自然不是眼前的韓柏所能望其項背。但無論如何，韓柏本身的資質，加上赤尊信的魔種，潛力之大，實是難以估量。

而連韓柏自己也不知道的，就是他和赤尊信的魔種正値「新婚燕爾」的階段，由頑石迅速蛻變爲美玉的過程裏，每一個苦難，每一次激戰，都使他進一步發揮出魔種的潛力，其中最厲害的一次，當然是與龐斑的對峙，事後他便差點駕馭不了魔種，幸好秦夢瑤的出現救了他。與白髮紅顏和莫意閒的先後交手、受傷和療傷，甚至乎柔柔對他色慾上的刺激，都成爲了魔種與他進一步融合的催化劑。所以到了此刻，當他一眼望向這五大高手的攻勢時，便差不多等於赤尊信望向敵人。要知赤尊信以博通天下各類型兵器威震武林。誠如乾羅對他的評語：赤尊信在武學上，已貫通了天下武技的精華，把握了事物的至理。所以連浪翻雲也要在初對上時被迫採取守勢，連龐斑如此冠絕當代的魔功祕技，也不能置他於死。赤尊信的厲害，可見一斑。金、木、水、火、土謂之五行，代表了天地間五種最本原的力量，正是物理的極致，故韓柏一看眾敵來勢，便立即把握了對方的「特性」。

韓柏一聲長嘯，喝道：「我不是范良極！」

那四男一女齊齊一愕，忽地發現成了他們攻擊核心的男女，並不是范良極和雲清。韓柏正要他們這種合理反應，大笑一聲，將柔柔往上拋去，藉那回挫之力，以高速墜下，兩腳分往那屬火和屬木的兩名高手踏下，正踏中火炬和長木牌。木火相生，火燥而急，所以不動則已，一動必是火先到，而木助攻。火木兩人齊聲悶哼，被震得幾乎兵器脫手，無奈下往後墜跌。左側風聲響起，兩個圓輪脫手飛來，一取其腳，另一卻是旋往他的上空，防止他借力再彈往高處，也切斷了他和正翻滾中的柔柔的連繫。只是這眼力和判斷，這像圓球的大胖子便可躋身一流高手之列。哪知韓柏忽地加快，兩腳若蚱蜢地一伸，電光石火間竟升起了丈許，不但避過了劃腳而來的第一個金輪，還來到了第二個金輪的同一高度。「叮！」韓柏一指點在金輪上，順勢一旋。金輪由他身側掠過，差半分才傷著他，卻往後面持著鐵塔攻來屬土的高手切割而去。「噹！」塔輪相撞。持塔高手往後飛退。那大胖子剛才運力擲出金輪的一口氣已用盡，不得已亦只有往下落去。忽然間，只剩下那衣滾黑邊的柔骨女子凌空趕來。柔柔這時也達到了最高點，開始回墜。

韓柏只感由昨夜遇上白髮紅顏失利以來憋下的悶氣，全部發洩了出來，暢快至極，對自己的信心也忽地加強，縱使碰上白髮紅顏，又或再遇莫意閒，也有一拚之志，長笑聲中，一伸手接著掉下來的柔，借力一腳飛向柔骨女的軟節棍鞭。柔骨女絲毫不因變成了孤軍而稍有驚惶，嬌叱一聲，長達五尺的軟節棍波浪般往後扭曲，她打的如意算盤，就是當韓柏腳到時，扭曲了的軟節棍鞭便會彈直，那力道必可在韓柏的腳底弄個洞出來，想法亦不可謂不毒辣。豈料韓柏的腿，像忽地長了起來，壓在扭曲了的軟節棍上。韓柏的腿當然不會變長，而是他的鞋子脫腳飛出，壓在棍鞭頭上。柔骨女美麗的面容立刻一變。鞋鞭棍觸處，傳來有若泰山壓頂的內勁，若讓鞭棍彈直，不但傷不倒對方，自己貫注於棍鞭裏的眞氣，由於被對方注入鞋裏的勁道硬逼回來，必反撞入她經脈裏，不死也要重傷，大駭下，立即放手急落。「蓬！」鞋子反彈，穿回韓柏腳上。軟節鞭棍箭般往相反方向激飛而去。

韓柏大笑道：「告訴方夜羽，這是第二次襲擊我韓……韓柏大俠，哈哈哈……」抱著柔柔勁箭般橫掠而去，撲向路旁的密林。柔骨女落到地上，和其他四人翹首遙望，卻沒有追趕。

正以爲逃出敵人包圍網的韓柏大感不妥，異變已起。兩側勁風狂起。強望生的獨腳銅人和由蚩敵的連環扣分左右攻來。韓柏當然不知道這兩人是誰，但只是由對方所取角度、速度和壓體而至的龐大殺氣和內勁，便知要糟。更糟的是對方早蓄勢以待，自己卻是氣洩逃命的劣局。

就在這千鈞一髮的時刻。另一聲大喝在下面響起道：「柏兒！你老哥我來了！」竟是范良極的聲音。

強望生和由蚩敵臨危不亂，交換了一個眼神，交換了心意，均知道范良極這刻才剛離地，無論他輕功如何高明，也將慢了一線，只是那一線的延誤，已讓他們有足夠時間先幹掉韓柏，再回頭對付范良極。

豈知范良極大叫道：「清妹助我！」

雲清搶到躍起的范良極身下，雙掌往他鞋底一托，范良極長嘯一聲，沖天而起，剎那間趕到由蚩敵背後，煙桿點出。由蚩敵想不到范良極有此一著，不過他由出世到現在六十七年間，大小戰役以百數計，經驗無可再老到，想也不想，連環扣反打身後，完全是一命搏一命的格局。

韓柏見范良極及時現身，心中大喜，強吸一口眞氣，收勢下墜，一腳往強望生直轟而來的獨腳銅人踏下去，反佔了居高臨下的優勢。「叮！」范良極煙桿敲在連環扣上。由蚩敵呆了一呆，原來范良極煙桿傳來一股力道，將他帶得由升勢轉回跌勢。范良極爲何不想傷他？這念頭剛起，范良極已藉那桿扣相擊生出的力道，翻過他頭頂，配合著韓柏，一煙桿往強望生胸口點去。這大賊的眞正目標原來是強望生而非他！才想到這裏，由蚩敵再降下了七尺，雲清的雙光刃，夾在流雲袖，已攻至眼前。

這時形勢最危殆的是強望生。本來他和由蚩敵定下對策，先以龐斑和方夜羽一手訓練出來的十大煞神其中的金木水火土五煞作爲主攻。任何老江湖一見此五煞，便知道若讓此五人聯手圍攻，因著五行生剋制化的原理，必然威力倍增，在這樣的形勢下，范良極和雲清必盡力在五煞結成陣勢前逃走，而他兩人則在旁加以突擊，可謂十拿九穩。哪知破車廂而出的是韓柏而不是范良極，已使他們有點失算，現在范良極又神出鬼沒般由地下冒出來，還造成如此形勢，即使心志堅定如強望生，也心神大震，鬥志全消。「轟！」強烈的氣勁在強望生高舉頭上的銅人頂和韓柏的腳底間作傘狀激濺。范良極的煙桿點至。

強望生在這生死關頭，悽叫一聲，猛一扭腰，藉那急旋之力，將獨腳銅人硬往上一送，同時肩膀撞在煙桿頭處。韓柏想不到下面的強望生厲害至此，竟尚有餘力，悶哼一聲，藉勢彈起。他不敢硬拚的原因，是怕震傷了懷中的柔柔。范良極嘿嘿一笑，煙桿由直刺變橫打，掃在強望生扭撞過來的肩膀上。強望生慘哼一聲，落葉般往下飛跌，獨腳銅人甩手飛出。同一時間由蚩敵擋過雲清兩招，凌空向強望生趕來，否則若韓柏或范良極有一人追到，強望生將性命不保。

范良極報了一半昨晚結下的仇，心情大快，長嘯道：「柏兒清妹，快隨我走！」

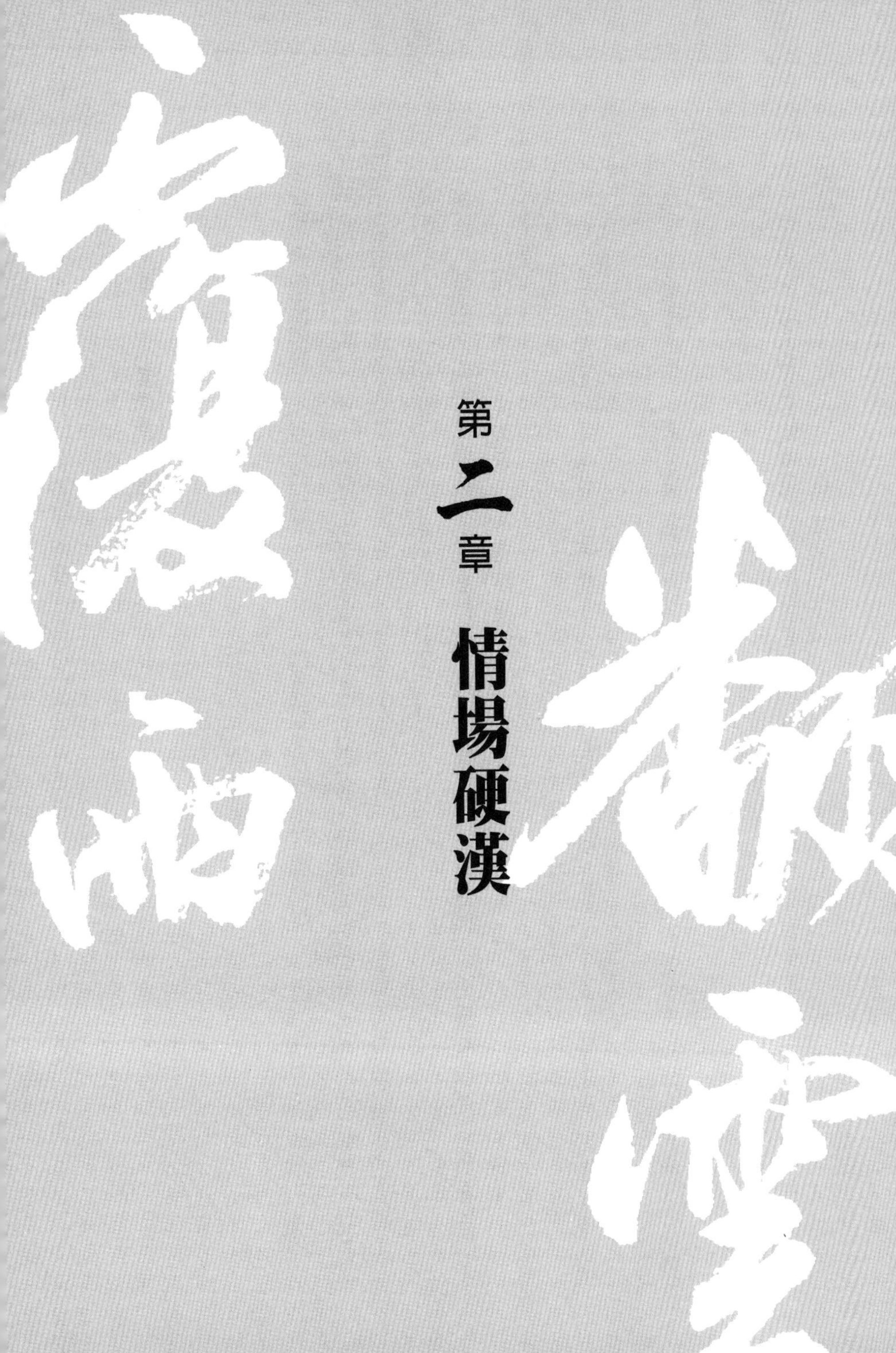

第二章 情場硬漢

第二章　情場硬漢

凌戰天的客廳裏，小雯雯靜靜坐在椅上。細碎的腳步聲由內廳響起，一個小孩子氣喘喘奔了出來，直到雯雯面前，停了下來，兩手不知拿著甚麼，卻收在身後，不讓小雯雯看到，原來是凌戰天和楚秋素的兒子凌令。

雯雯哭腫了的大眼瞅了凌令一眼道：「我不用你來逗我開心！」

凌令大感洩氣，將手大鵬展翅般高高舉起，道：「你看！這是長征哥從濟南買回來給我的布娃娃，一男一女，剛好是對恩愛夫妻。」雯雯硬是搖頭，不肯去看。

楚秋素的腳步和聲音同時響起道：「令兒，你又欺負雯雯了，是不是？」

凌令大為氣苦道：「不！我最疼雯雯了，怎會欺負她，而且我比她大三歲，昨天玩拋米袋時還曾讓她呢。」

雯雯抬頭皺鼻道：「明明是我贏你，還要吹牛。」接著兩眼一紅，向楚秋素問道：「素姨！我媽媽呢？」

楚秋素坐到雯雯身旁，憐惜地摟著她道：「你娘有事離島，很快便會回來了。」

雯雯道：「素姨不要騙雯雯，娘昨晚說要回鋪趕釀『清溪流泉』，以免浪首座沒有酒喝，卻沒有說要離島。」

楚秋素一時語塞。幸好凌戰天、上官鷹和翟雨時正於此時走進廳內，爲她解了圍。

雯雯跳了起來，奔到上官鷹身前，叫道：「幫主，找到了我娘沒有？」

凌戰天伸手過來，一把抱起了她道：「雯雯，我問你一句話，你要老老實實回答我。」雯雯肯定地點頭。

凌戰天道：「你說天下間有沒有覆雨劍浪翻雲做不來的事？」

雯雯搖頭道：「沒有！」

凌戰天道：「你娘給壞人捉去了，但浪翻雲已追了去救你娘，他絕不會讓任何人傷害她，你相信我嗎？」

雯雯點頭道：「凌副座不用擔心我，我不會哭，怒蛟幫的人都不會哭的，爹死了，我只哭了兩次，以後便沒有哭。」

凌戰天眼中射出奇光，像是首次認識這個女孩，道：「在你娘回來前，你便住在我這裏，和令兒一齊跟我習武。」

小留驛是黃州府和武昌府間的官道上三個驛站裏最大的一個，聚了幾間小旅館和十多間房舍。天剛亮便離開黃州府的人們，走了三個多時辰的路後，都會到這裏歇歇腳，補充點茶水，又或吃個簡單的午餐，才又趕路。時值深秋季節，大多數人都趁著天清氣朗，趕在天氣轉寒前多運上兩轉財貨，回家或探親，所以路上商旅行人絡繹不絕，小留驛亦進入它的興旺時月。有些懂賺錢之道的人更針對匆匆趕路者的心理，在路旁搭起篷帳，擺開熟食攤子，供應又快又便宜的各種美食。

浪翻雲和左詩到來時，只有賣稀飯和菜肉包子的店家還有一張桌子是空著的，兩人沒有選擇，坐了下來，叫了兩碗稀飯和一客十個的包子。左詩垂著頭，默不作聲。

浪翻雲從瓷筒內取出了五枝竹筷，在桌上擺出一個特別的圖形來，微微一笑道：「左姑娘是否記掛著雯雯？」

左詩飛快地望了他一眼，垂下頭輕輕道：「自雯雯出世後，我從沒有離她那麼遠的。」

浪翻雲想起了小雯雯，微微一笑道：「雯雯確是個很可愛的小女孩，而且懂事得很，這麼小的年紀，眞是難得！」

左詩輕輕道：「浪首座爲何不叫酒？」

浪翻雲有興趣地打量著四周那亂烘烘的熱鬧情景，聞言答道：「我從不在早上喝酒，何況我被你的清溪流泉寵壞了，恐怕其他酒喝起來沒有味道。」

這時有個人經過他們桌旁，看到浪翻雲在桌上擺開的竹筷，面容一動，望了浪翻雲和左詩一眼，全身再震，匆匆去了。左詩直到此刻仍是低著頭，不敢望向浪翻雲。

夥計送上稀飯和包子。浪翻雲讚道：「眞香！」抓起一個包子送進嘴裏，另一手捧起熱騰騰的稀飯，咕嚕咕嚕一口喝個精光。再抓起第二個包子時，見左詩仍垂頭不動，奇道：「不餓嗎？爲何不吃點東西？」

左詩俏臉微紅，不安地道：「我不餓！」

浪翻雲奇道：「由昨晚到現在，你沒有半點東西下肚，怎會不餓？」

左詩頭垂得更低了，以蚊蚋般的聲量道：「這麼多人在，我吃不下。」

浪翻雲環目一掃，附近十桌的人倒有八桌的人目光不住落在左詩身上。想起當年和紀惜惜出遊時，每到人多處，都是遇上這等情況，所以早習以爲常，不以爲異。分別只是紀惜惜無論附近有一百人也好，一千人也好，在她眼中天地間便像只有浪翻雲一個人那樣。靦覥害羞的左詩則是另一番情韻，卻同是那麼動人。左詩感到浪翻雲在細意審視著她，俏臉由微紅轉爲深潤的嫣紅，頭更是抬不起來，芳心不由自主想起被浪翻雲摟在懷裏，追擊「矛鏟雙飛」展羽時那種羞人感受。

這時一名軒昂的中年大漢來到桌前，低叫道：「浪首座！」

浪翻雲淡淡道：「坐下！」

那大漢畢恭畢敬在其中一張空椅坐了下來，眼中射出熱切和崇慕的神色，道：「小留分支支頭目陳敬參見浪首座。」

浪翻雲望向大漢道：「這位是左詩姑娘……唔……我認得你。」

陳敬受寵若驚道：「七個月前屬下曾回島上，和黃州分舵的人謁見首座，想不到首座竟記得小人。」

浪翻雲望向左詩，柔聲道：「左姑娘，你有甚麼口訊，要帶給雯雯，陳敬可以用千里靈，迅速將消息傳回怒蛟島。」

左詩感激地看了他一眼，浪翻雲給人的印象一向是閒雲野鶴，不將世俗事務放在心上，想不到如此細心體貼，想了想輕輕道：「告訴雯雯，她娘和浪首……首座在一起……很快回來。」

本來她想說的是「和浪首座一起，他會照顧我。」但話到了唇邊，卻說不出來，語音還愈來愈細，聽得那陳敬直豎耳朵。

浪翻雲向陳敬道：「聽到了沒有？」

陳敬將頭波浪般點下，以示聽到，恭敬地道：「屬下立即將這消息傳回去給……給雯雯。」

浪翻雲再吩咐了幾句，著他加到信裏去，微微一笑，腦中升起一幅當雯雯收到第一封專誠寄給她的千里靈傳書時的神情模樣。陳敬見浪翻雲再無吩咐，知趣地施禮去了。

左詩道：「謝謝！」

浪翻雲微一錯愕，心中湧起歉意。左詩現在的苦難，所受的驚嚇，與相依為命的愛女分離的痛苦，都是因自己而來。假設自己沒有在觀遠樓上出言邀請左詩上來相見，假設他浪翻雲沒有到酒鋪找她們母女，在旁虎視眈眈的敵人也不會選上左詩來引他上鈎。直至此刻，左詩不但沒有半句怨言，還心甘情願地接受他所有安排，還要謝他。

白望楓等人的圍攻是不值一哂的愚蠢行為，真正厲害的殺著是受楞嚴之命而來的黑榜高手「矛鏟雙飛」展羽。鬼王丹是「鬼王」虛若無親製的烈毒，藥性奇怪，一進入人體，便會潛伏在血脈內，非經他的解藥，無人可解，所以浪翻雲若要救回左詩之命，便不得不親自上京，找鬼王要解藥。

這一著另一個厲害的地方，就是凡服下鬼王丹的人，視其體質，最多也只有四十九天可活，所以浪翻雲必須儘量爭取時間，攜左詩北上，如此一來，多了左詩這包袱，浪翻雲便失去他以前獨來獨往，可進可退的優勢，由暗轉明，成為敵人的明顯攻擊目標。他浪翻雲乃當今皇上眼中的叛賊，兼之京師高手如雲，他或可全身而退，但左詩呢？解藥呢？想到這裏，浪翻雲苦笑起來。

在范良極的帶領下，韓柏摟著柔柔，穿過一堆亂石，轉上一條上山的小徑。范良極忽地停下，愕然後望。韓柏也是一呆，停下轉身，奇道：「雲清那……那……為何還沒有來？」

范良極瞪了他一眼，一個閃身，往來路掠去，才出了亂石堆，只見面對著的一棵大樹的樹身上，一枝髮簪將一張紙釘在那裏，寫著：「我回去了！不要找我。」八個字。

范良極悶哼一聲，搖搖頭，伸手拔下髮簪，簪身還有微溫，范良極將髮簪送到鼻端，嗅了嗅，忍不住嘆了一口氣。

這時韓柏放開了柔柔，走到他身邊，伸手將他瘦削的肩頭摟著，安慰他道：「死老鬼不要灰心，情場上的男女便如高手對陣，有進有退，未到最後也不知勝敗結果呢。」

范良極冷笑道：「誰說我灰心了？」

韓柏見他連自己喚他作「死老鬼」也沒有還擊，知他心情不但不是「良極」，而且是「劣極」，心中大表同情，但卻找不到話來安慰他，不由想起了秦夢瑤，登時一顆心也像給鉛塊墜著那樣，沉重起來。

范良極兩眼往後一翻，面無表情地道：「那是誰？」眼光又落在手中的髮簪上。

韓柏鬆開摟著他肩頭的手，搔頭道：「這要怎麼說才好，她是莫……」

「呀！」一聲怪叫，范良極彈向半空，打了個觔斗，落回地上，上身微仰，雙手高舉，握拳向天振臂大笑道：「差點給這婆娘騙了！」韓柏和柔柔一前一後看著他，均想到難道他給雲清一句決絕的話便激瘋了？

范良極一個箭步飆前，來到韓柏前，將髮簪遞至韓柏眼前寸許的位置興奮地道：「你看到簪頭的那對小鴛鴦嗎？」

韓柏抓著他的手，移開了點，看了一會點頭道：「的確是對鴛鴦，看來……看來或者是雲清那婆娘對你的暗示，對！定是暗示。」說到最後，任何人也可聽出他是勉強在附和。

范良極猛地縮手，將髮簪珍而重之收入懷內，怒道：「去你的暗示，誰要你多嘴來安慰我這堅強的情場硬漢。」再兩眼一瞪，神氣地道：「幸好我沒有忘記，這枝銀簪是我數年前送給她的其中一件小玩意，知道沒有？明白了沒有？」

韓柏恍然大悟，看著像每條皺紋都在發著光的范良極，拍頭道：「當然當然！她隨身帶著你給她的東西，顯是大有情意……」

范良極衝前，兩手搶出，抓著他的衣襟道：「不是『大有情意』，而是極有情意，無底深潭那麼深的情，茫茫大海那麼多的意。」他愈說愈興奮，竟然出口成章來。

韓柏唯有不住點頭，心中卻想道：雲清那婆娘將這簪還你，說不定代表的是「還君此簪，以後你我各不相干」也說不定，但口裏當然半個字也不敢說出來。

范良極鬆開手，勉強壓下興奮，板著臉道：「你還未答我的問題？」

韓柏扭頭望向垂首立在身後十多步外的柔柔，忽地湧起對方孤獨無依的感覺，直至回轉頭來，仍沒法揮掉心內憐惜之意，搭著范良極肩頭再走遠兩步，才以最簡略的語句，介紹了柔柔的來歷。

范良極這時才知道這美艷的女子竟如此可憐，歉意大起，點頭道：「原來這樣，不如你就放棄了秦夢瑤，只要了她和朝霞算了。」話一完，同時退開兩步，以防韓柏勃然大怒下，揮拳相向。

豈知韓柏愕了一愕，記起了甚麼似的，臉色一變向他望來，道：「差點忘了告訴你，朝霞有難了！」

范良極全身一震，喝道：「甚麼？」

韓柏連忙舉手制止他的震驚道：「災難只是正要來臨，還未發生。」當下一五一十將偷聽到陳令方和簡正明兩人密斟的話說出來。范良極臉色數變，眉頭大皺，顯亦想到韓柏先前想到的問題。

目前最直截了當的方法，當然是在陳令方將朝霞帶上京城前，將她劫走，可是朝霞和他們無親無故，這樣做只會將事情弄得一團糟，朝霞怎會相信他們這兩個陌生人。要韓柏娶朝霞，只是范良極一廂情願的事罷了。

韓柏安慰他道：「放心吧！我已成功擋住了方夜羽兩次襲擊，再多擋一次，便可以逼方夜羽決鬥，幹掉了他後我們便一齊上京，一定還來得及。」

范良極瞪大眼，看怪物般直瞪著他。韓柏大感不自然，伸手在他一瞬不瞬的眼前揚揚，悶哼道：「死老鬼！有甚麼不妥？」

范良極冷冷道：「我看你是活得不耐煩了。」

韓柏洩氣地道：「我知道，只是白髮紅顏，加上剛才那群人，就算我有你幫助也是死路一條……」攤手嘆道：「可是現在還由得我們作主嗎？而且連你獨行盜這麼懂得鬼行鼠竄，藏頭縮尾，也給他們弄了出來，叫我能躲到哪裏去？」

范良極嘿然道：「那只是因為有心人算無心人，給他們找到清妹這唯一弱點，現在本獨行盜已從無心人變成有心人，不是我誇口……」

韓柏口中發出可惡的「啐啐」之聲，道：「你以前不是說過自己除龐斑外甚麼人也不怕嗎？現在不但給人打傷了，還被趕得四處逃命，仍要說自己不是誇口？」

范良極氣道：「我幾時說過自己除龐斑外便甚麼人都不怕？」

韓柏氣定神閒道：「你或者沒有說出來，不過你卻將這種自大的心態寫在你不可一世的神氣老臉上，還想騙人自己不是那麼想。」他顯然在報復范良極在秦夢瑤面前公然揭破他對她愛慕那一箭之仇了。

范良極陰陰笑道：「對不起，我差點忘記了你已變成了甚麼媽的韓柏大俠，難怪說起話來那麼有權威性。」

「噗哧！」在旁的柔柔忍不住笑了出來，這一老一少兩人，竟可在這四面楚歌，危機四伏的時候，談著生死攸關的正事時，忽然鬥起嘴來，真教人啼笑皆非。

兩人的眼光齊齊落在柔柔身上。在薄薄的高質絲服的包裹下，這美女玲瓏浮凸，若隱若現的誘人體態，惹人遐思至極。

范良極乾嚥了一口，道：「你這喝奶的小兒倒懂得揀人來救。」

韓柏針鋒相對道：「你這老得沒牙的老鬼不也懂得揀雲清那婆娘來救嗎？」

范良極臉色一沉道：「不是雲清那婆娘，是清妹！」

韓柏學著他先前的語氣道：「噢！對不起，你不也懂得揀清妹來救嗎？」

范良極一手再扯著他衣襟，警告道：「甚麼清妹，你這小孩兒哪來資格這麼叫，以後要叫清妹時，請在前面加上『你的』兩字，明白嗎？韓柏大俠！」

韓柏裝作投降道：「對不起！是你的清妹。」

兩人對望一眼，忽地分了開來，捧腹大笑。在旁的柔柔心中升起溫暖的感覺，她以往大多數日子都在莫意閒的逍遙帳內度過，每天只能戰戰兢兢地在討莫意閒歡心，八姬間更極盡爭寵之事，從未見過像這兩人那種眞摯的感情，心中亦不由想到兩人其實是在敵人可怕的威脅下，在絕望裏苦中作樂，振起鬥志，以保持樂觀開朗的心情。

范良極伸手摟著韓柏的肩頭，正容道：「柏兒！我們來打個商量。」

韓柏警戒地道：「甚麼？又是商量？」

范良極不耐煩地道：「我的商量總是對你有利無害，你究竟要不要聽？」

韓柏無奈屈服道：「老鬼你不妨說來聽聽！」

范良極老氣橫秋地道：「現在事實擺明，方夜羽不會讓我們活到和他決鬥那一天……」忽地臉色大變，失聲道：「糟了！我們竟然忘了小烈。」

韓柏呆了一呆，心中冒起一股寒意，是的！他們眞的忘了風行烈，這個龐斑最想要的人。

范良極懊惱道：「方夜羽這小子眞不簡單，只要了幾招，便弄到我們自顧不暇，陣腳大亂。哼！不過小烈他已得厲若海眞傳，打不過也逃得掉吧！」

韓柏聽出他話雖如此，其實卻全無信心，不過現在擔心也擔心不來，唯有期望風行烈和谷倩蓮兩人吉人天相吧。

范良極忽又興奮起來道：「不再聽你的廢話了，來！我帶你們去看一些東西。」

韓柏和柔柔同時一呆，在這樣惡劣的形勢裏，還有甚麼東西好看？

方夜羽站在一個山頂之巔，艷陽高掛天上，在溫煦的陽光裏，他挺拔的身形，充滿著自信和驕傲。

他低頭審視著手上失而復得的三八戟，看得是那麼情深，那麼貫注。站在他身旁的「禿鷹」由蚩敵、

「人狼」卜敵、「白髮」柳搖枝、蒙氏雙魔、十大煞神裏的絕天滅地和金木水火土五煞，均屏息靜氣，靜待他的發話。眾人都有點沮喪，因爲在昨晚的行動裏，定下的目標均沒有達到。

方夜羽微微一笑，望著「白髮」柳搖枝道：「柳護法可知爲何我將此戟讓韓柏保管至決鬥之時？」

柳搖枝愕了一愕，深思起來。這亦是當日韓柏大惑不解的事，因爲將自己的拿手武器交予敵人，在武林裏確乃絕無僅有的事。

方夜羽淡淡道：「當日我看到他第一次拿起我的三八戟時那種感覺，已使我知道這人對武器的特性，有種與生俱來的敏銳觸覺，當然，現在我們知道他這種觸覺，是來自赤尊信的魔種。」略一沉吟，嘴角再露出一絲笑意，眼光由柳搖枝移往山頭外蔥綠的原野，像想起了當日的情景道：「所以我故意將右戟留給他，其實是以此無形中限制了他接觸其他武器，亦逼他只能以右戟和我交手。」

眾人恍然大悟，亦不由打心底佩服方夜羽的眼光和心智，要知即使赤尊信重生，用起三八戟來，也絕及不上方夜羽傳自龐斑對三八戟的得心應手。

「白髮」柳搖枝臉色一變道：「我不知道其中竟有如此玄妙，還以爲將三八戟取回有利無害，不過少主請放心，我們必能取韓柏的頭回來向少主交代。」

方夜羽嘆了一口氣道：「假設我以追求武道爲人生最高目標，韓柏將是我夢寐難求，使我能更上一層樓的對手，可是我身負逐鹿中原的大任，唉……」

蒙大蒙二兩人齊躬身道：「少主千萬要珍重自己，在中原重振我大蒙的希望，全繫於少主身上。」

方夜羽環視眾人，哈哈一笑道：「我們這次出山，首要之務，就是打擊中原武林，想當年朱元璋若非得到黑白兩道的支持，何能成其霸業？昨晚我們看似未竟全功，其實已將黑白兩道打擊得七零八落，潰不成軍。」又嘿嘿一笑，哂道：「不可不知昨晚我們對付的人，都是中原武林一等一的厲害角色，若我們能輕易完成任務，才是奇怪。」

眾人因恐懼方夜羽責怪而拉緊的心情，齊齊鬆舒，都湧起下次必須全力以赴，不負方夜羽所望的熱情。

方夜羽見已激厲起眾人士氣，正容道：「現在厲若海、赤尊信已死，江湖三大黑幫其中之二落入了我們手裏。白道十八種子高手心膽俱寒，又因韓府凶案陷於分裂邊緣，只要我們能堅持分而化之，逐個擊破的戰略，中原武林將元氣大傷，那時我大蒙再次東來，朱元璋便再無可用之將，天下還不是我囊中之物。」眾人紛紛點頭。

要知破壞容易，建設困難，他們的目的並非太難達到。首先拿黑道開刀，將反抗的人剔除，統一黑道，擴展地盤，削弱朝廷的勢力，製造不安。這目標現在已大致達成，若非怒蛟幫有浪翻雲的覆雨劍頂著，則天下黑道，便已盡成為方夜羽的工具，這種由外至內逐步腐蝕明室天下的手段，確是毒辣，而且非常有效。

方夜羽望向「禿鷹」由蚩敵，道：「強老師的傷勢如何？」

由蚩敵悻悻然道：「范良極確是狡詐至極，老強的傷勢相當嚴重，幸得少主賜以靈藥，不過沒有百日精修，也難以復元。」

一直沒作聲的「人狼」卜敵恭敬問道：「請小魔師指示下一步行動。」

方夜羽沉吟片晌，道：「我們一上來便佔盡了上風優勢，主因是在過去二十年裏，我們默默耕耘下，不但培養了大批可用的人才，還建立了龐大有效的情報網，以暗算明，使敵人措手不及。不過自昨晚之後，我們便由暗轉明，兼且由老師等又現了身，必引起敵人警覺。」

柳搖枝道：「尤可慮者，乃是朱元璋的反應。」

方夜羽哈哈一笑道：「這我倒不太擔心，朱元璋以黑道起家，得了天下後又反過來對付黑道，開國元老所餘無幾，唯一可懼者只是『鬼王』虛若無，但我們卻有師兄這一著厲害的棋子，保證朱元璋自顧不暇，哪還有閒情來理中原武林內發生的事。」眼光落在由蚩敵身上，道：「不知里老師何時會抵武昌？」

眾人知道他說的是蒙古五大高手裏智計武功均最超卓的「人妖」里赤媚，均露出注意的神色。昔日蒙皇能撤回塞外，就是因里赤媚對著了對方武功最高明的虛若無，否則順帝能否全身而退，也是未知之數，於此可見此人武技的強橫。

由蚩敵道：「里老大現在應該到了。」

方夜羽眼中閃過精芒，道：「既是如此，便由里老師主持追殺范良極和韓柏，若有里老師出手，哪愁兩人飛上天去。」接著嘴角牽出一絲冷笑，話題一轉道：「雙修府處處與我作對，若我教她有片瓦留下，何能立威於天下？」眾人精神大振，轟然應是。

卜敵臉上現出一個殘忍的笑容，道：「縱使風行烈逃到天腳底，也絕逃不出我們的五指關。」

方夜羽略一思索，道：「我們可放出聲氣，讓天下人均知我們即將攻打雙修府。」

眾人大感愕然，這豈非讓敵人知所防範嗎？

方夜羽傲然一笑道：「八派一向視自己為武林正統，又得朱元璋策封為八大國派，西寧派更連道場也搬到了京城，近年來更是妄自尊大，崖岸自高，對雙修府此等一向被他們視爲邪魔外道的門派，絕不會屑於一顧。現在厲若海已死，邪異門雲散煙消，雙修府少了這大靠山，頓時陷於孤立無援之境，縱使我們宣稱要攻打雙修府，也無人敢施以援手。」

柳搖枝道：「我明白了，少主是想以此殺雞儆猴，樹立聲威。」

方夜羽道：「這只是其中一個原因，更重要的理由，我是想引一個人出來。」

柳搖枝一震道：「少林的『劍僧』不捨大師？」

方夜羽眼中掠過讚賞的神色，蒙氏雙魔和禿鷹三人武功雖和柳搖枝同級，但智計卻要以後者最高，點頭道：「柳護法猜得不錯，此人經師尊鑑定，不但是十八種子之首，武功才智還是八派第一，若能擊殺此人，八派之勢將大幅削弱，於我們大大有利。」

卜敵問道：「假設惹了浪翻雲出來，我們恐難討好。」

由蚩敵怒喝道：「浪翻雲又如何？若他敢來，便由我和蒙大蒙二應付，保證他有來無去。」

方夜羽淡淡一笑道：「由老師萬勿輕敵，不過卜敵也不須擔心。」面露高深莫測的笑意，續道：「任他浪翻雲智比天高，現在對這事也將有心無力，只希望怒蛟幫會派出精兵，趕往援手，那我們或可得到兩顆人頭。」

眾人精神大振，若沒有浪翻雲在，怒蛟幫又因援救雙修府分散了實力，實在是覆滅怒蛟幫的最佳良機。眾人至此，不禁對方夜羽佩服得五體投地。

方夜羽眼中精芒再現，道：「我要的是凌戰天和翟雨時兩人項上的頭顱，此二人一除，怒蛟幫便再不足道，而且會對浪翻雲構成最嚴重的心理打擊，讓他知道我的厲害。」

眾人轟然應喏，熱血沸騰，只希望能立即赴戰場殺敵取勝，以成不世功業。

方夜羽向柳搖枝吩咐道：「柳護法可乘機招攬雙修府的死對頭『魅影劍派』，在遊說的過程裏，可多透露點我們的事與他們知道，其派主『魅劍』刁項乃元末四霸之一陳友諒之弟『橫江鐵矛』陳友仁愛將，當年康郎山水道一戰，朱元璋納虛若無之計，利用風勢焚燒陳友諒的巨舟陣，豪勇蓋世的陳友仁爲虛若無所殺，刁項知勢不可爲，避回南粵，但對朱元璋可說恨之入骨，凡有害朱元璋之事，均會戮力以赴。」柳搖枝肅然領命。

蒙大道：「少主！對來自『慈航靜齋』的女高手，我們又應如何處理？」

方夜羽呆了一呆，他不是想不起要對付秦夢瑤，而是潛意識地在迴避這問題，沉吟片晌道：「秦夢瑤和師尊的關係非同小可，待我請示師尊後，再作打算。」眾人齊聲應是。

方夜羽望向升上中天的艷陽，知道自己的力量亦是如日中天，只是寥寥幾句話，便將黑白兩道全捲進腥風血雨裏。

怒蛟島。在幫主上官鷹的書房裏，上官鷹、翟雨時和凌戰天三人凭桌對坐。三人均面色凝重。

翟雨時道：「左詩被擄一事，最大的疑點是對方爲何會揀上她，而不是其他人？要知浪大叔和左詩最爲人所知的一次接觸，便是那晚大叔來觀遠樓與我們聚餐前，在街上扶起將跌倒的雯雯，這種一面之緣的關係，並不足以使左詩成爲敵人威脅大叔的目標。」

上官鷹和凌戰天默然不語，靜待翟雨時繼續他的分析。上官鷹對翟雨時智計的信心自是不在話下，連智勇雙全的凌戰天也是如此，可見翟雨時已確立了他第一謀士的地位。

翟雨時清了清疲倦的聲線，緩緩道：「所以這內奸必須也知道大叔和左詩在事發那晚前的兩次接觸，才有可能作出以左詩爲目標的決定。」

上官鷹皺眉道：「但那兩次接觸只是極爲普通的禮貌性交往，大叔邀請左詩上樓一晤時，還被左詩拒絕了，由此可看出兩人間並沒有可供利用的親密關係。」

翟雨時挨往椅背，讓由昨夜勞累至這刻的脊骨稍獲鬆舒的機會，淡淡道：「但事實上就是敵人的奸計成功了，據千里靈傳來的訊息，大叔已被迫要帶著左詩赴京去了，這告訴了我們甚麼？」眼光移向沉思的凌戰天。

凌戰天瞪了他一眼，低罵道：「想考較我嗎？」

翟雨時微笑點頭，心中升起一股溫情，他和凌戰天的關係由對立，至乎疏而不親的信任，以至眼前的毫無隔閡，分外使人感到珍貴。

凌戰天眼光轉向上官鷹，神色凝重了起來，道：「這代表了此內奸不但深悉大哥的性格，還知道大哥和『酒神』左伯顏的關係，知道只以左詩爲左伯顏之女這個身分，大哥便不能不盡力去救她。」

上官鷹動容道：「如此說來，此人必是幫內老一輩的人物。」眼中精光一閃，射向翟雨時道：「此人會是誰？」

翟雨時迅速回應道：「我曾查過當左詩和雯雯送酒至觀遠樓時，當時同在樓內，而又稱得上是元老級人物的，共有三人。」

上官鷹面色愈見凝重，道：「其中一人當然是方二叔，另外兩人是誰？」

翟雨時冷冷道：「是龐過之和我們的大醫師常瞿白常老。」

凌戰天渾身一震，臉上泛起奇怪之極的神色，喃喃道：「常瞿白……常瞿白……」

上官鷹也呆了一呆道：「這三人全都是自有怒蛟幫在便有他們在的元老，怎會是內奸。」閉上佈滿紅絲的眼睛，好一會才再睜開道：「會不會是我們多疑？根本不存在內奸的問題，而只是由於敵人高明罷了。」說到最後，聲調轉弱，連他也不相信自己的想法。

翟雨時淡淡道：「我還可從另一事上證明怒蛟幫有內奸的存在。」

兩人同時心中懍然，愕然望向翟雨時。

翟雨時道：「我在來此前，收到了長征的千里靈傳書，帶來了重要的消息。」

凌戰天欣然一笑，低嘆道：「眞好！這小子還未死。」

上官鷹和翟雨時交換了個眼色，都聽出了這長輩對戚長征出自眞心的愛護和關懷。

翟雨時道：「信內有兩條重要的消息，就是楞嚴派出了手下西寧派的『遊子傘』簡正明，遊說隱居於洞庭湖岸旁鄉間的『左手刀』封寒，出山對付我們，但爲封寒嚴拒。」

上官鷹臉上掠過不自然的神色，顯是想起封寒受浪翻雲所託帶之離島的乾虹青。三年來，他雖一直設法忘記她，但他知道自己並沒有成功，尤其在午夜夢迴的時刻。

翟雨時續道：「第二條重要的消息是龐斑與乾羅談判決裂，乾羅昨晚在街上受到方夜羽聚眾圍攻，受了重傷，但奇怪的是龐斑並沒有親自出手。」

凌戰天一愕，然後吁出一口氣道：「看來大哥估計不錯，龐斑決戰厲若海時，果然受了傷，而且看來不輕。」接著一對虎目寒光一閃，嘿然道：「以乾羅的老謀深算，怎會單身赴會？」

翟雨時道：「我另外收到黃州府暗舵傳來的消息，乾羅山城的人在過去數日內曾分批進入黃州府，但在黃州府一戰中顯然沒有參與，其中原因，耐人尋味。」

凌戰天皺眉道：「據大哥說，他那次見到乾羅，發覺乾羅已練成了先天眞氣，假若沒有龐斑出手，誰能將他傷了？」

上官鷹和翟雨時均露出感激的神色，若非得乾羅通知浪翻雲有關他們被莫意閒和談應手追殺的事，使浪翻雲及時援手，他們現在便不能安坐這書房之內。

凌戰天臉上現出凜凜然之色，道：「假設龐斑確是昔年蒙古開國時第一高手『魔宗』蒙赤行之徒，這方夜羽便極可能亦是蒙人之後，此次來攪風攪雨，恐有反明復蒙的目的。」嘆了一口氣道：「若是如此，我們要面對的，就不僅是歸附於龐斑的黑道高手，還有蒙人剩下來的餘孽。」

上官鷹和翟雨時臉色齊變。凌戰天嘆了一口氣道：「當年老幫主爲小明王韓林兒部下時，曾與當時蒙古最強悍的高手『人妖』里赤媚交手，雖能保命逃生，但所受的傷卻一直未曾完全痊癒。後來朱元璋設陰謀將小明王沉死於瓜洲江中，老幫主才與朱元璋決裂，率小明王舊部退來怒蛟島，建立怒蛟幫，若此魔再次出世，經過這二十多年的潛隱，恐怕要大哥的覆雨劍才可制得了他。」

三人沉默下來，都想到事情的嚴重性，實出乎先前料想之外。

上官鷹長長吁出了一口氣，道：「雨時，長征的來書中，還提到甚麼事？」

翟雨時淡淡道：「他正和乾羅在一起。」

兩人齊齊愕然。翟雨時連忙解釋道：「長征這封千里靈傳書，顯然是在非常匆忙的情況下寫成，照文意看，是他在乾羅受傷後，施以援手，現正護送乾羅到某一祕處去，希望很快可以收到他的第二封信。」

上官鷹皺眉道：「這和你剛才所說，可從此證實怒蛟島內有內奸有何關係？」

翟雨道：「當初我反對長征去找馬峻聲晦氣，除了怕他和八派聯盟結下不可解的仇怨外，更擔心的是方夜羽方面的人。」

上官鷹凌戰天兩人了解地點頭，因爲在與莫意閒和談應手的戰鬥裏，戚長征鋒芒畢露，成了怒蛟幫繼浪翻雲和凌戰天後最觸目的人物，視怒蛟幫爲眼中釘的方夜羽，怎會不起除之而後快的心？

翟雨時分析道：「但長征大搖大擺進入黃州府，還公然向簡正明挑戰，方夜羽等竟不聞不問，你們不覺得奇怪嗎？」

凌戰天擊檯讚道：「雨時果是心細如髮，這事實說明了方夜羽知道了長征此行的目的，自然不會從中阻撓，最好是長征殺了馬峻聲，那時我幫和八派勢成水火，他們便可坐收漁翁之利。」

上官鷹動容道：「如此說來，我們幫內眞的存在內奸。但究竟是方二叔？龐過之？還是常瞿白呢？這三人均知道長征是到了甚麼地方去的。」

凌戰天臉色變得非常陰沉，卻沒有作聲。

翟雨時道：「整個早上，我都在苦思這問題，現在連頭也感到有點痛……」

上官鷹關切地道：「雨時！我常叫你不要過分耗用腦力……」

翟雨時嘆道：「不想行嗎？」再嘆一口氣後道：「照我想，方二叔的可能性最少，因爲他的活動範圍主要是觀遠樓的事務，從沒有眞正參與幫裏的大事，故並非做內奸的適當人選。」

凌戰天冷冷插入道：「是常瞿白！」

兩人眼光立刻移到他臉上。只見凌戰天眼中閃著可怕的寒芒，斬釘截鐵地道：「龐過之我可擔保他沒有問題。」兩人知道他還沒有說完，靜心等候。

凌戰天望著屋樑，臉上露出回憶的神情，緩緩道：「這些年來，我一直對老幫主的暴死不能釋疑，雖說與里赤媚血戰留下的內傷，一直未能徹底痊癒，但老幫主底子既好，內功又深厚無匹，年紀尚未過四十五，如何會突然一病便死，事後我們雖然詳細檢驗，總找不出原因來，現在我明白了，我們是絕不會查出任何結果的，因爲檢查的人，正是在我們幫裏地位尊崇的大醫師常先生，常瞿白！老幫主！你死得很慘。」一滴熱淚由他左眼角流了下來。

上官鷹渾身一震，顫聲道：「你說甚麼？」他已忘了稱凌戰天爲二叔，可見他的心頭是如何激動。

凌戰天閃著淚影的虎目投向上官鷹，一字一字道：「我說常瞿白不但是內奸，還是他害死了老幫主，只有他才可以在老幫主的藥裏動手腳，而不虞有人知道。」接著一聲長嘆道：「大哥一直不喜歡常瞿白，我還以爲是大哥的偏見，直到這刻，我才知道憑著他超人的直覺，已感到常瞿白有問題。」

翟雨時按著激動的上官鷹，沉聲道：「我心中也是這個人，他還有一個做內奸的方便，就是每到一個時候，便可離島獨自往外採購藥物。其他兩人，方二叔近六、七年未曾離開過怒蛟島半步；龐過之雖亦常有離島，但總有其他兄弟在旁。所以若要我說誰是內奸，常瞿白實是最有可能。」

上官鷹狂喝道：「我要將這奸賊碎屍萬段。」

凌戰天以平靜至怕人的語氣道：「我們不但不可以這樣做，還只能裝作若無其事。」

翟雨時接入道：「因爲所有這些推論，都只是憑空想像，全無實據，這些年來常瞿白以其高明醫術，在島上活人無數，極受幫眾擁戴，若我們殺了他，會引起幫內非常惡劣的反應。」

上官鷹淚流滿面，直到今天他才第一次被提醒自己敬愛的嚴父可能是被人害死的。連翟雨時也不知應怎樣勸解他。

上官鷹深吸一口氣，勉強壓下心頭的悲憤，暴喝道：「難道我上官鷹便任由殺父仇人在面前走來走去，扮他道貌岸然的大國手？」

凌戰天平靜地道：「假設我猜得不錯，他很快便要離島採藥了，當我們確定他是一去不回，並不是貿然冤枉了他時，我們便可以開始數數他還有多少天可活。」

武昌府。午後。陳令方大宅僻靜的後花園裏，人影掠過，閃電般沒入了假石山林立之處。帶頭的是范良極，他到了其中一座假石山前停了下來，熟練地伸出手來，在假石山近底部處一輪拍打，接著雙掌伸出，運起內勁，用力一吸，一塊重約百斤的大石，硬生生給他吸拉起來，移放地上，露出一個可容人爬入的入口。

范良極得意地回頭向身後的韓柏和柔柔道：「這是我佈於天下三十六個祕藏之一，三個月前才開鑿出來。」接著豎耳一聽，低呼道：「有人來了，快進去！」領先爬了進洞，又回過頭來吩咐道：「記得把門關上。」

韓柏暗忖這開在假石山裏的洞穴，必是范良極偷窺朝霞時，閒著無事開鑿出來的。柔柔來到他身旁，興趣大生地低聲道：「要不要爬進去？」韓柏也很想看看這號稱天下盜王的大賊，究竟放了些甚麼東西在裏面，連忙點頭示意。兩人一先一後往內爬去，韓柏進去時順手拿起大石，將入口塞上。前面的柔柔爬得頗快，不斷傳來她雙腳觸地的聲音，韓柏大奇，原來這嬌俏的美女，身手實是不弱。跟著兩腳一空，來到另一空間裏，順勢躍下。

韓柏落在凹凸巖巉的實地上，環目一看，哪裏有甚麼寶藏，只是個十多尺見方的空間，一點也不覺有斧鑿之痕，只像是一個在假石山內的天然洞穴。陽光由石山的隙縫小孔中透入，一點不覺氣悶。

范良極神情奇怪，瞪著柔柔低聲道：「小妮子輕功不錯，為何總要人摟摟抱抱，不懂自己走路嗎？」

柔柔俏臉一紅，垂頭道：「公子要抱柔柔，柔柔便讓他抱。」

范良極悶哼一聲，瞪向韓柏道：「你這小子倒懂得混水摸魚，順風使舵之道。」

韓柏搔頭道：「我怎知她會自己走得那麼快？」頓了一頓哂道：「這個鼠洞就是你所謂的三十六祕藏之一嗎？」

范良極不屑地冷笑道：「早說了你是無知小兒，以後在亂說話前，最好動動腦筋，假若我范良極的寶貝就放在這鬼洞裏，有朝一日，陳令方那混賬看這假石山不順眼，要移到別處，我的東西豈非盡付東流？」一邊說著，一邊伸手抓著洞內地上一塊大石，用力橫移，看他用力的情況，此石顯然比封著入口那石更重。石頭緩緩移開，露出一條往下延伸的通道。

柔柔驚嘆道：「竟有道石階，眞是令人難以相信！」

范良極大感受用，得意地道：「換了是普通工匠，就算十個人一齊動手，要弄個像這樣的地下室出來，最少也要百日工夫，我老范一個月不到便弄了出來，來！請進！」

韓柏好奇心大起，便要步入，豈知范良極毫不客氣伸手攔在他胸前，冷冷道：「我的『請進』並不是向你說的。」韓柏和他嬉玩慣了，絲毫不以為怪，嘻嘻一笑，退往一旁。

柔柔緩步來到入口旁，有點擔心地道：「裏面能否吸到氣？」她沒有像范韓兩人長期閉氣的功力，自然要大為猶豫起來。

范良極顯然對「知情識趣」的她改觀了很多，滔滔不絕誇許道：「柔柔你不用擔心，我的祕藏也是我藏身的地方，通氣的設備好得不得了……」

韓柏心中一動，一把抓著范良極的衣袖，道：「老范！假若我們在你的賊巢躲上九天，儘管方夜羽有通天徹地之能，也休想找到我們。」

范良極兩眼一翻，有好氣沒好氣地道：「那十日後你到不到韓家的兵器庫和方夜羽決鬥？」

韓柏點頭道：「當然去，我韓柏豈會怕他？」

范良極揶揄道：「當然！我們的韓柏大俠若怕了人，就不是大俠了，那就請問一聲，假設在你老人家開赴戰場途中，方夜羽佈下人手對你加以攔截，你老人家又怎麼辦？」

韓柏慣性地搔撥頭，期期艾艾道：「這個嘛？這個……」跟著若有所得道：「那我們索性在這裏躲一段時間，不就行了嗎？」

范良極佔得上風，益發要大逞口舌，陰陽怪氣地道：「你要做地洞裏的老鼠，恕我這頂天立地抬起頭來做人的盜王不奉陪了，不過你以後再也不要稱自己作大俠，看來朝霞也不適合嫁你這明知她有難也袖手旁觀的吃奶大俠。」

韓柏見有「崇拜」他的柔柔在旁，卻給范良極這死老鬼如此「嘲弄」，面子上怎掛得住，忿然轉身，怒道：「那我現在便大搖大擺走到街上去，看看方夜羽莫意閒等能拿我怎麼樣。」

柔柔驚惶叫道：「公子！」

范良極「咕咕」笑了起來，走上來攬著他肩頭，道：「我的小柏兒，為何做了大俠後，連心胸也窄了起來，開開玩笑也不行，便要鑽出去送死。」

韓柏當然不是眞的想出去送死，乘機站定道：「躲起來不可以，出去也不可以，你究竟要我怎麼樣？」

范良極陪著笑臉，但口中卻絲毫不讓道：「你的腦筋這麼不靈光，怎能再扮大俠下去。」

韓柏想不到自稱了一句「大俠」，竟給這「大奸賊」抓住了痛腳，惹來這麼嚴重的後果，他也是極其精靈的人，想了一想冷冷道：「我改名沒有問題，不過看來你也難逃改名之運，而問題則更嚴重多了！」

范良極愕然道：「改甚麼名？」

韓柏反手摟著他乾瘦的肩頭，嘻嘻笑道：「你不是叫甚麼媽的『獨行盜』嗎？不過我看你其實最喜歡湊熱鬧，不如改作『雙行盜』，又或『眾行盜』、『多人行盜』又或『熙來攘往盜』，那倒貼切得多。」

范良極一時語塞，回心一想，這小子倒說得不錯，不過錯不在自己，眼前此小子才是罪魁禍首，自從遇上了他後，自己果然怕起了寂寞來。

韓柏見難倒了他，俠懷大慰，更表現出大俠的風範，安慰道：「不過你也不用深責自己，人老了，思想也跟著成熟了，自然會拋棄以前的陋習。」不容范良極有反擊的機會，向在旁掩嘴偷笑的柔柔道：「來！柔柔，我們下去，看看『熙來攘往盜』有甚麼可看得上眼的東西。」走前，推著柔柔步下石階。

地室內果然空氣清爽，但由明處走進暗處，一時間連韓柏的夜眼也看不到任何東西。「擦！」火摺燃起，點亮了一盞掛在牆上的油燈。室內大放光明。韓柏和柔柔兩人齊齊一呆。若他們見到的是滿室珍玩，價值連城的珠寶玉石，他們都不會像現在般驚奇，因爲范良極身爲大盜之王，偷的自然不會是不值錢的東西。室內空空蕩蕩，只有在地室的一角，用石頭架起了一塊木板，放了十多個匣子，還有一紮十多卷羊皮和一個長形的錦盒，也不知裏面寫了或畫上了甚麼東西，較像樣的是木板旁的一個大箱子，看來裏面放的應是較值錢的珍寶吧！

范良極一點也不理兩人失望的表情，來到那木箱旁，洋洋自得地道：「你們猜猜箱內放的是甚麼東西？」不待兩人反應，逕自將箱蓋掀開，原來是一箱衣服雜物。韓柏和柔柔面面相覷，這算甚麼珍藏寶庫？

范良極見捉弄了他們，心懷大暢，故作神祕地道：「你們若要看甚麼名畫玉馬，巧藝奇珍，我其他祕藏裏多的是，但都不及這室內的東西來得寶貴和有用，至少在眼前這光景是如此。」順手將那錦盒拿了起來，遞給韓柏。

韓柏聽他話中有話，接過錦盒，一看下全身一震，差點連錦盒也掉在地上，愕然望向范良極。范良極雙手環抱胸前，對韓柏的強烈反應大是滿意。柔柔和這一老一少兩人相處多了，也感染了他們那無拘無束的氣氛，將頭湊過去，只見錦盒上寫著「大明皇帝致高句麗王御筆」，不由也「呵」一聲叫了起來。竟是大明和高句麗兩國皇帝的往來文牒，不知如何竟來到這地室裏。

韓柏賤僕出身，不要說皇帝老子，只是府主便覺高不可攀，現在連皇帝的手書也來到自己手裏，困難地嚥了一口沫涎，戰戰兢兢地道：「我可以看看嗎？」

范良極眼中射出得意的神色，陰陰笑道：「我還以爲你是目不識丁的傻瓜，這麼久還不打開來看看。」

韓柏信心十足，將錦盒打開，心想幸好我自幼便伴著韓家兩位少爺讀書認字，雖然受盡二少爺韓希武的氣，但偷學來的東西絕不會比這二少爺正式拜師學回來的少。

范良極在旁嘀咕道：「朱元璋甚麼出身，我才不信他寫得這麼一手好字，九成九是由身邊的人代書，還說甚麼御筆，見他祖宗的大頭鬼。」

韓柏見怪不怪，把他對皇帝的輕蔑和大逆不道言語當作耳邊風，伸手從錦盒內取出被名貴緞錦包裹得隆隆重重的御書來。柔柔接過錦盒，又接過他解下的緞錦，讓他騰空雙手，展書細覽。一看之下，韓柏暗暗叫苦，字他倒認得六、七成，可是明明平時懂得的字，拼在一起，便變成極為深奧的駢驪文章，看了半天仍是參詳不出箇中涵義。范良極目不轉睛盯著他，嘴角帶著一絲冷笑。韓柏心道這次糟了，一定被這死老鬼極盡侮辱之能事了，雖然看不懂可能與做不做得成大俠沒有直接關係，但總非光采之事。

范良極陰陰道：「上面寫著甚麼東西？」

韓柏仔細看了范良極一眼，心中一動，將御書遞過去道：「你看得懂嗎？」

范良極呆了一呆，泛起一個尷尬的苦笑，攤開雙手道：「和你一樣。」

兩人互瞪半晌，忽地指著對方，齊聲大笑，連淚水也笑了出來。柔柔也笑得彎下了腰，這幾年來，她從未如此開懷，忽爾裏，所有以前的苦難，眼前的危險，全給拋到九霄雲外去了。

她最快恢復過來，從笑得蹲在地上的韓柏手上接過御書，細心地看起來。地室頓轉寧靜，兩個男人期待地看著這嬌媚的女郎。在火光掩映下，柔柔專注的神情，分外有種超乎凡俗的嬌態。

柔柔微微一笑，捲起御書，望向兩人，見到兩人期待的呆相，禁不住「噗哧」嬌笑，點了點頭，表示她看得懂。兩人齊聲歡呼起來。

柔柔道：「這是我們皇帝寫給高句麗皇帝的書信，開始時，先恭喜蒙人退回漠北後，高句麗能重建家國，信中希望兩國今後能建立宗藩的關係，又提及高句麗盛產人參，要求高句麗每三年進貢一次……」

范良極拍腿叫道：「這就對了，這是一個高句麗皇帝派來的進貢團，謝天謝地，這次朝霞有救了，我們也有救了。」

韓柏和柔柔面面相覷，參不透范良極話裏玄虛。范良極情緒亢奮至極，一口氣說道：「三個月前，我因事到了建州和山東邊界的塔木魯衛，湊巧碰上了馬賊攔路洗劫一隊馬車隊，這批惡賊手段毒辣，整個馬車隊五十七條人命一個不留，我大怒下追蹤了一日一夜，趕上這群馬賊，也殺他們一個不留，從他們手上搶回來的就是這些東西。」

柔柔惻然道：「這個從高句麗來的進貢團眞是不幸。」

韓柏道：「整個五十多人的使節團，就得這麼多東西？」

范良極不耐煩地道：「我只得一雙手，拿回這些東西已算了不得哪。」轉向柔柔，恭敬地道：「柔柔姑娘，你比起那些甚麼大俠實在高明得多，煩你看看這些羊皮地圖和文件，看看有甚麼用。高句麗文大部分都是漢文，你既然能將那比少林寺藏經閣內的祕笈更深奧的御書也看得懂，這些定難不倒你。」

柔柔惶恐地看了韓柏一眼，見他對自己比他「高明」毫不介懷，心中定了點，輕輕點頭，那順從的模樣，可教任何男人心花怒放。

范良極看得呆了一呆，喃喃道：「假若有一天我的清妹能像你那麼乖就好了。」

韓柏皺眉道：「死老鬼，你弄甚麼鬼？」

范良極跳了起來，來到他面前，指著他的胸口道：「你就是高句麗派來的使節。我就是你的首席男侍從，柔柔是你的首席女侍從。」跟著跳到那十多個匣子前，道：「這些就是進貢給朱元璋的人參。那些就是我們的衣服和不知寫著或畫著甚麼的文件，你明白了沒有？」

韓柏色變道：「甚麼？你要冒充高句麗的進貢團，去……去見朱……朱元璋？」

范良極微微一笑，道：「不是我，而是你，我只是從旁協助，不過我的幫助可大了，只要動用一兩個祕藏，便可使你成為天下最富有的人，包保京裏那批愛財如命的貪官污吏，巴結你都嫌來不及呢。」

韓柏道：「那有甚麼作用，何況我對那些甚麼禮節一無所知，扮也扮不來。」

范良極道：「用處可多了，不過現在不便透露你知，哈哈！任方夜羽如何聰明，也絕想不到我們搖身一變，成了高句麗派來進貢的特使。」

韓柏一顆心卜卜狂跳起來，若要躲開方夜羽，這條確是絕妙的好計，怕只是怕弄假成真，真的去見了朱元璋，那才糟糕。同時心中也隱隱猜到范良極這招是專為朝霞而設計的。

范良極手舞足蹈道：「有錢能使鬼推磨，我包保有方法將你訓練成材。」

韓柏道：「那你的清妹又怎樣？」

范良極哈哈一笑道：「都說你不懂得對付女人，定要一鬆一緊，欲擒先縱，現在她說明要我不用找她，我便不找她一段時間，到她心癢癢時，我再翩然出現，包管她……哈哈哈……」

韓柏看著他臉上陶然自醉的神色，恨得牙癢癢地道：「你不怕方夜羽的人對付雲清嗎？」

范良極昂然道：「首先，她會回去提醒八派的人，加倍防備。其次，方夜羽一天未完全統一黑道，就不會對八派發動全面攻勢，以免兩面受敵，這我倒蠻有信心。」

韓柏心內叫苦連天，暗忖自己似乎是做定了這個從高句麗來，卻連一高句麗話也不會說的使節了！

龐斑負手立在花園的小亭裏，默默望著亭外小橋下潺潺流過的溪水。一隻蝴蝶合起翅膀，動也不動停伏在溪旁一塊較高聳起的小石之上，令人無從知道牠翅膀上的彩圖究是何等美麗。只有等待牠飛起的剎那。

輕若羽毛的步聲傳來。白僕的聲音在亭外響起道：「主人！憐秀秀小姐派人送了一個竹筒來。」

蝴蝶依然動也不動。龐斑道：「給我放在石檯上。」

白僕恭恭敬敬將一個製作精美，雕有圖畫的竹筒子放在石檯上，退出亭外，垂手靜立。龐斑收回凝注在蝴蝶身上的目光，轉過身來，望著竹筒。

只見筒身雕著一個古箏，此外還有一句詩文，寫著：「拋殘歌舞種愁根。」

龐斑臉上的表情全無變化，默默拿起竹筒，拔開活塞，取出藏在其中的一卷宣紙，打開一看，原來寫的是「小花溪」三個字，和當晚於「小花溪」正門所看到牌匾上的字形神俱肖，清麗飄逸，一看便知是出於同一人手書。但也和牌匾上那樣，沒有上款，也沒有下款。

龐斑凝神看著憐秀秀送來的這張小橫幅，足有半晌時光，平靜地道：「是誰送來的？」

白僕肅然應道：「是由察知勤親身送來的。」

龐斑淡淡道：「請他進來！」

白僕應命而去，不一會帶了戰戰競競的察知勤進來，候於亭外。

龐斑目光仍沒有離開那張宣紙，平和地道：「察兄你好！」察知勤慌忙躬身還禮，只差點沒有跪下去。

龐斑抬起頭來，像能看透一切的目光落在察知勤臉上，淡然道：「秀秀小姐離開了『小花溪』嗎？」

察知勤全身一震，終於跪下，顫聲道：「小人眞是佩服得五體投地，這事小人還是當秀秀小姐託我送這竹筒來時，才承她告知，魔師怎會知道？」

龐斑嘆道：「這三個字寫得斬釘截鐵，充滿有去無回的決心，但在最後一筆，卻猶豫了片晌，欲離難捨，好一個『拋殘歌舞種愁根』，好一個憐秀秀。」不待察知勤回應，又道：「秀秀小姐到哪裏去了？」

察知勤道：「秀秀小姐已在赴京師的途中。」

龐斑道：「是秀秀小姐要你告訴我，還是你自己的主意？」

察知勤惶恐地道：「是小人的主意，但當時我曾問秀秀小姐，她是否允許我告訴魔師你老人家她的去處，秀秀小姐淒然一笑，卻沒有答我，上車去了。」

龐斑面容沒有半點波動，平靜地道：「察兄請了。」

察知勤連忙起立，躬身後退，直至退出了通往月門的碎石路上，才敢轉身，在白僕陪同下離去。龐斑靜立不動，好一會後將橫幅珍重地捲了起來，放入筒內，按回活塞，收在身後。

方夜羽肩寬腿長的身形映入眼簾。他直抵亭內，先行大禮，才肅立正容道：「師尊！夜羽有一解不開的結，請求師尊賜予指示。」

龐斑微微一笑道：「是否爲了秦夢瑤？」

方夜羽渾身一震：「師尊怎會知道？」

龐斑仰首望著像個大紅車輪般快要沒於牆外遠山處的夕陽，眼中抹過一絲難以形容的痛苦，長長吐出一口氣，道：「靜庵啊靜庵，只有你才能向我出了這麼一道難題。」頓了一頓，沉聲道：「乾羅死了沒有？」

方夜羽答道：「乾羅受了重傷，在一段時間內也不足為患。」頓了一頓道：「風行烈也逃走了，不過他像是突然走火入魔，失去了動手的能力，被雙修府的人救走。」

龐斑像是一點也沒有聽到他的話，緩緩轉過身來，目光再落在石上的蝴蝶處，他絲毫不奇怪蝴蝶仍在那裏，因為由他轉過身來接憐秀秀送來的告別之物開始，他的耳朵從沒有片刻放過那蝴蝶，並沒有聽到振翅的聲音。他仍然看不到蝶翼上的圖案。

龐斑淡淡道：「赤媚來了，有他在你身旁，除非是浪翻雲來了，否則他可以助你應付任何事。」

方夜羽愕然道：「師尊！」

龐斑淡淡道：「我要回宮了。」輕輕吹出一口氣，像一陣清風向蝴蝶捲去。蝴蝶一陣顫震，終耐不住風力，振翅飛起，露出只有大自然的妙手才能繪出來的艷麗圖案。

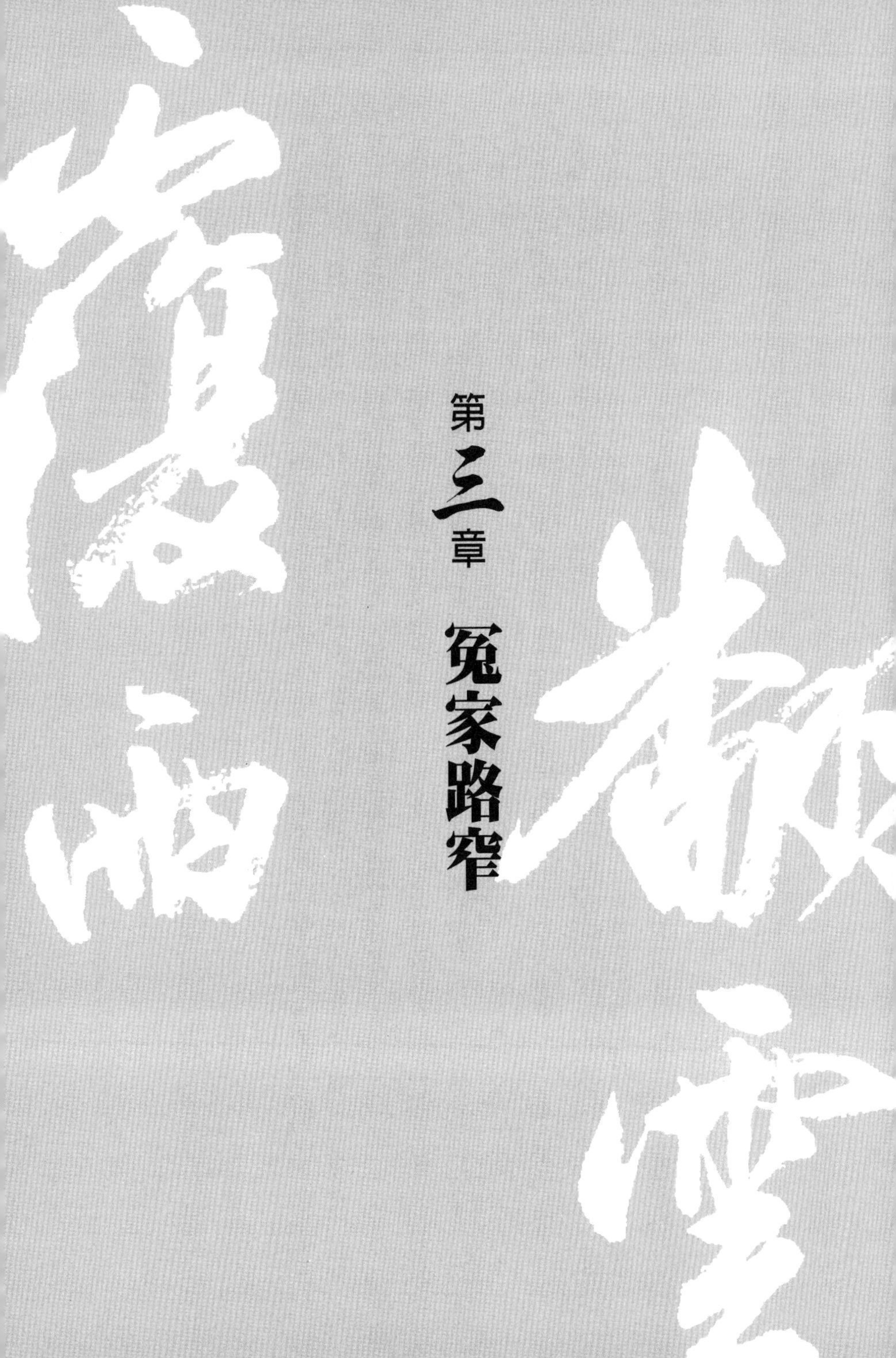

第三章

冤家路窄

第三章 冤家路窄

霧鎖長江。谷倩蓮操控著風帆，順著水流，往東而去，暗恨天公不作美，深秋時分，仍會有這樣的濃霧。風一陣一陣吹來，卻吹不散謎般的霧，只是使人更感蒼涼。小艇不住加速。風行烈盤膝坐在船尾，臉色蒼白如死人，口唇輕顫，雙目緊閉，抵受著徘徊在散功邊緣的痛苦。

打由知道自己成了龐斑道心種魔大法練功的爐鼎後，直至這刻，他雖搜盡枯腸，仍無法明白龐斑在他身上落了甚麼手腳，難道龐斑自冰雲和他在一起後，一直在旁暗暗盯著他兩人，當他和冰雲享受魚水之歡時，龐斑便躲在一角苦忍那噬心嫉妒的煎熬？而在那種極端的情況下，進行他那魔門千古以來最玄異邪惡的練功大法？當他第二次見到龐斑時，和第一次相比起來，龐斑便像脫胎換骨地變了另一個人，無論在氣質和感覺上，皆迴然有異，這是否道心種魔大法的後果？這種種問題，除非是龐斑親自解說出來，否則恐怕要成爲永遠的謎團。一股不知從何而來的陰寒之氣，正侵蝕著他的經脈，現在唯一保著他，使他不致功力盡散，精枯血竭而亡的，是恩師厲若海注進他體內那精純無比的眞氣，正凝聚在丹田之內，不時伺機而出，緊守著心脈和腦脈。也可以說在他風行烈的身體內，龐斑和厲若海正進行另一場角力和決戰。

谷倩蓮看著風行烈，芳心有若刀割，淚水不斷流下，可是又無能爲力，只望小艇能像鳥兒般振翅起飛，載他們迅速回到雙修府，找黑榜十大高手之一的「毒醫」烈震北，爲眼前這令她既愛又恨的倔強男子及時診治。一陣長風吹來，風帆獵獵作響，艇勢加速，霧也給吹散了點，視野擴遠，只見前面有個急彎，水勢更猛了。忽然又一陣濃霧湧來，霎時間四周盡是白茫茫一片。谷倩蓮心下稍安，轉了這個河彎後，水流轉急，將可更快的把小艇送往雙修府所在的「藏珍峽」。這個念頭仍在她腦海盤旋著時，異變突起。

花解語踰牆而入，躍入大宅的後園內。她知道這定然瞞不過方夜羽佈下的暗哨，但以她魔師宮兩大護法之一的超然身分，亦沒有人敢出來攔阻她。她沒有從後花園的門進入大廳去，只是沿著廊道串連的建築物旁，一座越一座地走過去，每到一處都停下來看看，望著裏面，不知在找甚麼？當她快到正廳時，人聲隱約傳來。一閃身奔到窗旁，貼著窗旁的牆壁，卻沒有像先前的往內望去。

方夜羽的聲音由廳內傳出道：「有里老師首肯對付韓柏這小子，夜羽的心便全放下來了。」

花解語聽到方夜羽的聲音，一顆心不知如何忽地「卜卜」跳了起來，就好像做錯了事的孩子，聽到了尊長的聲音般。心中不由暗恨自己。方夜羽這小子自己可說是由小看著他長大的，抱過他疼過他，可是他愈長大，便愈覺得難了解他，兩人間的距離亦愈大，到了今天，更不由自主地有點害怕他。

另一個悅耳且近乎柔韌如糖漿的男聲平和地道：「少主吩咐，里赤媚自會盡力而爲，不過『盜霸』赤尊信上承『血手』厲工魔門一系，何等厲害，既揀得他作爐鼎，又成功播下魔種，實在非同小可，觀乎他竟能在搖枝和解語手底下逸去，便使人不敢輕忽視之。」

窗外的花解語聽到里赤媚的聲音，高聳的胸脯起伏得更是厲害，顯是心情緊張。

柳搖枝的聲音響起道：「我們圍殺韓柏的情形，仍未有機會向小魔師和里老大細稟，現在……」

方夜羽打斷道：「夜羽早留意到這點，心中確感奇怪，可知其中定有微妙之處，現在里老師已接手此事，柳叔叔亦不用向夜羽說出來，有甚麼便直接和里老師說。」

窗外的花解語閉上眼睛，心中暗喊方夜羽厲害，既免去了柳搖枝以謊話來騙他，又賣了一個人情，教柳搖枝以後不敢再瞞他。

里赤媚淡淡道：「搖枝也不用告訴我其中情形，解語自會說給我聽。」說完便不作聲，使人感到他不欲再談下去。方夜羽等隨即相繼告辭，腳步聲起，眾人紛紛離開正廳，只剩下里赤媚一人在內。

花解語逐漸平復下來。里赤媚的聲音由廳內傳來道：「解語你到了這麼久，也不肯進來見你的里大哥嗎？」

花解語「嚶嚀」一聲，穿窗而入。偌大的廳堂裏，一個身穿黃衣的男子，悠悠坐在桌旁的太師椅裏，剛將手上的茶杯放回桌上。這人的臉孔很長，比女孩子更白膩的肌膚，嫩滑如美玉，透明若冰雪，嘴邊不覺有半點鬍根的痕跡。他不但眉清目秀，尤其那一對鳳眼長而明亮，予人一種有點陰陽怪氣的美態和邪異感，但卻無可否認地神采逼人，無論對男對女，均具有詭祕的引誘力。即使是坐著，他也給人溫柔灑脫的風姿，看著花解語時眼中射出毫不隱藏的憐愛之色。唇片極薄，又顯得冷漠和寡情。花解語腳一沾地，便飄飛起來，輕盈地落入這昔年蒙皇座前的首席高手的懷裏，豐腴飽滿的粉臀毫不避忌坐到他腿上，玉手纏上他的頸項，湊上俏臉，鼻子幾乎碰上了鼻子。

里赤媚微笑細審著花解語的臉龐，一對手在花解語的粉背摩挲著，嘆道：「解語你一天比一天年輕了，看來你的姹女艷功，比之昔年八師巴之徒白蓮珏，亦不遑多讓。」

花解語嬌笑道：「大哥要不要試試！」

里赤媚啞然失笑道：「解語你是否在要你里大哥，若要你的話，我三十年前早要了，里赤媚看上的女人，誰能飛出他的掌心去。」

花解語露出嬌憨的女兒之態，嗲聲道：「那花解語便永爲里赤媚的好妹子，大哥最要緊憐我疼我！」

里赤媚喟然道：「我還不夠疼惜你嗎？當年西域四霸只向你說了幾句不敬的話，我便在沙漠追蹤了他們四十八天，將他們趕盡殺絕，提頭回來見你，以博你一笑。」

花解語獻上香唇，重重在里赤媚臉上吻了一口，道：「我怎會不記得，你爲我所做的事，每一件我都記得，一刻也不會忘記。」

里赤媚道：「那時若非你阻止我，我早連搖枝也殺了，有了你後，又怎能仍在外邊拈花惹草，累你空守閨房。」

花解語一陣感動，貼了上去，將臉埋在里赤媚的肩上，幽幽道：「大哥！解語有個難解的死結。」

里赤媚嘆了一口氣道：「來！解語，讓我看著你，還記得小時我帶你去天山看天湖的情景嗎？你走不動時，還是我抱著你走哩！」

花解語在他腿上坐直嬌軀，眼中隱有淚影，戚然輕語道：「大哥！我想解語已看上了韓柏。」

里赤媚一點驚奇也沒有，輕嘆道：「要殺韓柏，哪需我里赤媚出手，只是從夜羽要將這件事塞給我，我便知道在你身上出了岔子，也只有我才能使你乖乖地做個好孩子。」

花解語的淚影終化成兩滴淚珠，流了出來。里赤媚愛憐地爲她揩去情淚。

花解語垂頭道：「只要大哥一句話，解語立刻去將他殺了！」

里赤媚伸出纖美修長，有若女子的手指在她的臉蛋捏了一記，微笑道：「你不怕往後的日子會活在痛苦和思念裏，連你的姹女豔功也因而大幅減退嗎？這世上並沒有太多像浪翻雲這類可化悲思爲力量的天生絕世武學奇材哩！」

花解語一震道：「我還是第一次聽到你眞心推崇一個漢人，以前即使有人問起你對『鬼王』虛若無的評價，你也只是說『相當不錯』便輕輕帶過了。」

里赤媚那對「鳳目」裏精光一閃，道：「知己知彼，百戰不殆，我豈會像由蚩敵等的驕狂自大，就算是尙未成氣候的韓柏，我也不敢小覷。表面看來，這小子像特別走運，其實卻是他體內魔種正不斷發揮著神奇作用，連你飽歷滄桑的芳心，也受不住他的引誘，否則他現在早飲恨於你和搖枝的手下。」

花解語蹙起秀眉，定神凝想，不一會後洩氣地道：「是的！我確是抵受不了他的魔力，現在即使被你點醒，仍是情不自禁。」手一緊，整個臉貼上了里赤媚的臉，幽幽道：「大哥！救救我，教我怎辦？」

里赤媚沉聲道：「我給你兩天時間，好好地去愛他，若他肯退出與我們的鬥爭，便一切好辦，若他執迷不悟，你立即離開他，那亦是我出手的時間了。」

花解語的美目亮了起來，肯定地道：「若他不答應，便由我親手殺了他。」

里赤媚柔聲道：「這才是乖孩子，你和他接觸過，當然曾對他施了手腳，可以再輕易找到他。」

花解語眼中射出興奮的神色，點頭道：「我在他身上下了『萬里跟』，只要他仍在此地，我可輕易將他找出來。」

方夜羽離開正廳後，回到自己居住的內宅，一名美婢迎了上來，道：「易小姐回來後，一直把自己關在房內，飯也沒有吃。」

方夜羽臉色一沉，揮手遣開美婢，往易燕媚的房間走去。來到房門處，停了下來，沉吟半晌，推門而入。易燕媚坐在梳粧檯前，神情呆滯，和自己在銅鏡內的反映對望著。方夜羽緩緩來到她身後，直至貼著她的粉背，將手按在她香肩上，溫柔地搓揑著。易燕媚木然地從鏡中反映看著這使她動心的男子的接近，以往每次見到他時的興奮雀躍，已消失得無影無蹤，代之而佔據了她的心神的是被她在丹田刺了一刀的乾羅那蒼白的容顏。自己究竟幹了甚麼事？是否只是個淫賤背主的女人？她易燕媚眞正愛的人，難道是乾羅而不是年紀比自己輕上五年的方夜羽？方夜羽的手使她繃緊的神經略得鬆弛，習慣地她將臉蛋側貼到方夜羽的手背上。

方夜羽微笑道：「媚姊！你太累了，好好睡一覺，會感到好得多的。」

易燕媚輕輕一嘆道：「他死了嗎？」

方夜羽道：「不！他逃走了。」

易燕媚嬌軀一顫，「哦」一聲坐直了身體，心中也不知是甚麼滋味，自乾羅暗襲怒蛟島，敗返山城後，山城上上下下的人，都認爲乾羅名大於實，再不能回復昔日雄風，想不到竟是厲害到如此駭人聽聞的境界，背叛了他的人，恐怕以後沒有一晚可以高枕無憂。

方夜羽道：「放心吧！我已調派了『五行使者』和由蚩敵負責追緝他，以他們的追蹤之術，乾羅在這樣的情況下，是不能走得多遠的！」

易燕媚心中升起一股火熱。乾羅仍未死！

方夜羽奇道：「媚姊在想甚麼？」

易燕媚看著鏡中的自己，心中暗問：易燕媚，你是否在追尋著一些不應屬於你的東西；她知道方夜羽永不會眞正愛上她，她只是他洩慾的工具，利用的棋子，尤其當方夜羽見過秦夢瑤回來後，更明顯地對她冷淡起來，她感覺得到，但她仍在欺騙自己。忽然間，乾羅挾著她血戰突圍的情景，又在腦海裏重現出來。跟了乾羅這麼多年，她從沒有想過乾羅會愛上任何女人，而這女人竟還是她易燕媚。乾羅呵！爲何你不殺死我，那我現在便不用如此痛苦。

方夜羽蹙起劍眉，有點不耐煩地道：「媚姊……」

易燕媚打斷他道：「假設我要離開你，你會殺死我嗎？」

方夜羽愕了一愕，劍眉鎖得更緊了，臉色沉了下來，道：「你要到哪裏去？」

易燕媚心中升起一絲驚惶，但旋又被一種自暴自棄的情緒沖淡，美目茫然，搖頭道：「我不知道，我眞的不知道！」一向以來，憑著艷色和武功，男人都被她玩弄於股掌之上，豈知卻遇上了方夜羽這大剋星。

方夜羽心中不由想起「紅顏」花解語，心中暗自警惕，女人都是難以捉摸的動物，最不可靠。嘆了一口氣道：「不要胡思亂想了，好好睡一覺吧！來！讓我喚人爲你梳洗。我還有很多事要辦，不能陪你。」易燕媚閉上眼睛，也不知是否答應了。

方夜羽離開易燕媚，苦思一會後，才淡然向手下下達了任由易燕媚離開的指令，無論在哪一方面，他都不再需要她了。

正午時分。這時位於長江之畔、黃州府下游的另一興旺的大城邑九江府一所毫不起眼的民房內，戚長征正在屋前圍牆內的空地上練刀。「鏘！」刀出鞘，斜指前方。戚長征閉上眼睛，心神全貫在刀鋒處，無思無慮，感受著微風拂在刀身上的感覺，忽然間，刀已變成他身體的一部分，連貫延伸，這是從未曾有的微妙感覺。小孩玩耍的歡叫聲，從牆外遠處傳來。腳步聲接近。「篤篤……篤篤……篤……篤……」木門敲響，這是和此處怒蛟幫人約定了的敲門暗號。「咿呀！」門緩緩推了開來。

戚長征有點不情願地回刀入鞘，睜開虎目，剛看到怒蛟幫在九江府這裏的分舵舵主，「隔牆耳」夏國賢推門而入。這人年不過三十，乃怒蛟幫新一代的俊彥，極善偵察查探之道，所以派他來坐鎮這重要的水路交通要隘，他自小與上官鷹翟雨時戚長征等一起嬉玩，非常忠誠可靠。

戚長征見到他，心生歡喜地笑罵道：「你這混蛋爲何去了那麼久，累我擔心你給人擄了去。」

夏國賢笑道：「小子心腸眞壞，快看！」遞上一個小竹筒。

戚長征接過竹筒，拔開活塞，取出筒內的千里靈傳書，迫不及待打開細看，臉色數變。看罷！遞回給夏國賢。夏國賢接過一看，也是臉色大變。

戚長征來回走了幾步，仰天恨恨道：「楞嚴楞嚴，我眞希望能很快見識你是怎樣的人物。」

「嚓！」夏國賢亮出火摺點燃，立刻將信燒掉，臉色沉重，緩緩道：「瞿老難道眞是內奸？」

戚長征道：「雨時這人非常愼重，說出來的話絕不會錯，假若我能陪著浪大叔到京師去，那就好了。」轉頭向夏國賢道：「外面的情況怎樣了？」

夏國賢吁出一口氣，苦笑道：「非常嚴峻，我們一向都知龐斑在黑道有強大的號召力，但也想不到竟到了這麼驚人的地步，尤其現在尊信門和乾羅山城都落入了他手裏，很多偃旗息鼓多年的凶邪紛紛現身，為他搖旗吶喊，更不用說其他黑道幫會。現在我們各地的分舵都要被迫收斂，轉往地下活動，這種情況發展下去，很不樂觀呢。」

戚長征皺眉道：「官府方面有甚麼動靜？」

夏國賢道：「大的動作倒沒有，不過官府已派人暗中警告了一向與我們關係良好的人，不可以插手到這場鬥爭裏，人情冷暖，誰是我們的眞正朋友，這就是考驗的時刻了！唉！」

只看看夏國賢的表情，戚長征便知道眞正的朋友，必是少得可憐，他這人很看得開，並不追問，道：「九江府的情況有沒有甚麼特別的地方？」

夏國賢答道：「自抱天覽月樓一戰後，我雖是連半公開的分舵也放棄了，由明轉暗，可是多年的經營，已使我們在這裏生了根，所以一接到你要帶乾羅來避難的訊息，除了佈置妥這祕密巢穴外，還立即派出人手，在由黃州府到這裏的各重要鄉鎮，設下龐大的偵察網，假若方夜羽那小賊派出追兵，必然瞞不過我們的。」

戚長征凝神想了想，臉色突變，叫道：「糟了！方夜羽只是由我們人手的調動這點上，便已可猜出我和乾羅來了這裏。」接著苦笑道：「我終不是雨時，若換了是他，必會預先通知你甚麼也不要幹，以免打草驚蛇。」

夏國賢得色全消，蒼白著臉道：「那應怎麼辦？」

戚長征哈哈一笑道：「要怎麼辦？逃不了便大殺一場，看看誰的拳頭硬一點。」

夏國賢奮然應道：「那我便盡起本地的弟兄，和他們幹上一場。」

戚長征啞然失笑，伸手摟著夏國賢肩頭，道：「說到偵察之術，怒蛟幫沒有多少人能及得上你，但若說動手拚命，你有多少斤兩，也不用我說出來，若我任由你去送死，雨時會怪足我一世呢。」

夏國賢頹然道：「但我怎能在旁瞪著眼只得個『看』字？」

戚長征道：「你已幫了我很大的忙，若非是你，我也沒有這兩天一夜的喘息機會，來！給我找一輛馬車，車到我們立刻走。」

夏國賢點頭道：「好！我會安排數輛同樣的馬車，找來身材和你相像的兄弟駕車，開往不同的方向，混淆耳目，使敵人難以集中力量來追你，但你要往哪裏去？」

戚長征微笑道：「我不知道。」兩人又再商量了一會，夏國賢才匆匆走了。

戚長征回到屋裏，推門進入乾羅歇息的房內。乾羅換過一身整潔的灰衣，坐在窗前的椅上，動也不動地呆望著窗外的後花園，聽到戚長征進來，微微一笑道：「你聽外面的孩子們玩得多麼開心。」接著搖頭一嘆道：「可恨他們終有一日要長大，要去面對成人那你爭我奪、爾虞我詐的名利場。」

戚長征知他遭逢大變，特別多感觸，當下陪他一齊聽著牆外傳進來的孩子歡叫聲，不由想起在怒蛟島上和上官鷹翟雨時等一齊歡度的童年生活。

乾羅忽愕然失笑，輕搖著頭，微帶無奈道：「我老了！三年前我還以爲自己永不會老，但人又怎能勝得過天？」

戚長征來到乾羅椅旁，手肘枕著扶手，單膝跪地蹲下，微笑道：「老有甚麼不好，老了才能看到年輕時看不到的東西。」

乾羅側過蒼白的臉來，讚許地看了戚長征一眼道：「想不到你思想如此活潑灑脫，難怪刀用得那麼好呢。」沉吟半晌，續道：「本來我有意將幾樣武功絕技和一些心得，傳授於你，但幸好我沒有這樣做，因為那反而會滯礙你的發展，只有戚長征才能教戚長征。」

戚長征一怔道：「只是前輩這幾句話，便使長征終身受用不盡，難怪浪大叔指導幫主和雨時、秋沒等人的武功時，總說得很詳細，但對我則只隻字片語指出每一招式的不對和不足處，除此外多一句也不肯說，原來內中竟有這等因由。」

乾羅想起了浪翻雲，淡淡笑道：「縱是美玉，也須有巧匠的妙手，若非有浪翻雲這明師，戚長征也不是戚長征了。」

戚長征將手在臉上重重一抹，失笑道：「原來我戚長征尚值上一個錢！」

乾羅伸手拍拍他厚寬的肩頭，道：「百年前以一把厚背刀稱雄天下的不世天才傳鷹，使刀使得若天馬行空，無跡可尋，其人正是風流活潑、不拘俗禮的。」

戚長征臉上現出崇仰之色，道：「我所以揀了刀這寶貝，就是因為傳鷹是使刀的，所以我也要使刀。」

乾羅點頭道：「我很明白這種心情，甚麼武器都沒有問題，當你和它培養出感情後，它就是和你骨肉相連的好寶貝。」

戚長征點頭同意，話題一轉道：「剛才我幫的人來過……」

乾羅揮手打斷他的話道：「你們說的話我半個字也沒有漏過，所以不用重複。」

戚長征一愕道：「長征實在佩服之至，這裏離開正門處約有百步之遙，又隔了幾面牆，我們又特別壓低聲音來交談，竟然瞞不過前輩的耳朵。」

乾羅沒有答他，貪婪地凝望著窗外陽光下閃閃生輝的花草，好像從來沒有見過陽光下花草樹木的樣子。

戚長征問道：「不知前輩傷勢如何？」

乾羅臉上現出傲然之色，道：「除非方夜羽派出紅顏白髮這類級數的高手，否則休想有人能活著回去。」

戚長征不能掩飾地露出難以置信的神色，道：「但那一刀……」

乾羅道：「刀一入肉，我便運功將腸臟往內收縮，又以腹肌夾緊刀鋒，兼且易燕媚殺意不濃，一插即放，所以我的傷勢絕沒有外表看來那麼嚴重。」

戚長征直言道：「但刀鋒是淬了劇毒的……」

乾羅哈哈一笑道：「我乾羅幾乎是吃毒藥長大的，我的親叔就是毒醫烈震北的三個師父之一的『回春手』乾鶴立，自小開始，我經常以毒物刺激身體的忍耐力和抵抗力，方夜羽那小子的毒藥算是老幾。」

戚長征放下了心頭大石，謙虛地問道：「那我們現在應怎辦才好？」

乾羅反問道：「你孤身一人離開怒蛟島來這裏究竟是幹甚麼？」

戚長征臉色一沉道：「是來找一個沒有道義的人，算一筆賬。」

乾羅呆瞪了他一會，搖頭失笑道：「看著你，就像看著以前的我，逞狠鬥勇，四處撩是生非。」

戚長征抗議道：「前輩！我……」

乾羅擰頭道：「你當然有很好的理由，誰沒有很好的理由。」頓了一頓道：「我先要在江湖消失一般時間，待方夜羽等人都以爲我傷重難以復元時，就是我重出江湖的時刻，那時我會教想我死的人，驚奇一下。」

戚長征欣然道：「我也想在旁看看他們的表情。」

乾羅莞爾道：「和你這小子說話眞是人生快事，我從來沒有想過要生個兒子，這刻卻想若有一個像你那樣的兒子，那就好了！嘿！乾羅呵！你是否眞的老了。」

戚長征聞言一愣，眼中射出熱烈的神色。

乾羅微笑道：「看你的神情，我便知道怒蛟幫剛才的千里傳書中，必提及我曾通知浪翻雲往龍渡江頭援救你們一事，其實那又算甚麼。」

戚長征頓時兩眉一軒，另一隻腳也曲膝跪下，朗聲道：「只是前輩這等胸襟，已使長征心悅誠服，義父請受孩兒大禮。」恭恭敬敬地向乾羅連叩三個響頭。

乾羅愕然，伸手先扶起了他，呵呵大笑道：「得子如此，夫復何求！」兩人至此關係大是不同。

乾羅道：「方夜羽這小子比我想像中厲害得多，照我估計，最遲黃昏時分，他的人會摸到這裏來，所以我要找個地方避他一避，而你則可去找人算賬。」

戚長征皺眉道：「方夜羽勢力這麼大，可說是能調動怒蛟幫外大部分黑道人物，義父的山城舊部又落入他手裏，我怎能不伴在你身旁，作個照應？比起來，算不算賬只是小事一件。」

乾羅冷笑道：「我成名足有四十年，在武林裏有形無形的力量均根深柢固，豈是方夜羽隨便動得了，我有幾個非常可靠的人，都可給我提供藏身之所，倒是你要小心一點，因爲看來方夜羽要對怒蛟幫發動第二輪攻勢了。」

戚長征沉吟片晌，毅然道：「好！那便讓我送義父一程。」

乾羅眼中射出慈愛的神色，道：「記著！途中即使遇上敵人追來，非到萬不得已，我也不會動手，免得洩露出我傷勢的眞況。」

戚長征昂然答應後，耳朵一豎，道：「車到了！」

濃霧裏，一艘大船，由彎角處衝出，眨眼間塡滿了小舟前的空間。谷倩蓮一聲驚叫，撲過去摟著風行烈，滾跌入水裏。「砰！」小舟給撞個粉身碎骨，變成片片木屑。在跌進水裏前，谷倩蓮隱約聽到船上傳來叱叫聲。谷倩蓮水性極精，摟著風行列直潛入水底，游了開去，才再從水面冒出來。

風行烈雙目緊閉，全身發顫。谷倩蓮悲叫一聲，死命摟著風行烈叫道：「冤家！你怎樣了，振作點。」剛跌入水時，還沒有怎樣，但現在江水卻似愈來愈冷了。水流帶著兩人往下游衝去。也不知衝了多遠，水流慢了下來，可是四周濃霧漫漫，也不知岸在何方。風行烈一陣抽搐，昏了過去。谷倩蓮急得只想哭，若讓風行烈再泡在這冷冰冰的江流裏，後果眞是想也不敢想。

風帆顫動的聲音傳來。谷倩蓮想也不想，大叫道：「救命呵！有人掉下江了！」

剛才那艘大風帆像長了耳朵般，破霧而至，速度減緩。谷倩蓮摟著風行烈在水浪中載浮載沉，心中一懍，船上的人顯是武林中人，否則怎能這麼快循聲找來，不過這時爲了讓風行烈離開這要命的江水，甚麼也不及計較了。一聲大喝後，船上撒下一個紫紅色的網來，將他們兩人迎頭罩個正著。

「嘿！」那人吐氣揚聲，用力一抖，包著兩人的網離江而起，落到甲板上。谷倩蓮的心卜卜跳起來，望向甲板。只見上面站了一位中年美婦和四名樣貌剽悍的大漢，撒網的卻是個頭髮花白的老婆子，想不到內功如此精純。當兩人快要掉在甲板上時，其中一名年紀約四十的大漢猛地移前，腳尖輕挑，竟就那樣淩空接著風行烈的背部，再放到甲板上。

老婆子運勁抖動，紅網脫離兩人，回到手裏，另一隻手抹了抹，網立即變成了一束粗索，順手繫回腰際，手法熟練。這時谷倩蓮才知道此非普通的魚網，而是老婆子的獨門武器，登時想起一個人來，不由心中暗暗叫苦，這回眞是上錯賊船。

中年美婦走了過來，關切地道：「小姑娘！是不是我們的船撞傷了他？」眼光落在昏迷的風行烈身上。

谷倩蓮眼珠一轉，已有對策，將風行烈背上丈二紅槍的袋子解了下來改掛到自己背上，然後摟起了他的頭頸，悲泣道：「大哥！不要嚇我，你若有甚麼三長兩短，我和娘也不想活了。」她的悲痛倒不是假裝的。

那四名大漢默默看著他們，神色冷漠，顯是對風行烈的生死毫不關心在意。中年美婦和他們大是不同，見谷倩蓮容貌秀麗可人，心中憐愛，向其他人怒道：「你們站在那裏幹甚麼，還不把這小姑娘的大哥抱入艙內，換過乾衣。」

四人中兩人無奈下聳聳肩，走了過來，便要抬起風行烈。老婆子喝道：「且慢！」搶了出來，俯身伸手去探風行烈的腕脈。谷倩蓮一顆芳心狂跳起來，暗忖若讓她查出風行烈身負上乘內功，那便糟了。

老婆子眉頭一皺，轉向谷倩蓮問道：「你大哥在小艇翻沉前，是否有病？」

谷倩蓮可憐兮兮地道：「婆婆眞是醫術高明，我大哥三個月前得了個怪病，至今天仍未痊癒，這次我便是和他往澄雲寺求那裏的大和尚醫治，豈知發生了這樣的意外，婆婆，求你救救他吧！」

她左一句婆婆，右一句婆婆，叫得又親切又甜，不但那婆婆眼神大轉柔和，連四名大漢繃緊了的冰冷面容也緩和下來。

美婦更是憐意大生，走到泫然欲泣的谷倩蓮旁，柔聲道：「你只顧著你哥哥，自己的衣服都濕透了，快隨我來，讓我找衣服給你更換。」

谷倩蓮暗吃一驚，知道差點露出了破綻，連忙逼自己連打幾個寒顫，牙關打戰地道：「噢！是的，我很冷……夫人，你眞好，眞是觀音菩薩的化身。」

老婆子從懷裏掏出一顆丹丸，捏碎封蠟，餵入風行烈口內。美婦安慰谷倩蓮道：「這是我們刁家的續命丹，只要你大哥還有一口氣，便死不了。」接著一瞪眾漢，喝道：「還不抬人進去。」兩名大漢依言一頭一腳抬起風行烈，往船艙走去。

谷倩蓮待要跟去，給美婦一把挽著，愛憐地道：「你隨我來！」

谷倩蓮低頭裝作感動地道：「刁夫人，你眞好，我小青眞是爲奴爲婢也報答不了你。」又向那老婆子道：「我娘常說好人都聚在一起的，夫人這麼好，婆婆亦是這麼好。」

老婆子本身並不是甚麼善男信女，可是見到谷倩蓮不但沒有半句話怪他們撞沉了她兄妹的小艇，說話又如此討人歡喜，心中也大生好感，不過她是老江湖，見到谷倩蓮和風行烈兩人相貌不凡，也不是全沒有懷疑，微嗯一聲，算是應過。

這時一個男聲悠悠從後艙處傳來道：「夫人，外面究竟發生了甚麼事？」

谷倩蓮一聽下大吃一驚，想不到連這凶人也來了。

那刁夫人應道：「是我們的船撞翻了一對兄妹的小艇，現在人已救起來了。辟情怎麼了？」

谷倩蓮一聽下魂飛魄散，要不是知道說話的男子是雙修府的死對頭、三大邪窟之一的魅影劍派的派主刁項，她早便冒死也要去救回風行烈，能逃多遠就逃多遠。

刁項在後艙內答道：「我剛運功替他療傷，現在辟情睡了過去，哼！若給我找到那傷他的人，我定教他求生不得，求死不能。」

谷倩蓮心中禱告，最好刁辟情一睡不起，否則她和風行烈的兩條小命，便凍過長江的江水。

陳令方後花園假石山內范良極的「藏寶窟」內，柔柔正專心地翻閱那些高句麗使節遺下的卷宗，這時張開在她面前的是一卷繪工精細的高句麗地理形勢圖。她身旁是坐立不安的韓柏，范良極卻不知到了哪裏去。開始時，韓柏還饒有興趣地陪柔柔一齊翻看，但不到半個時辰，他已意興索然。韓柏生性好動，要他悶在這裏，確是難受至極，柔柔又忙於范良極囑咐下來的工作，沒空陪他說話兒解悶。

再憋了一會，韓柏終於忍不住道：「我要出去透透氣。」

柔柔眼光離開了圖軸，移到他身上，道：「可是范大哥要我們留在這裏等他的呀！」

韓柏一聽之下想出去走走的慾望更立刻加烈，心想這死老鬼自己懂得出去散心，卻硬要他悶在這裏，算是甚麼道理，不如到韓府走上一遭，看看韓府的三位小姐近況如何，也是好的。想到這裏，心頭更是火熱，揮手道：「不用擔心，我出去打個轉便回來，我回來時，怕那老鬼仍在外面逍遙快活呢，不過你倒不要走出去，這裏是絕對安全的。讓我順便弄些吃的東西回來給你享用。」再不理柔柔的反應，移開堵著洞穴的石塊，往外鑽出去。

柔柔在後叫道；「公子快點回來呵！」

韓柏應了一聲，跳出地穴外，來到假石山的空間處，將石移離原位，才鑽往通往假石山外的祕道。

才鑽了一半，心中忽地升起一種奇怪的感覺，就像給人在旁窺視著那樣。心中一懍，忙停了下來。四周寂然無聲。韓柏見識過白髮紅顏的厲害，成了驚弓之鳥，伏了好一會後，肯定外面沒有半點人的聲息，才自嘲多疑，試想這麼隱蔽的地方，敵人怎能找得到。若說有人一直跟蹤到這裏，那就更沒有可能。要跟蹤天下盜王范良極而不被他發覺，恐怕連龐斑和浪翻雲也辦不到。想是這樣想，他仍提高了警覺，挨到出口處，輕輕移開封著出口的大石，先將手伸出洞外，才探身出去。斜陽下的花園一片寧靜，草地上還停著幾隻小鳥兒，見他探頭出來，忙拍翼驚起。韓柏一看心中大定，若有敵人在，怎會不驚走這幾隻鳥兒？心情一鬆下，竄了出去。

警兆再現。正要作出反應，腰際不知給甚麼東西戳了一下，半邊身立刻發麻。韓柏魂飛魄散，扭頭望去，只見一條長長的絲帶，貼著假石山壁挺得筆直，直伸過來，戳在他腰穴處，難怪自己看不見。這個念頭還未完，彩帶靈蛇般捲纏而來，繞了幾轉，將他的腳綑個結實，內勁由綵帶透入經脈裏，韓柏心叫「我的媽呀」，一頭往地上栽去。

人影一閃，紅顏花解語從石山藏身處閃了出來，伸手撈個正著，將他抱了起來，笑臉如花地在他臉頰香了一口，輕輕道：「小心肝你好！娘子現在要接你回家了。」韓柏氣得閉上眼睛，暗恨自己輕忽大意，既有警覺在先，仍不能逃過此劫，幾乎氣得想立即自殺。花解語輕笑一聲，離地飛起。韓柏心中苦笑，想不到與方夜羽那轟轟烈烈的比鬥，便在如此窩囊的情況下結束。

雲清回到韓府，已是黃昏時分。本來她應早便回來，可是爲了避開方夜羽的人，故意繞了個大圈，弄到現在才抵達韓府。和范良極糾纏不清的關係，是否已可告一個段落？可是不知爲何，她卻虛虛蕩蕩的，總有一份失落的感覺。

踏進大門，由管家升任了大管家的楊四焦急地迎了過來，道：「好了，雲清師回來了，老爺少爺們都在正廳，陪著不捨大師喝茶。」

雲清對這人素來無甚好感，冷冷應了一聲，逕往正廳走去。

楊四追在身旁道：「雲清師知否馬少爺到哪裏去了？」

雲清停下，愕然道：「峻聲不在嗎？」

楊四道：「自今早馬少爺出門後，便沒有回來過，連五小姐也不知他到了哪裏去。」

雲清心下暗怒，自己離開韓宅只是一天一夜，馬峻聲便乘機不知滾到了哪裏去，在這等關鍵時刻，稍一行差踏錯，會把事情弄得更糟，何況自己還有些梗在咽喉的疑問，要找他澄清。

楊四討好地低聲道：「那不捨大師見不到馬少爺，看來甚爲不滿哩。」

雲清最恨這類搬弄是非的小人，悶哼一聲，不再理他，走進廳內。大廳裏府主韓天德，大少爺韓希文，二小姐慧芷和一向不愛見客、只愛磨在佛堂唸經的韓夫人，正和白衣如雪的不捨大師分賓主坐著。原本和不捨一道走的沙千里、小半道人等一個不見。

眾人神色凝重，韓天德見到雲清回來，像見到救星般站了起來，喜道：「雲清師回來眞是好了，峻聲他……」

雲清點頭道：「我知道！」面向不捨，從懷中抽出那份得自范良極的卷宗，遞了過去道：「雲清幸不辱命。」

不捨呆了一呆，大有深意望了她一眼，接過卷宗，順手擺在椅旁几上，卻沒有打開來看。雲清藉著轉身走向不捨旁的空椅子，掩飾了尷尬的神色，心中不由暗咒范良極，都是他弄得自己到了這麼羞人的田地。

雲清坐定後，嘆道：「峻聲眞是不知輕重，明知大師隨時會到，還這樣沒頭沒腦走了出去。」

這時慧芷告了個罪，起身出廳去了。不捨大師淡淡一笑，平靜地道：「他出去逛逛也不打緊，最要緊是明天辰時前能回來。」

雲清一呆道：「明天辰時？」

不捨點頭道：「是的！明天辰時初。長白謝峰已正式下了拜帖，並廣邀八派留在此間的人，要在明早在這裏將事情以公議解決。」

容顏慈祥的韓夫人急道：「峻聲是個好孩子，大師務必要護著他。」

韓天德有點尷尬地道：「夫人……」

不捨淡然道：「是非黑白，自有公論，若峻聲師侄與此事確無關係，不捨自會助他開脫。」

雲清心裏升起一股寒意，她原本以爲少林無想僧最是疼愛馬峻聲這關門弟子，這次派了不捨來，自然是想將事情化解，但不捨這麼一說，顯示事情大不簡單，難道派不捨來並非無想僧的決定？難道少林決定了犧牲馬峻聲來換取八派的繼續團結？

韓希文道：「可惜大伯父不知到哪裏去了，有他在，也好多個人商量一下。」

不捨臉上現出凝重的神色，緩緩道：「這些天來，我們動員了八派和所有與我們有關係人士的力量，甚至運用了官府的力量，追查韓公清風的行蹤，卻絲毫沒有發現，看來情況並非那麼樂觀，若韓公的失蹤也與謝青聯的被殺有關，事情將更複雜。」

韓天德憂上添憂，心若火焚地一聲長嘆，說不出話來。

雲清道：「大師見過了寧芷沒有？」

不捨點頭道：「兩位少爺三位小姐我全見過，也說過了話，不過到現在我還弄不清楚一個最關鍵的問題，就是謝青聯爲何要到武庫去，也不知武庫是否失去了甚麼東西？」

韓希文皺眉道：「武庫裏的事，全交由小僕韓柏打理，只有他才清楚武庫有甚麼東西，可惜……可惜他已死了。」

不捨道：「這正是最啓人疑竇的地方，現在人人都說我們殺人滅口，甚至連屍骨也弄掉了，教我們怎樣向長白的人交代？」

韓天德道：「但何總捕頭已說得一清二楚，他們並沒……」

不捨截斷他道：「何旗揚是我們少林的人，誰會相信他不是和我們一鼻孔出氣。」接著搖頭苦笑道：「最大的問題並非在這裏，而是誰會相信一個不懂武功的小子，竟能殺死長白嫡傳的超卓弟子？」眾人默然下來，廳內一片令人難過的寂靜。

慧芷這時重返廳內，將一疊單據送到不捨面前，道：「這都是小柏生前爲武庫訂製兵器架等雜物簽下的單據，上面有他的花押，可用來核對他的認罪供狀。」

不捨訝然望向慧芷，想不到這賢淑的女孩子如此冷靜細心，而且這疊單據顯是早準備好了的，接過細心翻閱起來。

慧芷轉身來到韓夫人身前，將她扶起道：「娘！我和你去看看寧芷，她的病還未全好哩。」韓夫人一臉憂色，嘆了一口氣，讓慧芷攙著去了。

不捨放下單據，取起雲清給他那韓柏的供狀，驚訝的神色倏地爬上他靈秀的面容。雲清等三人一呆，不解地望向這白衣僧，究竟有甚麼事能令這一直冷然自若的人，也感訝異？

不捨抬起頭來，向各人環視一遍道：「這真是大出小僧意料之外，這個花押絕無虛假，定是出於在單據簽收那人的同一手筆。」

韓天德和韓希文心想那有何奇怪，還是雲清才智較高，問道：「這花押還有甚麼問題？」

不捨閉上眼睛，好一會才再睜開來，道：「寫字便如舞劍，只從字勢的遊走，便可看出下筆者有沒有信心，心境如何。韓柏這個花押肯定有力，氣勢連貫，直至最後一筆，筆氣仍沒有絲毫散弱，所以這花押必是在他心甘情願時畫下的，逼也逼不出這樣的字體來。」

眾人恍然，不覺燃起希望，不捨可看到這竅要，謝峰自是不會看不到的，若真是韓柏殺了謝青聯，一切便好辦得多了。即使不捨智比天高，也想不到韓柏是在甚麼情況下畫出這花押的。

楊四匆匆撲入，急告道：「馬少爺回來了。」

不捨長長呼一口氣，長身而起道：「我要和他單獨一談。」

在佈置華麗的下層船艙裏，谷倩蓮換過乾衣，拭乾了秀髮，抱著裝著風行烈丈二紅槍那燙手熱山芋的革囊，可憐兮兮地正襟危坐在那刁夫人和老婆子面前。

刁夫人對這秀麗的少女愈看愈愛，問道：「小青姑娘家裏除了娘親外還有甚麼人？」

谷倩蓮垂頭道：「就只有娘親一人，爹本來是京師的武官，得罪了權貴，不但掉了官，還給貶到這等窮山野嶺來，我七歲那年，他便含屈而逝，一家都是靠大哥打獵爲生。」靈機一觸，隨手打開革囊，取出分作了三截的紅槍，道：「這便是爹剩下來給我們唯一的東西，大哥拿它來打獵的。」

「咦！這不是厲若海的丈二紅槍嗎？」谷倩蓮心中叫糟，抬頭往艙門望去，見到一個中等身材，留著長鬚，年約五十，儒服打扮的男子，雙目精光電閃，一眨也不眨地注視著血紅色的槍尖。

谷倩蓮暗叫我的天呀，爲何這人來到這麼近，自己都不知道，不過這時已不容她多想，人急智生道：「我也聽過那厲甚麼海，據爹說他將槍鋒弄紅，便是要效法他。」

刁夫人大感興趣道：「原來此槍竟有這麼個來歷。相公，我來介紹你認識這位小姑娘，她的身世挺可憐呢。」

刁項悶哼一聲，如電的目光落在谷倩蓮身上，冷冷道：「姑娘身形輕盈巧活，是否曾習上乘武術？」

谷倩蓮頭皮發麻，硬撐著道：「都是大哥教我的，好讓我助他打獵。」

那老婆婆道：「派主！老身曾檢查過她的大哥，體內一絲眞氣也沒有，脈搏散亂，顯是從未習過武功。」

谷倩蓮既喜又驚，喜的是可暫時騙過刁項，驚的是風行烈的內傷比想像中可能更嚴重。

刁項「嗯」地應了一聲，面容稍鬆，不再看那貨眞價實的丈二紅槍，道：「丈二紅槍從不離開厲若海兩手可及的範圍內，你就算告訴我這是丈二紅槍，我也不會相信，天下間除了有限幾人外，誰可令厲若海紅槍離手。」

谷倩蓮芳心稍安，知道刁項仍未聽到厲若海戰死迎風峽的消息，暗忖你不信，自是最好，本姑娘絕不會反駁。

刁夫人責難道：「我們剛撞沉了人家的船，你說話慈和點好嗎？」

刁項顯是對夫人極為愛寵，陪笑道：「我們這次舉派北上，自然要事事小心。」

刁夫人嗔道：「若有問題，南婆會看不出來嗎？你這人恁地多疑。小青姑娘眞是挺可憐呢。」

刁項搖頭道：「怎會不可憐，她的老子跟著朱元璋這賤小人，豈有好下場！」

谷倩蓮裝出震驚神色，叫道：「朱……不，他是當今皇上……」

刁項怒道：「甚麼皇上，這忘恩負義的小雜種，滿腳牛屎，字也不認得多個，若非他夠奸夠狠，拍馬屁拍得比任何人都精到，兼之生辰八字配得夠好，他還是仍托著個缽盂四處去乞食的叫化子呢。」谷倩蓮低下頭去，詐作不敢說話。

刁項再罵了朱元璋一頓，谷倩蓮才找著機會道：「夫人老爺和婆婆的恩德，小青定不會忘記，不過我和大哥出來了這麼久，也要回去了，否則娘沒有人照顧是不行的。」

刁夫人讚道：「眞是個孝心的好姑娘。」轉向刁項道：「你還不去看看小青的大哥，也許能找個方法治好他的病。」又向谷倩蓮道：「橫豎你也是和哥哥去看病，不如就在船上留上幾天，正好給他調治和養息，我們的船一到九江便會泊岸，不會帶你們走得太遠的。」

谷倩蓮心中咒罵，可是又不敢拒絕這合情合理的要求，唯有「誠心」道謝。

熱水巾敷在臉上，韓柏悠悠醒來。他並沒有立即睜開眼來，也沒有任何舉動，甚至連心跳和脈搏也維持不變，他要在這被動形勢下，爭取回些許的主動，就是不讓對方知道他這麼快便醒了過來。在這生死存亡的劣勢裏，魔種驀地攀升至最濃烈的境界，發揮出全部作用，使他的應變能力比平常大幅增強。

他記起了昏迷前，感到花解語將長針刺進了他腦後的玉枕關，接著便昏迷過去，這顯然是花解語的獨門手法，即使身具魔種的他，亦抵受不了。

花解語溫柔地爲他揩拭，湊在他耳邊輕叫道：「韓柏！韓柏！」聲音既誘人又動聽，有種令人舒服得甘願死去的感受。韓柏幾乎想立刻應她，幸好及時克制這衝動。

花解語任由熱巾敷在韓柏臉上，站起走了開去，她衣袂移動帶起的微風，颳在韓柏身體上，韓柏差點叫了出來，方曉得自己全身赤裸，否則皮膚怎會直接感覺到空氣的移動？韓柏暗囑自己冷靜下來，豎起耳朵，留心著四周的動靜。他的聽覺由近而遠搜索過去，不一會已對自己在甚麼地方，有了點眉目。屋內除了花解語外，沒有其他人。這座房子並非在甚麼偏僻的地方，而是在一條大街之旁，因爲屋外隱有行人車馬之聲傳來，而照聲音傳來的方向角度，此刻身處的地方，應是一座小樓的上層處。

花解語帶自己來這地方幹甚麼？爲何不直接拿自己回去向方夜羽邀功。腦筋飛快地轉動著。記起了快要被白髮柳搖枝殺死前，花解語及時解圍令他能逃過大劫的一拂。想到這裏腦中靈光一閃，難道這煙視媚行的女魔頭眞的看上了自己，現在背著方夜羽來「偷吃」？也不由暗恨自己起來，當晚無論自己跑到甚麼地方，甚至躲進了莫意閒的逍遙帳，花解語都能輕輕鬆鬆跟蹤而來，便應醒覺她曾在自己身上下了手腳，眞是大意失荊州！究竟有甚麼方法可脫身？

是的！此女魔頭唯一的弱點，便是對自己的愛意，那是唯一可利用的地方。若換了是其他正派人物，即使知道了這可供運用的策略，也恥於去實行，又或放不下道德的觀念。但韓柏天生是那種不受拘束的人，兼之體內有的是赤尊信的魔種，只覺在這種情形下，無論用任何手段，也絕無絲毫不妥。花解語又走了回來，拿起他臉上的熱巾，敷上另一條，接著又細心地爲他揩拭著身體。韓柏更是渾身舒泰，在花解語的「獨門」手法下，幾乎要呻吟出來。他心中升起一個疑問，爲何自己皮膚的感覺像是比平常敏銳了千百倍？花解語每一下揩抹，都有使自己舒服得死去，想長住在這溫柔鄉的感覺。爐火煮沸了水的聲音由房的一角傳過來。花解語濕潤的唇在他寬壯的胸口重重一吻，然後站起身來，走了開去。

韓柏一陣衝動，想睜開眼來，看看花解語婀娜動人的背影。我的天呀！怎會是這樣的，這女魔頭又不知在我身上施了甚麼手段。倒水落銅盆的響聲傳來。韓柏心中出奇地寧靜，很多平時聽覺疏忽了的微音也清晰起來，只是耳朵聽來的「天地」，已足使他心滿意足。韓柏心中一動，借著花解語將她的精神集中在另外事物的時刻，運功行氣，豈知一點勁道也提不起來。韓柏暗嘆一聲，恐怕一日取不出玉枕那根針來，一日不能恢復正常。

花解語回到床旁，坐在床沿處，再爲他換上敷臉的另一條熱巾，但這次卻只覆蓋著他的鼻口部分，讓他露出眼額來。韓柏連眼珠也不敢轉動，怕被對方發覺眼皮下的活動，心中想道：剛才那塊巾仍是熱騰騰的，爲何她卻這麼快更換，難道她弄的手腳便是在這熱巾上。想到這裏，鼻子立即「工作」起來。這塊本似是全無異味的熱巾，傳來一絲細微得幾不可察的香氣，若非他心有定見，是不會特別留意的，還以爲是花解語醉人的體香。柔軟的纖手，在他赤裸的皮膚愛憐地撫摸遊動，由胸口直落至大腿，那種使人血脈奔騰的感覺，比之剛才以熱巾拭抹，又更強烈百倍。「呀！」韓柏終忍不住叫了起來，猛睜開眼，坐起了身。只見花解語眉若春山，眼似秋水，正脈脈含情地看著他。

韓柏看看自己完全赤裸的身體，正奇怪自己怎麼還有活動的能力時，花解語微笑道：「柏郎你不要運氣了，那只是徒費心機。」

韓柏雖是赤條條全無掩遮，卻絲毫也沒有羞恥不自然的感覺，苦忍著花解語沒有絲毫在他身上停止活動意思的誘惑之手，皺眉道：「我只聽過有人去搶老婆，卻從未聽過有人會去搶老公，搶回來後還弄昏了他來摸個夠，這成甚麼體統。」

兩人對望片刻，花解語「噗哧」一笑，輕輕道：「誰叫你的樣貌身體長得比其他男人好看得多，有很多人穿起衣服時樣子蠻不錯的，一脫掉衣服便醜不忍睹。」

韓柏見她說話時半帶嬌羞，小腹一熱，伸手在她嫩滑的臉蛋捏了一記，佯怒道：「娘子你這樣說，不是明白告訴我你曾和很多男人鬼混過，不怕我惱了不理你嗎？」

花解語想不到醒來的韓柏不但沒有勃然大怒，又或急於脫身，反而若無其事地和自己調情耍笑，動手動腳，心中戒念大減，花枝亂顫般嬌笑道：「由今天起，以後我便只有你一個人，好嗎？」

韓柏嘻嘻一笑道：「這還好一點，來！叫聲『好夫君』我聽聽！」

這著奇兵聽得連花解語這情場老將也呆了一呆，垂頭乖乖叫道：「好夫君！」

儘管韓柏視她為最危險的敵人，這溫聲軟語也使他心頭騷熱，湊過嘴去，在她臉蛋上再吻上一大口，乘機下床站起身來，使花解語那令他意亂情迷的手離開了他的身體。花解語坐在床沿，並沒有阻止他。韓柏移到窗旁，透過竹簾，往外望去。一看之下，幾乎驚叫起來，原來隔了一條街外的竟是韓府大宅，剎那間，他甚至知道自己身處這小樓究竟是何模樣，因為自這小樓在十年前建成後，每次踏出韓府大門，他都慣性抬頭翹望這別具特色的園亭樓閣。據說這小樓是屬於一個有頭有臉的京官在這裏的別館，想不到原來竟是方夜羽的祕巢，建在這裏，當然是要監察韓府的動靜，究竟韓府有何被監視的價值呢？他默察體內狀況，雖凝聚不起內力，但手腳的活動和力道卻與常人無異，不由暗讚花解語手法的精妙。後面傳來花解語站起來的聲音。

韓柏道：「娘子！我口渴了。」他當然不是口渴，而是怕了花解語的手。

花解語道：「我烹壺茶來讓你解渴吧。」逕自推門往外去了。

韓柏一呆，她這樣留自己在這裏，難道不怕自己往街外叫嚷，驚動韓府內八派的高手嗎？看來花解語是在試探自己。唉！現在應怎麼辦？她若要殺自己，眞是易如反掌，任何人也來不及阻止的。想到這裏，靈光一現，若自己眞的往外大喊大叫，花解語會怎麼做？是否會立刻殺了他？若是如此，爲何她又給自己這樣的機會？忽然間，他把握到了花解語的心態。花解語正陷於解不開的矛盾裏。她既瘋狂地愛上了他，但又不想違背方夜羽。爲此要她就這樣宰了韓柏，她絕對捨不得，可是當韓柏將她逼到不能不下手的死角時，她會在無可選擇下殺了韓柏，而她亦可將自己從情局裏解困脫身，回復她冷血無情的一貫風格。

韓柏側頭往窗旁几上裝滿水的銅盆望去，運足眼力，但水質一點異樣也沒有，也沒有粉末狀的東西留在水裏，心中嘀咕間，看到盆旁一個小碗，浮著幾片星狀的紅色小葉。韓柏俯身用力一嗅，一絲微微的香氣傳入鼻內，和熱巾裏的香氣果是相同。至此他再無懷疑，這種紅葉可使人的觸覺加強，若是男歡女愛時，發揮出的功用，必能使人沉溺難返，比之甚麼春藥都要厲害，不由又想起花解語的手，一顆心跳了起來，小腹發熱。韓柏咬了一下舌尖，清醒了一點，推門就那樣赤條條走出廳堂去。花解語剛捧起盛著一壺香茶和兩個小杯的托盤，見到他出來，笑盈盈放在檯上，媚眼橫了他一記，道：「夫君請用茶！」就像個賢良淑德的好妻子。

韓柏皺眉道：「你這樣留我在房裏，不怕我會逃走，又或大叫大嚷嗎？」

花解語故作驚奇道：「你爲何要逃走？」

韓柏來到檯前坐下，捧起花解語斟給他的茶，倒進口裏，哈哈大笑道：「你制著我的穴道，顯是圖謀不軌，又或是想謀殺親夫，我驚惶起來，逃走有啥稀奇？」

花解語見他昂然無懼，豪氣逼人的情態，眼中掠過意亂情迷的神色，嘆道：「眞是冤孽之至，我花解語閱盡天下美男，除了厲若海外，從沒有人能令我一見心動，偏偏只有你這冤家，又懂得逗人開心，唉！」

一直只想著如何鬥爭，如何脫身的韓柏，聽到花解語這一番多情的自白，兼之自己最重感情，心頭不由一陣激動。若他乃正統白道的人，例如八派的弟子，對龐斑一方有著師門之辱，或是尊長被殺之仇，自是勢難兩立。但韓柏卻直至此刻，除了因著赤尊信的關係，而和龐斑對立外，和花解語這人眞是半點仇隙也沒有，甚至對要殺死他的方夜羽，他也是喜歡多過憎恨，加上他不愛記仇，不拘俗禮的性格，所以花解語愛上他，又或他愛上了花解語，他都覺得是沒有甚麼不妥的。

此時見到這外貌與年紀絕不相稱的美麗女魔頭，對自己情深款款，心頭一熱道：「娘子！你殺了我吧。一來你可以解開心結，二來我也厭倦了做人。唉！做得這麼辛苦，做來幹嘛？可笑我剛才還想盡方法逃走，知道嗎！我剛才早已醒了，還在裝睡來騙你呢。」他忽地豁了出去，只覺心頭大快，但隱隱裏又覺得是自己心靈內有某一種動力在誘導著他這麼做、這麼說。

花解語全身劇震，淒叫道：「柏郎！你這回眞是要累死我，教我更爲難。你當我眞不知你早已醒來嗎，我的姹女心功令我能對你的生理狀況產生微妙的反應，我只是詐作不知，看看你怎樣騙我，騙到我受不了時，我便可逼自己硬著心腸殺了你。」接著再長長一嘆道：「里大哥要我誘你歸隱不理江湖的事，但我和他都知道那是行不通的，因爲那樣子的韓柏，再沒有了他吸引我的不羈和灑脫，也沒有了那種放浪形骸的奇行異舉，我喜歡的韓柏也給毀了。」說到最後，兩行情淚由眼角流下。

韓柏作夢也想不到這蕩女也會有如此眞情流露的一刻，一邊定下心來，暗慶自己坦白交代得好，一邊也心中感動，伸手抓起花解語的纖手，送到臉頰貼著，另一手爲她揩掉淚珠，柔聲道：「你離開方夜羽，不就一切都解決了嗎？噢！不！那花解語就不是花解語，也失去了吸引我這放浪不羈的韓柏的魅力了，我就是喜歡那樣，每次調戲你後，聽著你半喜半怒地說要勾我舌頭挖我眼睛，不知多麼有趣呢？」他這一番倒是肺腑之言，絕無半字虛假。這就是韓柏。

花解語猶帶淚漬的俏臉綻出一個給氣得半死的笑容！嗔道：「你這死鬼！我眞要勾出你的舌頭，看看是用甚麼做的。」跟著幽幽道：「慘了！愈和你相處，我便愈覺不能自拔，若殺不了你，怎麼辦才好？」

韓柏渾然忘了樓外的世界，哈哈大笑道：「管他媽的甚麼方夜羽龐斑，現在只有娘子和爲夫作樂，在你殺我前，你要全聽我的。」

花解語一呆道：「全聽你的甚麼？」

看到這江湖上人人驚怕的女魔頭如此情態，韓柏充滿了男性征服女性的暢美快感。只覺熊熊慾火騰升而起，剛才被壓下了的慾焰，熔岩般噴發出來，哈哈大笑道：「先站起來！」

花解語將撫摸韓柏臉孔的手抽回來，以一個美得無可挑剔的曼妙姿態，盈盈起立，輕移玉步，到了廳心處。外面的天色逐漸暗淡下來，夕陽的餘暉由窗簾透入。一切都是如此地寧靜和美好。花解語靜靜地立著，任由韓柏的眼睛放肆地在她美麗的嬌軀上巡遊。自出師門以來，她都以色相誘人，但從沒有像這次般沒有半點機心，那麼甘願奉獻。忽然間一股化不開的衝動湧上心頭，心中叫道：「柏郎！你愛怎麼看便怎麼看吧。」在柳搖枝之後，她從未想過自己會全心全意愛上一個男人，但現在這終於發生了。而她又不得不殺死對方。於公於私，她都只有將韓柏殺死。這想法使她更迫切，更毫無保留地要向韓柏獻出她的眞愛。

韓柏舔舔焦燥的唇皮，道：「你的姹女心功可能使你有預知未來的力量，所以剛才只說要勾我的舌頭，沒有說剜我的眼睛，因爲你知道我要看一樣東西——你的身體，快脫掉衣服，這才公平一點。」這人率性行事的方式，確要教衛道之士大嘆人心不古。

花解語眼中掠過一絲哀愁，靈巧地轉了一個身，再面對韓柏時，外袍已滑落地上，露出只遮掩著重要部位，手工精緻的紅綾肚兜。修長白皙的美腿，圓滑豐滿的粉臂，足可使任何男人激起最原始的慾望。她精擅天魔妙舞，每一個動作都美至無以復加，卻又沒有絲毫低下的淫褻意味，尤使人覺得美不勝收，目眩神迷。廳內的空氣忽地炙熱起來，溫度直線上升。花解語輕輕解下最後的屏障，不一會已毫無保留地將美麗的身體完全呈現在這個自己既心愛又不得不殺死的男人貪婪的目光下。

韓柏喉乾舌燥，艱難地嚥了一口口水，心中狠狠道：「管他媽的，如此尤物，不佔有了她日後想想也要後悔，何況還可能小命朝夕不保。」霍地站起，踏出了人生重要的一步，往花解語走過去。

花解語眼中哀色更濃，心中悲叫道：「柏郎，解語會使你在最快樂的高峰時死去，然後我會懷了你的兒子，作爲對你的愛的延續，這也是我能想出來最好的解決方法。」

嚶嚀一聲，韓柏將花解語橫抱而起，往房內走去。

刁項坐在床沿，一手按著仍陷於昏迷的風行烈的額上，另一手伸出三指，搭在他手腕的寸、關、尺三脈上。和刁夫人、南婆站在一旁的谷倩蓮一顆芳心卜卜狂跳，刁項並非南婆，風行烈的眞實情況可以瞞過南婆，卻不一定可以瞞過身爲三大邪窟之一的一派之主的刁項。刁項眼光忽地從風行烈移到谷倩蓮臉上，精芒一閃。

谷倩蓮暗叫糟糕，一顆心差點由口腔跳了出來，若刁項手一吐勁，保證風行烈即使像貓般有九條性命，也難以活命。

刁項冷冷道：「小姑娘，你對老夫沒有信心嗎？可是怕老夫醫壞了你哥哥。」

谷倩蓮心中一鬆，知道自己那顆心劇烈的跳動，瞞不過刁項的耳朵，幸好他想歪了到別的事上，同時亦可看出此人心胸極窄，好勝心重，柔聲應道：「不！小青只是怕若老爺子也說我大哥無藥可救，那恐怕天下再也沒有人能救得我的大哥。」

千穿萬穿，馬屁不穿，這幾句話顯是極爲中聽，刁項神情緩和，站了起來，背負著雙手，仰首望著艙頂，皺眉苦思起來。

刁夫人焦急問道：「究竟怎樣了？」

刁項沒有回答，向谷倩蓮道：「令兄是怎樣起病的？」

谷倩蓮鬆了一口氣，看來風行烈傷勢之怪，連刁項也看不透，信口胡謅道：「大哥有一天到山上打獵，不知給甚麼東西咬了一口，回家後連續三天寒熱交纏，之後便時好時壞，害得我和娘擔心到不得了，娘還瘦了很多。」說謊乃她谷姑娘的拿手好戲，眞是眼也不眨一下，口若懸河。

刁夫人同情地道：「眞是可憐！」

刁項拍腿道：「這就對了，我也想到這是中毒的現象，否則經脈怎會如此奇怪，定是熱毒侵經。」

谷倩蓮心中暗罵見你的大頭鬼，但臉上當然要露出崇慕的神色，讚嘆道：「老爺子的醫道眞高明啊！」

刁項睇了谷倩蓮那對會說話的明眸一眼，湧起豪情，意氣干雲地道：「熱毒侵經便好辦多了，只要我以深厚內力，輸入他體內，包保能將熱毒逼出體外，還你一個壯健如牛的大哥。」

谷倩蓮大是後悔，所謂下藥必須對症，若讓刁項將風行烈死馬當活馬醫，也不知會惹來甚麼可怕後果，正要託詞阻止，刁項已抓起風行烈的手，便要運功。

幸好刁夫人及時道：「相公！你剛才醫治情兒時已耗費了大量眞元，不如休息一晚，明早才動手吧，效果可能會更好一點呢？」

刁項拿著風行烈的手，猶豫半晌，心想其實自己確是半點把握也沒有，眞要是弄死了這小子，怎樣向這大合夫人眼緣的小姑娘交代？自己的面子更放到哪裏去？乘機點頭道：「夫人說的是，讓我先去打坐一會。」乾咳兩聲後，出房去了。

刁夫人拉著谷倩蓮在床旁的椅子坐下，南婆則坐在對面的椅子處，看著兩人。這刁夫人可能武功平常，故而這南婆負起了保護她的責任。谷倩蓮本來擬好的其中一個應變計劃，就是把這刁夫人制著，以作威脅敵人的人質，但有這南婆在，這計劃便難以實行。要知魅影劍派乃雙修府的死敵，所以雙修府的人，對魅影劍派的高手，知之甚詳，其中有十個人物，特別受到她們的注意，其中一人，就是南婆，至於刁夫人，則向來不列入他們留心的名單內。

刁夫人微微一笑道：「小青姑娘今年貴庚，許了人家沒有？」

谷倩蓮垂下了頭，含羞答答地道：「小青今年十七，還……還沒有！」

刁夫人喜道：「那就好了，像你這樣既俏麗又冰雪聰明的姑娘，我還沒有見過，更難得是那份孝心。」

谷倩蓮心道：「若你知道是我將你的兒子弄成那樣，看你怎麼說？」想雖是這麼想，但她對這慈愛的刁夫人，由衷地大生好感。

刁夫人滔滔不絕續道：「可惜情兒給壞人弄傷了，否則見到你必然喜歡也來不及，噢！你尚未見過情兒吧，他不但人生得俊，又文武全才，生得這麼一個兒子，我真的也大感滿足。」

谷倩蓮心中應道：「你不找我麻煩我也真的大感滿足。」

船速忽地明顯減緩下來，船身微震。南婆道：「船到碼頭了。」

「呀！」叫聲由風行烈處傳來。三人六隻眼睛齊往風行烈望去。風行烈扭動了一下，叫道：「谷……」

韓府大廳內。不捨大師捧著茶杯，一口一口喝著香氣四溢的鐵觀音，似乎全沒發覺站在他面前的馬峻聲的存在。除這一坐一站的兩人外，其他人都避到廳外去，門也掩了起來。

馬峻聲忍不住喚道：「師叔！」

不捨放下空杯，眼中精芒暴射，望向馬峻聲，淡淡道：「峻聲你到哪裏去了？」

馬峻聲知這師叔一向對自己沒有多大好感，心下暗怒，道：「我悶著無聊，出去逛逛吧！師叔！」

不捨微微一笑道：「出去走走，散散心也是好的。」

馬峻聲弄不清他葫蘆裏賣的是甚麼藥，又見他絲毫沒有要自己坐下來的意思，大不是滋味，勉強應了一聲。他乃馬家堡獨子，自小受盡父母溺愛，拜於無想僧座下後，不但在少林地位尊崇，在江湖上亦是處處受到逢迎吹捧，可謂要風得風、要雨得雨。不捨這種態度，自然是令他大爲不滿，冷冷道：「若師叔沒有甚麼話，我想先回後院梳洗，再來向師叔請安。」

不捨垂下目光，沒有說話。馬峻聲暗忖，你要在我面前擺架子，我可不吃這一套，大不了有師父出面，難道我怕了你不成，轉身往後廳門走去。快到門邊時，後腦風聲響起。馬峻聲大吃一驚，猛一閃身，一件東西擦頭而過，「拍」一聲嵌進門裏，像門閂般橫卡著兩扇門，卻沒有將門撞開，用勁之妙，使人目瞪口呆，原來是一條金光閃閃的令符。要知若要令符嵌入大門堅實的厚木內，用勁必須至剛至猛，但要不撞開沒有上閂的門，則力道又需至陰至柔，現在令符既陷進了木門內，又不撞開木門，顯是兩種相反、立於兩個極端的力量，同時存在於一擲之內，完全違反了自然的力量，眞教人想想也感到那想不通的難過。

不捨的聲音從背後悠悠傳來道：「你認得我們少林的『鬥法令』嗎？」

馬峻聲驚魂甫定，又再大吃一驚，比之剛才的驚惶有過之而無不及，轉過身來，對著安坐椅上，正喝著第二杯茶的不捨時，俊臉上已沒有了半點血色。

不捨喝道：「還不跪下！」

馬峻聲傲氣全消，「卜」一聲雙膝觸地，像個等候判決的囚犯。

不捨放下茶杯，長身而起，來到跪著的馬峻聲前，冷然道：「現在我問一句，你答一句，若有半字虛言，立殺無赦，你應知道我不捨的話，從沒有不算數的。」

馬峻聲心中一震，勢想不到不捨竟拿到了少林派內可操門人生死之權的「鬥法令」，難道連師父也護我不著，深吸一口氣，壓下驚惶，道：「師叔問吧！」

不捨道：「不過先讓我提醒你，自韓府凶案發生後，我動用了一切人力物力，深入調查整件事，所以我雖是今天才到，知道的事卻絕不會比任何人少。」

一股冰寒湧上心頭，馬峻聲表面平靜地道：「師叔問吧！」

不捨轉身，背著他負手仰天一嘆道：「你或者會以爲師叔一向不大喜歡你，其實我對你的期望，絕不會比你師父對你的少，只不過我看不慣你的驕橫，卻希望這是因年少氣盛，到江湖歷練後可將缺點改正，看著你，就像看著當年初涉江湖的自己。」

馬峻聲一呆道：「師叔！」

不捨搖頭苦笑道：「何況我還曾和你父在鬼王虛若無帳下並肩作戰，爲驅趕蒙古人出力，唉！現在蒙人再來了，但我們卻仍爲小輩的仇殺弄得四分五裂，散沙一盤。」

馬峻聲愕然道：「怎麼我從未曾聽爹提起過認識師叔？」

不捨道：「當年我投軍之時，隱去了門派來歷，爾父當然不知當年的戰友，就是今天的不捨。」想起了往事，無限唏噓地一嘆、再嘆！

馬峻聲此刻對不捨印象大爲改觀，已減少了原先完全對抗的心態，想了想道：「師叔，請恕過峻聲不敬之罪。」

不捨道：「你起來吧！」

馬竣聲堅決搖頭，道：「師叔既掣出了『門法令』，峻聲便跪著接受問話。」

不捨默然半晌，忽爾平靜若止水般淡淡道：「你究竟是爲了護著甚麼人幹下了這麼多蠢事？」

無論不捨問甚麼，馬峻聲心內早預備了擬好的答案，獨有這一問令他目瞪口呆，啞口無言，一時不知如何反應。

不捨道：「其他人或者相信你可以殺死謝青聯，但卻絕不是我不捨。」

馬峻聲至此已招架不住不捨像劍般鋒利的話，叫：「師叔！」

不捨道：「長白以『雲行雨飄』身法在八派中輕功稱第一，凡是輕功高明的人，耳朵都特別靈敏，這是因爲輕功關鍵處在平衡，而平衡則關乎耳內的耳鼓流穴。所以獨行盜范良極以輕功稱雄天下，耳朵的靈敏度亦是無人能及。以你氣走剛猛沉穩路子的身手，要掩到謝青聯近前而不被他發覺，可說是癡人說夢，我不捨第一個不相信。」

馬峻聲啞口無言，直至此刻，始發現這一向沉默寡言、鋒芒不露的師叔，才智和識見均到了驚人的地步，自己比起他來，眞不知要算老幾？

不捨續道：「我曾檢驗過謝青聯藥製了的屍身，那致命的一刀透心而入，割斷心脈，位置準確狠辣，以謝青聯的身法，竟連半分閃避也來不及，即使在他毫無防備下，你也不能做到，何況是個不懂武功的韓府小僕？」馬峻聲默然不語，也不知心中在轉著甚麼念頭。

不捨轉過身來，微微一笑道：「峻聲你告訴我，爲何會忽然到韓府去？」

馬峻聲待要回答。不捨已截住他道：「當然是因爲你和謝青聯在濟南遇到了韓清風吧！」接著喟然道：「你知我爲何代答此問，因爲我怕你會以謊言來回答我。」

馬峻聲愕然張口，呼吸急速，因爲他的確想以擬好了的假話來答不捨。在不捨恩威並施下，他完全失去了應有的應對能力。馬峻聲垂下頭，不住喘氣，顯然心內正在天人交戰。

不捨的聲音傳入耳內道：「你和謝青聯本是惺惺相惜的好友，表面看來是因遇到了秦夢瑤，故嫌隙日生，但我想其中實是另有因由，峻聲你可以告訴我嗎？」

馬峻聲頹然往後坐在腳跟上，抬起頭仰望卓立身前的白衣僧，顫聲道：「師叔……師叔……我……

……」

不捨知道這乃最關鍵的時刻，柔聲道：「你有甚麼難題，儘管說出來吧。」

馬峻聲一咬牙，垂下了頭，冷硬地道：「韓清風和我們說的只是普通見面的閒話，後來遇到夢瑤小姐，知她對韓府名聞天下的武庫很感興趣，這才和她連袂來此。」

不捨長嘆道：「只是這句話，我便知道你必是曉得韓清風現在的去向，所以不怕他會出來指證你，峻聲呵！你身為少林新一代最有希望的人，怎還能一錯再錯呀！」

馬峻聲似下了決心，緊抿嘴唇，一句不答，也不反駁，但亦不敢抬起頭迎接不捨銳利如劍的目光。

不捨聲音轉冷道：「那告訴我，為何韓家五小姐要為你說謊？」

馬峻聲依然不抬起頭，沉聲道：「她告訴師叔她在說謊嗎？」

不捨微微一笑道：「正因為她咬牙切齒說她不是在說謊，才使人知道她正在說謊，說真話何須那麼費力？」馬峻聲閉口不答。

不捨緩緩在他身前來回踱步，好一會才道：「負責審問韓柏的牢頭金成起和幾個牢卒，事後都辭去職務，舉家遷移，不知所終，告訴我，是誰令他們這樣做？你將怎樣向長白的人解釋？」

馬峻聲道：「何旗揚告訴我他們不知韓柏一案牽連如此之廣，加上韓柏忽然暴死獄中，連屍骸也失了蹤影，怕惹禍上身，所以紛紛逃去，至於長白的人相信與否，峻聲又有甚麼辦法？我沒有殺死謝青聯，就是沒有殺死謝青聯。師叔你剛才也指了出來。」

不捨一聲長嘆，搖頭苦笑道：「只要我一掌拍下，這在八派掀起滔天巨浪的凶案，便立刻了結，我眞希望我能下得了手。」

馬峻聲回復了冷靜，沉聲道：「師叔要殺要剮，峻聲絕不反抗，若我的死能令八派回復團結，峻聲死不足惜。」

不捨背轉了身，望著高高在上的屋樑，平靜地道：「好！你回房去吧！」

馬峻聲全身一震，不能置信地抬起頭來。不捨孤高超逸的背影，便若一個無底的深潭，使他看不透，也摸不到底。

第四章 為君傾情

第四章 為君傾情

小樓內春色無邊。花解語婉轉呻吟，一次又一次攀上快樂的極峰。韓柏翻雲覆雨，和花解語共赴巫山，因花解語的祕術而致千百倍加強於他的身心感覺，使他整個人便像個燃著了的洪爐，強大的熱能一波又一波掠過，潮水般在兩人的身體來回激盪。

韓柏的身體雖在極度亢奮的狀態，但心神卻出奇地清明，而更奇怪的是，每一次在他似乎要進入難以遏制的高潮境界時，立刻便有一股舒緩的力道在他體內奔騰舒展，既使元關不致崩洩，更提增了永遠發揮不完的精力，而每當這樣的情況發生一次後，他的心靈便升高了一個層次，思慮更清晰寧遠。隱隱間，他感到體內的魔種在和他進行著最後一步的結合。若說以前魔種和他的融渾，是一種精氣的結合，這次便是最高一個層次——「神」的結合。在這之前，他雖不若赤尊信初把魔種注入他體內般，清楚感覺到魔種的存在，清楚地分出彼我，但在某些時刻，仍能感到魔種潛伏在他心靈的某一深處，引導著他。但在這行雲佈雨的時間，他覺得自己的心神不住在延伸，終於迎上了魔種那虛無縹緲的「元神」，也是赤尊信魔種內最詭異莫測的精華部分，完成了與魔種最後一個階段的結合。

和他糾纏得難捨難分的花解語此刻當然不會知道韓柏的心靈內竟進行著翻天覆地的變化，她出身於西域魔派，專講男女交歡之道，精善盜取元陽，以壯補自身精氣。要曉得她在姹女派內，已是出類拔萃的高手，否則也不能位至魔師宮護法之職。一般下焉的採補之道，盜的只是對方的陽氣或陰氣，但到了花解語這級數的採補高手，要盜的卻是對方陽氣裏的一點「眞陰」。原來男雖屬陽，女雖屬陰，但陽中自有陰，陰中亦自藏著陽。就像太極裏的陽中陰、陰中陽，這說來玄之又玄，卻是自然的物性。一個人，無論男女，若是陽氣或陰氣被盜，體健者只是精氣虛脫，若非太過，一段時間後便能大部分恢復過來，唯有這點眞陰或眞陽被盜，無論多麼強壯的人，也會立即虛脫而亡，盜得對方眞陰眞陽者，功力自是大有裨益，遠勝一般陰陽精氣。平常這點男人陽氣中的眞陰，女人陰氣中的眞陽，都包藏得嚴密至極，全無洩出之機，只有在走火入魔，又或男女交歡，精氣開放時，才有洩出的機會，整個採補之術，歡喜之道，便建立在這理論上。而要引對方洩出眞陰眞陽，以為己有，靠的正是自己的眞陽眞陰。只有眞陽才能吸取對方的眞陰，只有眞陰才可以吸收對方的眞陽。

像花解語的姹女之術，自幼便通過種種祕法，把自己陰氣中那點眞陽，練得通靈活潑，故能在男女交歡之時，發揮功能，不但可令對方欲死欲仙，還可盜取對方最珍貴的元陰。獨陽不生、枯陰不長。所以純陽無陰、純陰缺陽，立死當場。

花解語先前趁韓柏昏迷時，以產自天竺，再經祕法製鍊過的珍貴罕有「合歡葉」，和熱水刺激韓柏的觸感，本就是不安好心，使韓柏更難抵受她的引誘，以盜取他的眞元。她在床上的每一個動作，都深合女術裏的天魔妙舞姿法，能使對方心神受制，如狂如癡，致心神失守下，漏出眞元。在多次翻騰後，花解語的姹女術已發揮至極限，而使她震駭莫名的是，每一次眞陽和眞陰的接觸，都令韓柏那點眞元壯大起來，還隱隱給她一種反吸的力道，這在她眞是前所未見、前所未聞的怪事，而更使她駭異的是，只要她稍放緩採吸，對方的反吸亦頓然消弛於無形。她已懍然知道這是因魔種和韓柏的元陰作最後結合的後果。淚水由花解語眼角滲出。因為到了這刻，她再也沒有絲毫懷疑韓柏對她的眞誠和熱愛，因為她從未接觸過一個男人，是像韓柏般如此毫無保留地將心靈和肉體都開放奉獻出來，這種微妙的形而上之的觸感，只有像她這種精善男女之道的高手，才可以感覺到。若她要在這時盜取韓柏的眞元，會弄出來怎樣的後果呢，此刻她眞是不敢想像。修習奼女術的人，若非天生自私，也必須將自己變成自私自利的人，因爲整個奼女術的目的都在損人利己，花解語之所以成爲人人驚懼的女魔頭，便是這個道理。

韓柏的動作更強烈了，氣息也愈來愈雄渾。比之前強烈百倍的快樂感覺澎湃著、攀升著。花解語雪白的軀體痙攣起來，她靈智亦陷入迷離狂亂中，尙幸仍保留半點澄明。韓柏仍在狂愛著，花解語卻忽地一咬牙，四肢八爪魚般纏上韓柏雄偉的軀體，狂呼道：「柏郎！我愛你。」

風行烈才叫起來，谷倩蓮「呵！」一聲撲向床沿，藉著身體的遮掩，先用手按緊風行烈的口，叫道：「大哥！你覺得怎樣了，小青擔心死了！」

風行烈張開眼來，眼神出奇地凝聚。谷倩蓮拚命眨眼，又裝了幾個後面有人的表情，急道：「我們兄妹這次遇到貴人了，刁老爺精通醫術，必可治好你那打獵時惹回來的怪病。」風行烈眼裏露出茫然之色。

身後微響傳來，谷倩蓮忙縮回了手。刁夫人和那南婆來到谷倩蓮旁邊，刁夫人道：「你醒來就好了，你不知你妹子多麼擔心哩！」

風行烈掙扎著要坐起來，谷倩蓮忙將他扶得挨坐在床頭處，心中祈禱著：你風行烈得有靈神庇佑，千萬莫要說錯了話。

南婆道：「小兄弟，你覺得怎樣了？」

風行烈眼光掠過兩人，在看刁夫人時特別停留得久了點，吁出一口氣道：「好多了！在得到這怪病前，我就算在冷水裏泡上一個半個時辰也沒有問題的，想不到今天竟如此不濟。」

谷倩蓮心內歡呼，眞想摟著既英俊又聰明的郎君，賞上十個香吻，何況他說謊時的老實模樣，連她也忍不住要相信哩。

閒聊了幾句後，刁夫人道：「你們想必餓了，下人預備好晚飯時，我便著他們捧過來，現在你們兄妹談談吧！」和南婆出艙去了。

谷倩蓮心神一鬆，正要說話，風行烈倏地伸手，按著她小巧的櫻唇。谷倩蓮感覺著風行烈手觸紅唇的羞人滋味，眼中射出不解的神色，心想難道他想以牙還牙，報復自己剛才掩著他口的那一箭之仇。

風行烈打個眼色，道：「小青，我們眞是幸運，竟然路遇貴人。」才放開了手。

谷倩蓮何等乖巧，立即應道：「是的，刁夫人既好到不得了，那婆婆表面看來冷冷的，其實我知她也很疼惜我們哩。」

兩人胡謅幾句後，風行烈鬆了一口氣，道：「走了！」

谷倩蓮毫不客氣，坐在床上，纖手按著風行烈的肩膊，將俏臉湊上去，細看風行烈的臉色後道：「你好了嗎？怎麼耳朵比我的還靈敏？」

風行烈避開她灼熱的目光，自顧自道：「眞奇怪，兩次掉下長江都給人救起來，不知第三次會有甚麼遭遇？」

谷倩蓮道：「你看著人家呵！」

風行烈無奈地將目光移回谷倩蓮貼得近無可近的俏臉上，感受著如蘭吐氣，微笑道：「谷小姐有甚麼吩咐？」

谷倩蓮不依道：「你還未回答人家的問題哩！」

風行烈再微微一笑道：「答案是我現在好得多了，先師的眞氣確是精純無比，加上我的體質和意志，暫時將龐斑的凶燄壓下，不過在未完全康復前，是絕不宜和人動手，否則恐怕會重蹈覆轍。噢！你還未告訴我，這是甚麼人的船？」

谷倩蓮聽得風行烈忽然好了起來，喜出望外，雀躍道：「那就太好了，但這是魅影劍派的船，連刁項也在船上，還有那小鬼刁辟情，幸好他仍躺著不能動，見不到我，否則便糟糕了。」

風行烈心道：「又怎會這麼冤家路窄的！」谷倩蓮已道：「我們吃飽飯後，趁船靠著岸，覷個機會溜之大吉，眞是好玩得很呢！不過，這恐怕要傷那刁夫人的心了，想不到魅影劍派內會有這麼好心腸的人。」

風行烈正容道：「你絕不要小看這刁夫人，若我沒有猜錯，她的武功可能比刁項更可怕，像她那般能將精氣鋒芒完全內斂的高手，江湖上還沒有幾個。你不要看她像是胸無城府，剛才就是她留在門外，偷聽我們說話呢。」

谷倩蓮駭然道：「甚麼？」

風行烈道：「江湖上像這類名不見經傳，但實力驚人的高手絕不會多，但卻並非沒有，假若她是蓄意隱瞞起實力，那她就更是可怕。」

谷倩蓮臉色轉白，喃喃道：「難怪刁項那麼怕她，連我們密查魅影劍派的人也看走了眼，若非給你點破，將來面對他們時，可能要一敗塗地呢。」

風行烈忽更壓低語聲道：「有人來了！」

「咯！咯！咯！」谷倩蓮站了起來，叫道：「請進來！」

一個丫嬛捧著熱騰騰的飯菜，走了進來。谷倩蓮一看下心中大奇，爲何只得一雙筷箸和一只碗，這話當然問不出口，指示著丫嬛把飯菜放在桌面。

那丫嬛躬身道：「夫人請小青姑娘和她共進晚膳。」

谷倩蓮回頭向風行烈扮了個鬼臉，心中嘆了一口氣，極不情願地跟著那丫嬛去了。

馬峻聲在朝後院去的長廊走著。「峻聲！」馬峻聲神不守舍地往長廊旁的花園望去，雲清神情嚴峻，以一種極陌生的眼光看著他。

馬峻聲呆了一呆，踏出廊外，迎著雲清叫道：「姑姑！」

雲清道：「你是否奇怪我在這裏？」

馬峻聲愕然道：「姑姑何出此言？」

雲清微微一嘆，聲音轉柔，道：「你剛才到哪裏去了？」

馬峻聲恭謹地以應付不捨的話答道：「我悶著無聊，走出去隨便逛逛。」

雲清微怒道：「你知不知道自己一舉一動都事關重大，怎可只憑高興便這樣那樣，若出了岔子，又或耽誤了正事，後果由誰來承擔？」

馬峻聲臉上現出不忿神色，抗聲道：「爲何你們每個人，都十足當我是凶手來對待？我說過多少次，謝青聯的死與我沒有半點關係，只不過我湊巧發現了那小僕韓柏拿著染血匕首在謝青聯的屍身旁，遂本著同道精神，拿下他來，而何旗揚身爲七省總捕頭，這事自然不能不管，現在連那韓柏也在死前認了罪，你教我還要怎麼做？」

雲清面容一沉，像初次認識馬峻聲般，瞪視著他。馬峻聲昂然而立，一副無愧於天地鬼神，頂天立地的模樣。

雲清喟然道：「峻聲，你知不知道由小至大，我最寵愛的是哪兩個？」

馬峻聲垂頭道：「姑姑最寵愛的是我們兄妹！」

雲清道：「那爲何你要將我和范良極的事洩漏給方夜羽那方的人知道，使他們能利用這點來對付范良極？」說到「我和范良極」時，她的臉不由現出兩小片紅色。

馬峻聲一呆，才道：「峻聲完全不認識方夜羽那方的人，就算認識的話，也絕不會這麼做，姑姑爲何會有這個想法？」

雲清知道休想要馬峻聲說出眞相來，忽地一陣意冷心灰，頽然道：「不捨大師來了，希望他能找出韓府凶案的眞相，我已管不著那麼多了。」轉身離去。

馬峻聲默然站了一會，才往後院走去。天色暗沉下來，黑夜終於來臨。明天會是怎麼樣的一天？

在越過無數極樂的巔峰，韓柏大感心滿意足，心曠神怡，暢然鬆弛身子，壓在花解語豐滿動人的肉體上。兩人相擁喘息著。

韓柏頭埋在花解語的酥胸上，恣意享受著男女肉體全無保留的接觸感覺，悠悠問道：「爲何你剛才不殺死我？」

花解語摟緊他道：「癡郎，我能夠殺死你嗎？此刻希望你聽著我的話，離開這裏後，立即有多遠走多遠，假設攔江之戰浪翻雲敗北，便隱姓埋名，找個地方快快樂樂過了這一生算了。」

韓柏駭然道：「難道龐斑要殺我？」

花解語道：「不是龐斑要殺你，而是方夜羽爲了對付你，請了里赤媚出來，你的武功雖然不錯，目前仍非他的敵手。」

韓柏不服氣地道：「里赤媚難道比莫意閒還要厲害嗎？」

花解語道：「不要意氣用事，里赤媚的武功十年前已能和『鬼王』虛若無並駕齊驅，甚至有過之而無不及，經過這些年的潛修，只是低於龐斑一線而已，加上他的冷狠無情，我實在想不到世上還有比他更可怕的人！算我求你，立即離開這裏吧！」

韓柏默然半晌，暗忖若里赤媚比「鬼王」虛若無更厲害，自己確非其對手，嘆道：「那你怎麼辦，若方夜羽知道你蓄意放走我，他肯和你罷休嗎？」

花解語伸手到韓柏玉枕處，運聚功力，將制著韓柏一身功力，卻制不住赤尊信在他體內魔種的金針吸了出來。韓柏立刻全身一顫，眞氣重新充盈體內，忽然間感官都回復靈敏，樓外所有微細的聲響，盡收耳內。花解語輕推韓柏，示意他坐起身來，自己也隨著和韓柏對坐床上。

韓柏拉起花解語的手，道：「你還未答我的問題呀！」

花解語水汪汪的媚眼默默看了他一會，垂首輕輕道：「到了這刻，我才明白昔年白蓮珏會成爲傳鷹愛情俘虜的心境。」

韓柏伸手兜起她的下頷，愛憐地看著這第一個和他有合體之緣的女人，大感興趣地道：「你的心境怎樣了？」

花解語嬌羞一笑道：「男人永遠是貪得無厭的，人家的身體投降了還不夠，還要人家的心也投降，但這亦不夠，還要人家全說出來，柏郎！我愛你！我愛你！我從未像目前這般平靜快樂！這般沒有機心，不想去算別人，也不怕人來算我。花解語找尋了一生的東西，終於在剛才找到，上天再也沒有欠我甚麼了！」

韓柏心中一陣感動，將花解語摟入懷裏，道：「和我一齊走吧！」

花解語推開了他，堅決地道：「不！我們的緣分至此爲止，若要再在一起，只能祈諸來世。在半晌前我的幾回天人交戰中，我已感到你體內的魔種，在我姹女大法的誘發下，已與你眞元合二爲一，再也難分彼此，但若要挑戰龐斑，仍有一段非常遙遠的路要走，唉！」

韓柏道：「爲甚麼你嘆起氣來？」

花解語別過臉去，幽幽道：「龐斑的武功已達到天人之界的玄妙層次，若非心中仍有少許情障，根本沒有被擊敗的可能，唉！」

韓柏聽她一嘆再嘆，顯是心中矛盾重重，難以平靜，想不到這縱橫江湖的女魔頭，動起眞感情來時，竟是如此脆弱。

花解語道：「連浪翻雲也不知道，他已錯失了一次戰勝龐斑的機會。」

韓柏一呆道：「甚麼？」

花解語道：「那是在他種魔大法初成之時，心中塡滿對靳冰雲的愛戀，所以才會讓風行烈成功逃去。後來你擄走靳冰雲，加上浪翻雲天下無雙的覆雨劍的引誘下，他忽地拋開了一切，就像佛家所說的立地成佛，由那刻開始，他已晉升至另一層次，沒有人能明白的層次。」

韓柏道：「但厲若海不是使他負了傷嗎？」

花解語聽到厲若海的名字，眼中閃過彩芒，露出緬懷的神色，徐徐道：「厲若海的武功，已是人類體能潛力所能達到的極限，若連他也殺不了龐斑，根本便沒有人能殺死龐斑。而與厲若海的決鬥，亦使龐斑的修爲更踏前了一步，更可怕了。」

韓柏沉吟不語，花解語身爲魔師宮護法，武功高明，說出來的話自然是極有分量。

花解語續道：「龐斑的最可怕處，是當他決定於明年中秋月滿時與浪翻雲決戰於攔江孤島，他爲此不但拋開了靳冰雲，連種魔大法也置諸腦後，不再計較是否已竟全功，還令黑白二僕不用再找風行烈，這種心懷，誰人能及？」

韓柏道：「這就好了，我還在擔心小烈這傢伙。」不經意裏，他隨著范良極叫起小烈來。

花解語搖頭道：「龐斑不屑去理風行烈，但方夜羽卻必須殺死風行烈，因爲厲若海蓄意讓風行烈目睹他和龐斑整個決鬥的過程，實在是非常厲害的一著，不但對風行烈有很大的益處，若讓風行烈將其中微妙處，敘述出來給浪翻雲知道，沒有人可估計到那會對浪翻雲造成多麼大的幫助，所以方夜羽一定要阻止那種情況的發生。」

韓柏目瞪口呆，想不到其中竟有這麼轉折和微妙的道理和原因，想了想後，搔頭道：「聽你口氣，好像連你也想龐斑輸，這是哪一門子的道理？」

花解語幽怨地望了他一眼道：「你還不明白嗎？我說了這麼多話，就是想你乖乖聽話，有多遠逃多遠，至少待攔江之戰後，才再作打算。」頓了頓，又道：「何況我和龐斑他們不同的是我並非蒙人，而是回族人，說起來，蒙古人和我們還有毀國的仇恨呢！我父母便是蒙人的奴隸，只不過我娘幸運了點，給選了出來伺候里赤媚的父親，所以我才有機會被挑了出來傳授上乘武學，娘在我小時，常向我述說戰爭的殘酷，只不過長大了後，這些都給淡忘了，剛才和你歡好時，不知如何，這些早被遺忘了的事，又回到了腦中，想起若蒙人再來，這裏也不知有多少父母要失去他們的子女，有多少孩子要變成無父無母的孤兒，奇怪！為何以往我總想不到這些東西。」

韓柏搔頭道：「我倒沒有想得那麼遠，只覺得和方夜羽比來比去，非常刺激，時間過得特別快，一點也沒有以前在韓家時閒得無聊那種悶出鳥來的感覺。」

花解語「噗哧」一笑，投進他懷裏，摟著他強壯的厚背，笑著道：「柏郎呵！你知不知道自己是多麼討人歡喜的一個人，由第一天見到你那傻兮兮的模樣，我便忍不住要笑。」

韓柏愕然道：「那麼戲班裏的丑角兒豈非最受女人歡迎。」

花解語重重地在他背肌扭了一把，坐直嬌軀，看看從簾外透進來的月色，香吻雨點般落在韓柏的額臉眼嘴上，然後俏臉挪後了少許道：「柏郎！聽解語一次話吧！」

韓柏堅持道：「你還未告訴我怎樣處理自己呢。」

花解語輕輕答道：「我日出前會隨龐斑的車隊北返魔師宮，到了魔師宮後，再向龐斑請辭，返回域外去，先不要說龐斑對我的愛寵，只是他過人的心胸氣度，也絕不會阻攔我。沒有人比他更明白我。」

韓柏忽地洩氣道：「就算我聽你的話，努力逃走，但你既然這麼輕易找到我，里赤媚自然亦可以，逃又有甚麼用？」

花解語嫣然一笑道：「你放心吧，我之所以能找到你，是因你的衣服沾了一種奇異的礦屑，只要你在十里的範圍內，我便可用兩枝能對那種礦物生出感應的物質製成的探桿，憑著獨特的手法，找出你來，所以你若跑得遠一點，連我也找不到你。」

韓柏拍額道：「原來如此，害我還擔心得要命。」

花解語神色一黯道：「柏郎！走吧，來世再見了。」

戚長征和乾羅兩人默坐簾幕低垂的車廂裏，由與他身形相若，但頭戴竹笠，躲在遮陽紗裏的本幫弟兄負責驅車。本來駕車的應是戚長征，但是乾羅指出受方夜羽指令的本地幫會，定會以種種手法，查證出駕車的誰才是眞正的戚長征方肯罷休。所以略變方法，將駕駛這十輛馬車的人，全換上了假的戚長征，若敵人心有成見，只是查證駕車的人，便要落入陷阱裏，到他們所有人聚起來時，發覺每一個駕車者都是假扮的，已失去了再查探車廂內玄虛的良機。薑確是老的辣，乾羅只是簡簡單單一個提點，已顯得計中有計，戚長征對這新拜的義父打由心底佩服起來。

當他們快要出城時，一頭亂了性的驢子不知由哪裏衝出來，駕車的兄弟雖手忙腳亂地避了過去，但落在有心人眼中，已知那駕車者絕不會是怒蛟幫年輕一代的第一高手戚長征。戚長征回想起來，也要心中發笑。乾羅閉目靜養，爭取每一分的時間，療治傷勢。天色全黑下來，馬車不徐不疾在道上走著。

戚長征拉開向著車頭的小窗，低呼道：「小子！你可以下車了。」

大漢一抽韁索，勒停了四匹健馬，回頭熱切地道：「征爺！讓小子隨在你身旁，和敵人拚一拚好嗎？」

戚長征知道自己已是怒蛟幫年輕一輩裏的英雄，受愛戴程度比之上官鷹和翟雨時有過之而無不及，微微一笑道：「我才不肯要你白白送命，來！聽話一點，依我們先前擬定的路線立即滾蛋，否則遇上了敵人便糟糕了，快！」

大漢不情願地躍下車去，轉眼便消失在道旁的林木裏。

戚長征已移到乾羅身旁，輕叫道：「義父！現在離城足有五里了。」

乾羅緩緩睜開眼睛，儘管在這麼黑沉沉的環境裏，戚長征仍見到精芒一閃，不由暗嘆乾羅內功之精純，不知自己哪一天才可達致這種境界。

乾羅深吸了一口氣，緩緩道：「征兒！我走後，你將車駛到道旁，把四匹馬驅入林內，斬下樹幹，綁在其中一匹之上，才讓牠們散去，記著馬有合群之性，所以你必須一匹一匹地讓牠們走。」接著微微一笑道：「蒙人長於漠北，最善千里追蹤之術，我倒想看看他們發現這沒有馬的空車後，又從其中一匹的蹄印發現負了兩個人的重物，會有怎麼想法？」

戚長征點頭道：「義父你要保重。」

乾羅哈哈一笑道：「我還有這麼多事等著去辦，怎會不珍惜自己，倒是你莫要逞匹夫之勇，打不過便要逃，知道嗎？」

戚長征恭敬地道：「孩兒知道了。」

乾羅伸出手，緊抓著戚長征的肩頭，眼中射出真摯動人的感情，好一會才放開手，推門下車，一閃不見。

戚長征立送車外，見乾羅走了，不敢延誤，連忙依計行事，這才趁黑上路去了。他躍到樹上，由一棵樹跳往另一棵樹，腳不沾地，一口氣走了半個時辰，繞了一個大圈，才再回頭朝武昌的方向走去。他專找荒山野路走，暗忖：若這樣也教方夜羽的人跟來，便眞要佩服得五體投地。他一點不替乾羅擔心，他這義父雖說傷勢未癒，但狡若老狐，江湖經驗老到得無可再老到，最多也只是洩漏出傷勢的實況，在他戚長征來說，那有甚麼大不了。他爲人光明磊落，對乾羅這種以虛爲實，以實爲虛的行事方式，並沒有太大共鳴。這時他心中想到的卻是，乾羅應已遠遠遁去，自己是否應截上方夜羽的人，好好幹上一場，也好教敵人知道厲害，但想起義父曾囑他不要逞匹夫之勇，自己當時又沒有反對，只好將這令他快樂至極的念頭打消。正想到這裏，心中警兆忽現，立即停了下來。四周寂然無聲，只有秋蟲仍在唧唧鳴叫。

戚長征心叫道：「乖乖不得了，難道敵人眞的這樣也可以跟上來，那就肯定他們有獨異的追蹤手法，或者和逍遙門副門主孤竹的惡鷲有異曲同工之妙。」心中一動，往天上望去。一彎明月下，連鳥影也不見半隻。

一聲悶哼，卻由身後傳來。戚長征頭也不回，哈哈一笑，朝前大步踏出。風聲驟起身後。戚長征一彎身，刀離背鞘而出，先往前劈，倏地扭腰，刀鋒隨勢旋轉過來，往後方猛劈而去。只是這一刀，已可看出浪翻雲對他的推許，並非隨便說出來的，因爲若他回身擋格，氣勢不但會減弱，且陷於被動之境，可是如此先劈後砍，氣勢不單沒有減弱，而勁道亦運至最巔峰的狀態，且反守爲攻。身後的人「咦」了一聲，離地飛起，手中連環扣由軟變直，「鏗」一聲點在刀鋒處，借力大鳥般飛往前方。戚長征全身一震，往後筆直倒下去，到了離地尺許處，猛扭腰腿，轉了過來，變成臉向地下，雙腳一縮一撐，藉十隻腳指尖的力道，炮彈般離地衝飛，後發先至，跟在那人身後。那人的禿頭在月光下閃閃生光，最是好認，當然是蒙古八大高手僅餘的五高手之一的「禿鷹」由蚩敵。他這次重回中原，信心十足，范良極難纏，那是意料中事，韓柏的強橫，已大出他意料之外，豈知這樣一個怒蛟幫的後起之秀，小小年紀武功竟早具大家風範，可更大出他想像之外，尤其使他驚異的，是那種勇氣和不守任何成規以命搏命的拚鬥方式。

由蚩敵一生經歷的大小陣仗眞是數也數不清，故雖爲此驚異，卻沒絲毫爲此洩氣，暴喝一聲，竟就凌空一個飛旋，飛轉回來，連環扣化成軟鞭，往戚長征雙手推刺過來的長刀猛抽下去，輕功之妙，確不負「禿鷹」之名。戚長征剛才已嚐過他深厚無匹的內勁，知道自己最少要遜他一籌，硬碰無益，尤可慮者，此人輕功絕佳，乾羅打不過便逃的良言，恐怕也難以實行。想是如此想，但他卻沒有半分氣餒，一聲長嘯，雙手一挽，刀鋒顫震下，化出無數朵刀花，勁旋嗤嗤嘶響。「叮叮咚咚！」由蚩敵的連環扣竟抽了個空，待要變招，刀鋒已在連環扣上連劈了四下。連環扣雖未脫手墜地，但左彎右曲，一時間非硬非軟，下一招怎樣也使不出來。由蚩敵駭然喝道：「好小子！」飛起一腳，向已升至和他同等高度的戚長征當胸踢去。戚長征亦是心中駭然，原本他準備以巧招誘對方劈空後，第一刀劈在扣上，第二刀便抹向對方面門，哪知連環扣竟仍能應對自如，及時彈起，連擋他四刀，守得滴水不進。刀勢剛盡，對方的腳離胸口只有半尺，第五刀怎樣也使不出了。戚長征悶哼一聲，無奈下雙手內拉，轉以刀柄攻敵，迎在對方腳尖上。「蓬！」兩人反方向往後飛退，距離迅速拉開至三丈外。由蚩敵腳一沾地，又再彈起，凌空撲來，確有雄鷹撲兔之姿。戚長征落到地上，微一踉蹌，口鼻溢出血絲，由蚩敵已至。他夷然不懼，仰天一聲長笑下，踏前一步，微弓腰背，雙手舉刀過頭，往由蚩敵直劈過去，完全是一副同歸於盡的拚命姿態，沒有半分保留餘地。

一串金屬交擊的聲音響起。戚長征打著轉往後飛跌開去，血光迸現。由蚩敵凌空飛退，落地時連退三步，才站穩下來，左肩處衣衫碎裂，鮮血滲出。戚長征轉了足有七、八個圈，「蓬」一聲坐倒地上，但立即一刀柱地，霍地起立，胸脅處衣衫盡裂，隱見一道深深的血痕。

由蚩敵眼中射出凌厲的凶芒，伸手封住肩膀的穴道，阻止血往外溢，冷笑道：「小子你的道行還不夠！」

戚長征看也不看傷口一眼，大笑道：「痛快痛快，從未打得這麼痛快過，閣下究竟是誰？」兩人由動手至此，還是第一次交談。

由蚩敵點頭道：「看在你的刀份上，便讓你知道今天是誰殺死你吧。」頓了半刻，傲然道：「本人就是『禿鷹』由蚩敵，不要在黃泉路上忘記了。」

戚長征啞然失笑道：「原來是蒙人餘孽，你的功力雖比我強，過招比拚，或者你會勝上半籌，但若要殺我，卻是另一回事，動手吧！」

由蚩敵陰陰道：「好！就讓我看看你的韌力有多好。」話還未完，腳略運勁，已飛臨戚長征前方的上空，手中連環扣化出大圈小圈，往戚長征當頭罩下。

戚長征深吸一口氣，竟然閉起眼睛，一刀往上挑去。「噹！」扣影散去。

由蚩敵心頭狂震，想不到戚長征刀法精妙至此，完全不受虛招所誘，一刀破去他這必殺的一招。刀光轉盛。由蚩敵喝叫聲中，戚長征挺身而起，一刀接一刀，有若長江大河，由下往上攻去。由蚩敵不住彈高撲下，始終沒法破入戚長征連綿不絕的刀勢裏，他實戰經驗極爲豐富，不住加重內勁，心中暗笑，一我一下比一下重，看你能擋得到何時？連環扣立刻展開新一輪攻勢。戚長征的內力也像無有衰竭般，一刀比一刀重，一刀比一刀狠，殺得由蚩敵叫苦連天，暗暗後悔。他功力雖勝過戚長征，但連環扣的招式和戚長征的刀法卻只是在伯仲之間，本來在一般的情況下，憑著多上數十年的戰陣經驗，他是足可穩勝無疑，但可惜現在卻是勢成騎虎。原來戚長征每一刀碰上他的連環扣，都用上了扯曳抽拉的內勁，由蚩敵下手愈重，便等於和戚長征合力將自己由空中往下扯回地上，逼得他每一下都要暗留後勁，此消彼長下變成與戚長征在內勁的拚鬥上，平分秋色，換句話說，戚長征的每一刀，也將他吸著不放，使他欲罷不能。一時間一個腳踏實地，另一人卻凌空旋舞，進入膠著的苦戰狀態。誰要退走，在氣機感應下，必被對方乘勢追擊殺死，沒有分毫轉圜的餘地。數十招彈指即過，兩人額上都滲出豆大般的汗珠，戰況愈趨慘烈，氣勁漫天。戚長征勝在年輕，由蚩敵則勝在功力深厚。誰先力竭，誰便要當場敗亡。

由蚩敵趁一下扣刀交擊，奮力躍起，在空中叫道：「好小子！看你還能撐多久！」連環扣由硬變軟，往戚長征長刀纏去。

戚長征刀鋒亂顫，不但避過連環扣，還削往對方持扣的手，一把刀有若天馬行空，無跡可尋。啞著聲乾笑道：「不太久，只比你久上一點。」

匆忙下由蚩敵一指彈在刀鋒上，藉勢彈起，暗嘆自己恁地大意，明明有足夠殺死這小子的能力，仍會陷身在這種僵局裏，無奈下怪叫道：「小子！今天當和論，下次再戰吧！」

戚長征其實亦是強弩之末，不過他心志堅毅過人，表面絲毫不露痕跡，聞言大喝道：「最少要三天內不准再動手，君子一言。」

由蚩敵應道：「三天就三天，快馬一鞭！」說到最後一字，連環扣收到背後，往下落去。戚長征閃電後退，刀回鞘內。

由蚩敵落到地上，瞪著戚長征好一會後，緩緩將連環扣束回腰間。

戚長征強壓著雙腿要顫震的感覺，微微一笑道：「由老兄你若要反悔，戚長征定必奉陪到底，也不會怪你輕諾寡信。」

由蚩敵冷哼道：「殺你還怕沒有機會？何況我們今天的目標是乾羅而不是你。」

戚長征道：「我們已佈下了疑兵之計，想不到你們仍能跟了上來。」

由蚩敵冷笑道：「若不是你們耍了那兩下子，黃昏時我便可以截上你們了，不過你休想套出我們跟蹤的方法，哼！三天內你最好滾遠一點，不要教我再碰到你。」一跺腳，轉身正欲離去，忽又回轉過身來，問道：「奇怪！你像是一點也不爲乾羅擔心！難道另外有人接應他？」

戚長征微笑道：「你若告訴我你的跟蹤祕術，我便告訴你爲何我半點不擔心乾羅。」

由蚩敵深深望他一眼，露出一個猙獰的笑容，有點得意地道：「小子！你實在也沒有時間爲別人擔心，我這便去追乾羅，看看他能走多遠。」一聲長笑後，閃身去了。

他走了不久，戚長征一個踉蹌，坐倒地上，張嘴噴出一口鮮血，臉上血色盡褪，閉目運功，也不知過了多久。「噗！」一顆小石落到他身前的地上。戚長征毫不驚訝，抬頭往前方望去。

谷倩蓮跨過門檻，環目一掃，立刻魂飛魄散。原來主艙寬敞的空間內，擺了一桌豐盛的酒席，圍坐者除了刁項、刁夫人、南婆、和剛才那四名高手外，尚未見過的還有一個老叟，一位與刁項有七八分相像的中年男子和坐在他旁邊貌僅中姿且身形微胖的少婦。這些人當然不會令谷倩蓮大驚欲逃，使她吃驚的是刁夫人身旁臉色蒼白的青年──刁辟情。幸好這時刁辟情斜躺椅裏，身上披著一張薄被，閉上眼睛，也不知是正在養神還是在小睡。不論是哪一種，此時不走，更待何時。

刁夫人的聲音傳來道：「小青快過來，坐在我身邊。」

若換了先前半晌，小青對刁夫人如此寵愛有加，多多少少還會有點感激，但給風行烈點醒後，只覺這外貌慈祥的女人，比刁項還更可怕。

說到弄虛作假，乃谷倩蓮出色當行的拿手本領，當下垂下頭來，楚楚可憐地道：「可能是泡了冷水的關係，剛才還沒有甚麼，現在卻感到頭重腳輕，所以特來向夫人請罪後，小青想回去歇上一歇。」

刁夫人愛憐地道：「著了涼當然要好好休息，來！讓我給你探探額角，若嚴重的話，是要吃藥才可以好的。」

若她仍懵然不知刁夫人的高手身分，必然毫不猶豫，送上去讓她摸摸以內力逼得發熱的額角，但知道了此婦比刁項更可怕後，這樣做便似羊入虎口，忙道：「夫人關心了，小青自家知自家事，睡一覺便會好了，夫人老爺和各位長輩們請勿爲小青操心，飯菜都要冷了。」眼角掃處，只見刁辟情的眼微動起來，不知是否即要醒來，忙躬身福了一福道：「小青告退了！」

眾人見谷倩蓮進退得體，明明身體不適，還親來請罪，都聽得暗暗點頭，大生好感。

刁夫人柔聲道：「那你回去先歇歇吧！待會我再來看你，小蘭！送小青姑娘。」她身後小婢依言朝她走了過來。

谷倩蓮心道：「你來時還見到我才怪哩！」轉身穿門而出。

眼前人影一閃。事出意外，兼之谷倩蓮不能使出武功，一聲驚呼下，一頭撞入那人懷裏。

韓柏躍上瓦面，回頭看了下方對面的韓府一眼，暗忖自己出來了怕足有兩三個時辰，躲在陳令方後花園假石山下那所謂祕藏的地洞裏的柔柔，必然焦急萬分，再想起范良極那將會是多麼難看的嘴臉時，更不得不打消到韓府一闖的念頭，一聳身，貼著瓦面掠去，撲往另一所大宅的屋瓦上。花解語臨別時那幽怨的眼神，緊緊攫抓著他的心。人與人間關係的變化，確是誰也估料不到的。像他和花解語的關係，便是來得突然，去得也突然，這個使他變成眞正男人的女魔頭，自己對她究竟是慾還是愛，抑或由慾生愛，則連他也弄不清楚，看來也永不會弄得清楚。她美麗的肉體和在男歡女愛方面的表現，的確使任何男人也難以忘懷。看來柔柔也絕不會比她差，回去……嘿……回去有機會倒要試試，橫豎柔柔也是我的，不是嗎？哼！想到這裏，心中一熱。

倏地一道寒氣，由後襲至。韓柏心頭一寒，從色慾的狂想裏驚醒過來，全力加速，往前掠去。背後寒氣有增無減，使他清楚感到自己全在對方利器的籠罩裏，心中叫聲我的媽呀！難道里赤媚厲害至此，自己前腳才離開花解語，對方便追著自己的後腳來到，否則誰會有如此可怕的功力。他連回頭也不敢，將身法展至極盡，竄高伏低，逢屋過屋，遇巷穿巷，眨眼工夫，最少奔出兩三里路，可是對方一直追躡在後，殺氣緊逼而來，不給他絲毫喘息機會。韓柏出道至今，對實戰已頗有點經驗，但從未像這次般感到有心無力，他清楚知道，自己剛才一時大意，胡思亂想下，被背後這可怕的敵人乘虛而入，完全控制了戰局。自己停下的時刻，就是對方大展身手，乘勢殺死自己的時刻。要知高手對壘，誰佔了先機，勝勢一成，對方休想有反敗爲勝的機會。這當然要雙方功力在伯仲之間，而身後這人的速度和氣勢，正是有著這種條件。換了是不擇手段的人，盡可以往人多處闖進去，例如破牆入宅，驚醒宅內的人，製造混亂，希望能得到一隙的緩衝，但韓柏宅心仁厚，要他做這種事，他是寧死也不幹的。

一堵高牆出現眼前。韓柏心中一動，強提一口眞氣，倏地增速，在這種情況下，若他不是另有打算，如此做便是等於找死，因爲眞氣盡時，速度必會窒了一窒，對方在氣機感應下，便會像有一條無形的繩索牽著般，對他乘勢發動最猛烈的攻擊。「颼！」韓柏掠向牆頭，身後寒氣像一枝箭般射來，韓柏甚至清楚感到那是一把劍所發出來的無堅不摧的可怕劍氣，除了浪翻雲外，誰能發出這類劍氣？他苦笑咬牙，特意差少許才躍上牆頭，腳踝剛卡在牆頂處。他的衝勢何等勁猛，立即往前直撲過去，變成上半身落在牆的另一面之下，雙腳則仍勾在牆頭處。劍至，韓柏悶哼一聲，勁力聚往腳底，「呼呼」兩聲，兩隻布鞋脫腳飛出，往敵人射去，同一時間縮腳，翻過高牆。「拍拍」聲響，兩隻鞋在敵劍絞擊下，化作一天碎粉。韓柏往下墜去，雙掌吸住牆壁，借力一個倒翻，落在牆腳的實地上，仰頭望去，只見漫天劍影，像一片大網般往他罩下來。但他已得到了那珍貴至極的一隙空間，韓柏一聲怪叫，雙手撮指成刀，先後劈出，正中對方劍尖。劍影化去，那人輕飄飄地落到他身前丈許處，劍鋒遙指著他。

韓柏苦抗著對方催迫的劍氣，定睛一看，愕然道：「秦姑娘！」追擊他的人正是秦夢瑤。她神情平靜，智慧的眼神一眨也不眨盯著他，但逼人的劍氣卻沒有絲毫鬆懈下來。

韓柏叫道：「是我呀！韓柏呀！你認不得我了嗎？」

秦夢瑤淡淡道：「你鬼鬼祟祟在韓府外幹甚麼？」

韓柏道：「我剛才……」倏地住口，想起自己和花解語鬼混的事，怎可以告訴她，若要編個故事，並不太難，但他怎能騙自己心目中的仙子。

秦夢瑤道：「你既自稱韓柏，但又在韓府外行徑可疑，你若再不解釋清楚，休怪我劍下無情。」

韓柏大爲氣苦，連當日給馬峻聲冤枉入獄，也及不上被秦夢瑤誤會那麼難受，把心一橫，放下雙手，哂道：「好吧！殺了我吧！」

秦夢瑤想不到他有此一著，自然反應下，劍芒暴漲，幸好她全無殺意，駭然下猛收劍勢。寒光歛去。「鏗！」劍歸鞘內。

韓柏鬆了一口氣，張開手道：「這不是更好嗎？」

秦夢瑤瞪了他一眼道：「無賴！」這一瞪眼的動人美態，差點將韓柏的三魂七魄勾去了一半。

秦夢瑤轉身便去。韓柏大急追在她身後道：「你不是要查清楚我在韓府附近幹甚麼嗎？爲何事情還未弄清楚，便這樣離開？」

秦夢瑤停下腳步，背對著他道：「你既不肯說出來，我又不想殺你，不走留在這裏做甚麼？」

韓柏挪到她身前，飽餐著秦夢瑤的靈氣秀色，搔頭道：「你也不一定要殺我，例如可將我拿下來，再以酷刑逼供，我最怕痛的了，你便可讓我甚麼內情都招出來了。」

秦夢瑤爲之氣結，道：「你胡說甚麼？」

韓柏嘆了一口氣道：「你究竟信不信我是那個在武庫內遞茶給你的韓柏？」

秦夢瑤冷冷看著他，也不知好氣還是好笑，對這人她並沒有絲毫惡感，且愈和他相處得久，便愈感到他純淨和與世無爭的那無憂無慮的內心世界。對她一見傾心的男人可謂數不勝數，但均爲她的超凡的美麗所懾，在她面前愈發行規步矩，戰戰兢兢，以免冒瀆了她。唯有這個韓柏，直截了當，絲毫沒有掩飾自己的熱情，就像小孩子看到了最渴望擁有的東西般，教人不知如何應付。

韓柏伸手截著她劍般鋒利的目光，軟語道：「求求你，不要用那種陌生的眼光來看我，你究竟信不信我是韓柏？」

秦夢瑤橫移開去，扭身再走。韓柏苦追在後。秦夢瑤又停下來，皺眉道：「好了！你再跟著我，我便不客氣了，我還有要緊事去辦。」

韓柏奇道：「你既不肯殺我，還能怎樣不客氣，噢！我知道了，你定是想制著我的穴道，即使這樣，我也不會反抗的，不過可能會便宜了方夜羽那方要殺死我的人。」

秦夢瑤暗忖這人雖是瘋瘋癲癲，但其實才智高絕，輕輕幾句話，便教我不敢眞的制他穴道，於是他便又可以纏我了，以他剛才表現出的輕身功夫，確有這種本領。

韓柏這次不敢攔到她前面去，在她身後輕輕道：「不知秦姑娘要去辦甚麼事？我韓柏是否可幫上一點忙。」

秦夢瑤心中一嘆，道：「我慣了一個人獨來獨往，也只喜歡是那樣子，韓兄請吧！」

韓柏嗅著她清幽沁鼻的體香，怎肯這樣便讓她走，盡最後的努力道：「不如你將要辦的事說出來，若我自問眞的幫不上忙，絕不會厚顏要幫手出力。」

秦夢瑤倏地轉過身來，淡然道：「剛才我問你在這裏幹甚麼，你不答我，爲何現在我卻要將自己的事告訴你？」她絕少這樣和別人針鋒相對，斤斤計較的，但對著這膽大包天，臉皮厚若城牆的人，不知不覺間辭鋒也咄咄逼人起來。

韓柏最受不得秦夢瑤那像利箭般可穿透任何物質的眼光，手忙腳亂應道：「我投降了！剛才我……」話到了喉嚨，卻梗在那裏。

幸好秦夢瑤截斷他道：「對不起！現在我卻不想知了。」

韓柏呆在當場，一臉不知如何是好的可憐神色。

秦夢瑤心中有點不忍，柔聲道：「明天清晨時分長白派的人會到韓府大興問罪之師，我的時間已愈來愈少！韓兄請便吧！」她終於說出了要辦的事來。

韓柏大喜道：「如此便沒有人比我更有幫忙的資格，因爲我就是韓府凶案最關鍵性的人物。」接著又搔頭道：「范良極早告訴了你我的遭遇，爲何你總不審問我一下，難道你仍懷疑我不是韓柏嗎？」

秦夢瑤瞅他一眼道：「誰說過我不信你是韓柏？」她表面雖若無其事，卻是心中懍然，自己一向精明仔細，爲何卻偏偏漏掉了這韓柏，難道自己怕和他接觸多了，會受他吸引？這難以形容的人，是否自己這塵世之行的一個考驗？想到這裏，心中一動，道：「好！韓兄若有空，便隨我走上一趟，看看能否弄清楚整件事。」

韓柏喜出望外，幾乎要歡呼起來，雖仍沒有忘記苦候他的柔柔，但想起有范良極照顧她，應該沒有大礙，便不迭地點頭應好。秦夢瑤微微一笑，轉身掠去。韓柏輕呼道：「等我！」緊追著去了。

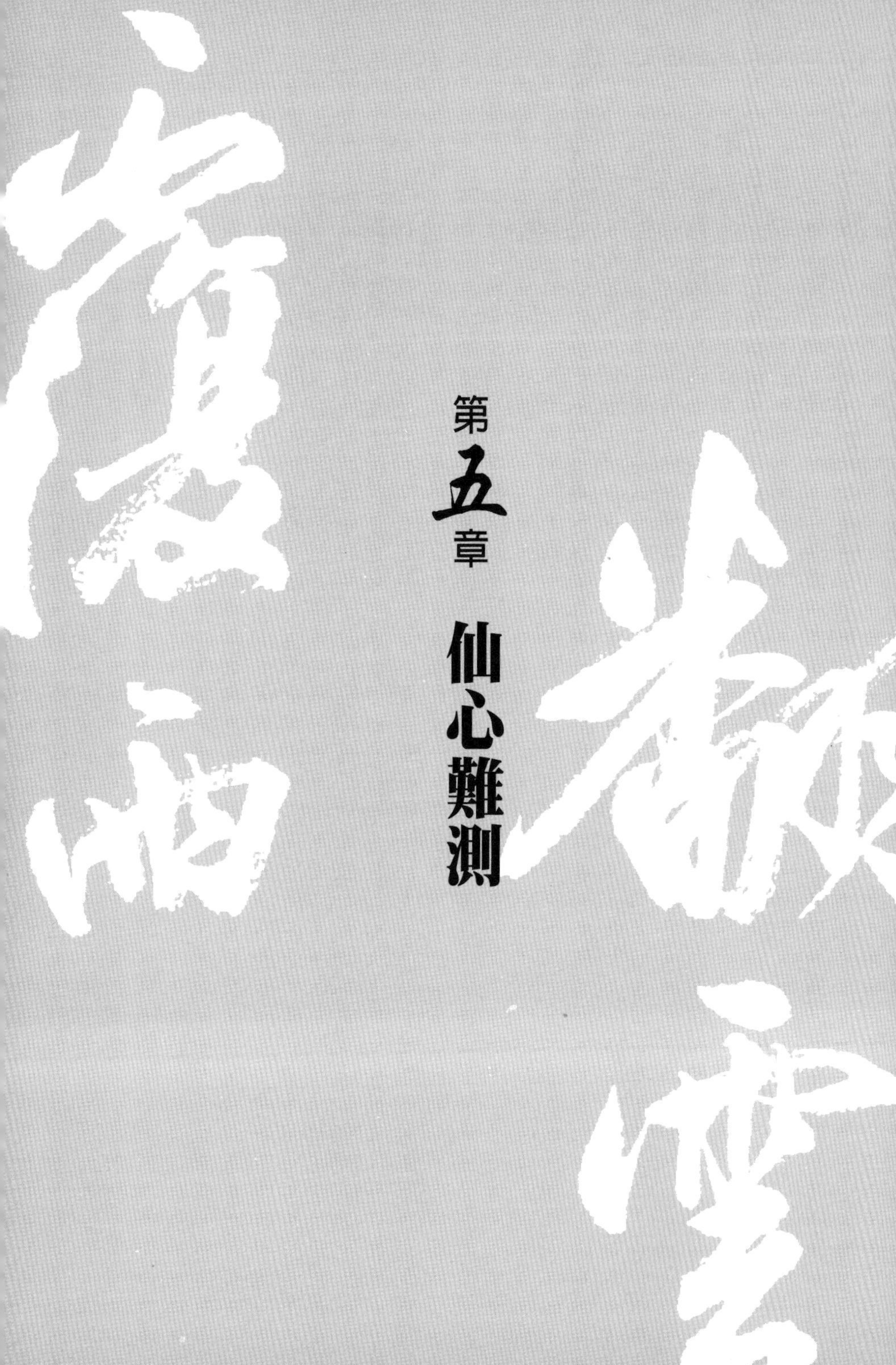

第五章 仙心難測

第五章 仙心難測

浪翻雲的手掌離開了左詩的背脊，站了起來，走到窗前，往外面的夜空望去，在客棧後園婆娑的樹頂上，一彎明月露出了半邊來。左詩坐在椅中，俏臉微紅，眼光凝定在小燈盞那點閃跳不定的火燄上。

浪翻雲淡淡道：「鬼王虛若無果然是一個人物，只是從他這號稱含有天下第一奇毒的鬼王丹，已可見此人既精且博，不過，仍難不倒我浪翻雲，快則一月，遲則百日，我定能將你體內的毒素完全化去。」

左詩喜道：「我們豈非可立即返回怒蛟島去？」

浪翻雲苦笑道：「問題是我並不能肯定於三十日內破去他的鬼王丹，若要等足百日之久，你可能已毒發身亡了，所以我們只能雙管齊下，以策安全。」

左詩垂頭道：「生死有命，浪首座犯不著為左詩硬要闖進敵人的陷阱去，怒蛟幫和天下武林，絕不可以沒有你。」

浪翻雲啞然失笑道：「若別人設個陷阱便可以幹掉我，那江湖上有沒有浪翻雲這號人物，也沒有甚麼大不了。」

左詩嬌羞無限道：「浪首座請恕妾身失言。」

浪翻雲轉過身來，微笑道：「左姑娘何失言之有？聽說朱元璋愛看繁華盛世的景象，最喜建設，橫豎我從未到過京師，這次順帶一遊京華的名勝美景，實亦人生一大快事。」

左詩仰起秀美無倫的俏臉，閃著興奮的光芒道：「我可以帶你回到我出生的左家老巷，看看屋內我爹釀酒的工具。」

浪翻雲臉上泛起個古怪的神色，道：「我多少天未喝過酒了。」

左詩知他被自己的話引得酒蟲大動，不好意思地道：「怎麼辦呢？客棧的夥計都早睡覺了。」

浪翻雲想了一會，試探道：「左姑娘會不會喝酒？」

左詩見他表情古裏古怪的，「噗哧」低頭淺笑道：「會釀酒的人，怎會不懂喝酒？」

浪翻雲拍手道：「這就好了，讓我們摸到客棧藏酒的地方，偷他幾罈，喝個痛快。」

左詩大感好玩，但想想又遲疑道：「不太好吧！」

浪翻雲大笑道：「有甚麼不好？橫豎他們的酒也是要賣給客人的，現在連捧罈斟酒的搬運工夫也省了下來，我又會給他們雙倍的酒錢，他們感激還來不及呢！」

左詩皺眉道：「你知他們把酒藏在哪裏嗎？」

浪翻雲傲然道：「我或者不知道，但我的鼻子卻會找出來。」

左詩喜孜孜地站了起來，深深看了浪翻雲一眼，道：「請帶路吧！浪大俠。」

一個纖長而又柔美如水的女子出現在戚長征眼前。

戚長征微微一笑，露出雪白整齊的牙齒道：「是死老禿要你來殺我的嗎？」

那女子愕了一愕，顯是想不到戚長征死到臨頭還如此神色自若，笑得如此燦爛動人。

戚長征上上下下打量著眼前女子，除了賽雪的肌膚和俏麗的容顏外，最吸引他注意的是特別纖長的腰身，予人一種柔若無骨的感覺，可預見動起手來，武功必定走以柔制剛的路子，再笑了一笑道：「你叫甚麼名字？」

女子脫口應道：「小女子叫水柔晶，乃小魔師座下金木水火土五將裏的水將。」話才出口，才暗恨自己為何要答他，不過這俊朗的男子轉眼便要死在自己的軟節棍下，告訴他也沒有甚麼大不了，或者正因為這樣，自己才會有問必答吧。

戚長征搖頭苦笑道：「由禿子眞不是一個人物，約定了三天內不動手，轉頭又找了你這美姑娘來對付我，換了是魔師龐斑，又或方夜羽，必不屑幹這種事。」

水柔晶暗忖由蚩敵這樣做的確不大光采，暗嘆一口氣道：「戚兄公然和我們作對，遲早不免一死，也不用太計較了。」手一揚，纏在腰間的軟節棍，到了手裏。

戚長征道：「水姑娘不要輕敵，我雖內傷不輕，但仍有反抗的力量，若我自知必死，臨死前那下反撲，可非那麼容易抵擋呢？」他說得輕描淡寫，但任何人都可感覺出他那強大的自信和寧死不屈的意志。

水柔晶玉臉一寒道：「由老用了訊號煙花召我前來，就是相信我有殺你的力量，多言無益，動手吧！」

戚長征悠然坐在地上，長刀擱在盤膝而坐的大腿上，微笑道：「姑娘請！」

那人不閃不避，谷倩蓮一頭撞入他懷裏，他便伸手抱個正著，呵呵大笑道：「小姑娘要到哪裏去呵！」

谷倩蓮見他乘機大佔便宜，心中大怒，只苦於不能順勢給他一拳或一腳，猛地一掙，那人放開了她，谷倩蓮無奈下裝作駭然退入了艙內，一個她最不想進入的地方。艙內魅影劍派眾人一齊色變，他們這船戒備森嚴，怎會讓人到了船上仍毫無所覺，由此亦可見這人的武功必是非常了得。劍光一閃，那樣貌酷肖刁項的中年男子拔出了腰間長劍，離桌向來人攻去。

那人大笑道：「這是否魅影劍派的待客之道。」閃了幾閃，魅影劍全落了空。

谷倩蓮偷望刁辟情一眼，見他仍閉上雙目，似乎對周圍發生的事全然不覺，心下稍安，刁夫人的聲音忽在旁響起，關注地道：「小青姑娘，你沒事吧！」

谷倩蓮大吃一驚，風行烈的確沒有看錯，雖說自己心神恍惚，但只是刁夫人這般無聲無息來到身邊，已可知她是深不可測的高手，應了一聲「沒事」，挨入她懷裏，讓刁夫人伸手愛憐地將她摟著，才定神向在門外搏鬥的兩人望去。

那人文士打扮，生得英俊瀟灑，一頭白髮，在愈來愈凌厲的劍光裏，鬼魅般穿插游移，任何人也看出他是應付得遊刃有餘的。

刁項沉聲喝道：「辟恨，回來！」中年男子刁辟恨收劍退回那少婦身旁站著，臉色陰沉至極。

白髮文士跨步入來，躬身一揖道：「白髮柳搖枝，僅代魔師向刁門主和魅影劍派上下各人問好。」

眾人一齊動容，有人早想到他是誰，但待他說出來時，仍感心神震蕩。離開南方北來之時，他們早側聞龐斑重出江湖，想不到這麼快便和龐斑倚之為左右手之一的白髮柳搖枝碰上了面。

刁項臉色一沉道：「敝派和魔師宮昨日無怨，今日無仇，明天諒也不會有任何瓜葛，柳先生請便吧！」在他來說，即使以魅影劍派的驕狂，也實在惹不起魔師龐斑這類全然無法取勝的大敵。

柳搖枝從容地掃視眾人，瀟灑一笑，道：「小生今日來此，實是奉了小魔師之命，獻上一個對雙方都有利無害的大計。」

刁項默然半晌，冷冷道：「小魔師的好意，刁某心領了，不過我們魅影劍派一向獨來獨往，既不慣於與人合作，也沒有那份興趣。」連谷倩蓮也不由暗讚刁項不愧一派之主，說話得體，不亢不卑。

柳搖枝成竹在胸道：「若我們能將雙修府的人交到貴派手內，任由處置，刁派主會不會改變一下獨來獨往的習慣？」

眾人齊露出注意神色，顯見柳搖枝這番話正打進了他們的心坎裏。雙修府和魅影劍派的舊恨新仇眞是數也數不清，眼前的刁辟情，便是因雙修府的人而落得這般模樣。

刁項仰天一陣長笑道：「我們若要借助外人之力，才可以對付雙修府，豈非徒教天下人恥笑。」他其實也並非那麼有種，只是經驗教曉了他，酬勞愈大，要付出的代價亦愈大。

柳搖枝微微一笑道：「邪靈厲若海雖已死在魔師手裏，但雙修府仍有些人物，不是好惹的。」

眾人齊齊色動，對於雙修府這硬得不能再硬的大靠山，他們確是極爲忌憚，現在聞得厲若海已死，便似去了梗在咽喉內的骨刺。

刁項閉上眼睛，好一會才再睜開來道：「不知柳先生所說雙修府內不好惹的人，究是何人？」

柳搖枝並不直接答他，眼光落在像睡著了的刁辟情身上，道：「若我沒有看錯，這位小兄弟應是受了暗算，中了雙修府的『惜花掌』。」

刁項雙眉一聳道：「先生好眼力，小兒確是中了這歹毒的掌力。」

柳搖枝道：「刁派主為令郎必已費盡心力，但我可保證單以貴派之力，絕救不了他。」

眾人一齊色變，這幾句話語帶輕屑，教他們如何能忍受。只有谷倩蓮暗暗叫苦，因為她是全場唯一知道這話是絕對正確的人。柳搖枝不但武功高強，才智眼光也確是高人一等，難怪能成為魔師宮的護法。如此類推，另一護法花解語，也絕不可小覷。

柳搖枝正容道：「本人絕無貶低貴派之意，只是知道貴派和雙修府的鬥爭，已持續了二百多年，所以有很多武功，都是針對另一方而設計的，雙修府的『惜花掌』正是為克制貴派而創，若貴派以本門內功心法去醫治，必事倍功半，現看派主的令郎在飯桌旁也渴然入睡，便是腎脈虛不受補的現象。」眾人默然下來。

刁夫人道：「來人！多擺一個位子，讓我們款待魔師宮來的貴賓。」

柳搖枝望向刁夫人，眼中閃過驚訝的神色，才道：「有勞夫人找一間靜室，將令郎安置在那裏，待會我便去為他療治。」

當下有人將刁辟情抬起去了，這時氣氛大是不同，眾人紛紛入座，谷倩蓮給刁夫人拉著，無奈下也唯有陪坐在刁夫人之旁。

一輪歡飲後，刁夫人問道：「柳護法對小兒的傷勢有何提議？」

柳搖枝哈哈一笑道：「這只是小事一件，無論貴派是否和我們聯手，我也會治好令郎方才離去。」

席上各人除了谷倩蓮外，都露出意外和感激的神色，因為柳搖枝擺明不以此作要脅，自然令他們好受得多。

刁夫人喜道：「請先讓妾身謝過先生的大恩大德。」

刁項道：「先生仍未答刁某之前的問題，可否請說清楚一點。」

柳搖枝眼光掠過眾人，道：「當然會說，不過我仍未盡識座上各位前輩高明。」

刁項這時才記起因被柳搖枝的話勾起了思潮，一時忘了介紹，告個罪後，道：「剛才魯莽冒犯了先生的，是刁某長子辟恨。」

柳搖枝向刁辟恨點頭道：「辟恨兄已得眞傳，剛才幸好刁兄出言阻止，否則我也不知能再避多少劍。」刁辟恨明知對方抬舉，但仍非常受用，連聲謙讓。

刁項再逐一介紹，那少婦乃刁辟恨之妻萬紅菊，南婆旁的老叟是北公，南婆北公卻非夫婦關係，在魅影劍派被稱爲「看門人」，身分與白髮紅顏在魔師宮的地位相若。另外之前谷倩蓮見過的四名高手，年紀較長的是李守，乃刁項的師弟，另外三人白將、陳仲山和衛青，年歲都在二十許三十間，屬劍派裏新一代高手。

柳搖枝順口問道：「貴派的『劍魔』石中天老師，這次爲何沒有來？」

谷倩蓮暗下注意，因爲這是雙修府要努力探取的其中一個情報，在江湖上，除了老一輩的有限幾個人外，知道石中天這個人存在的可說是絕無僅有，並不是這人功力及不上刁項，且事實剛好相反，只是這石中天不好虛名，長年隱居，潛修魅影劍的最高境界，偶爾涉足江湖時，又從不亮出門派名號，屬於神祕的人物。雙修府若非長時間和魅影劍派處於敵對狀態，也不會知道有這號人物，就連浪翻雲等可能也不知有這人的存在，想不到竟仍逃不過魔師宮的耳目。

刁夫人道：「柳先生關心了，家兄最不愛熱鬧，此刻也不知獨個兒到了哪裏遊山玩水。」跟著指著衛青道：「這就是家兄唯一的徒兒。」

谷倩蓮心下恍然，難怪這刁夫人武功如此高明，原來是石中天的妹子。柳搖枝留心打量了那衛青兩眼，轉到垂著頭的谷倩蓮身上，露出欣賞的神色。

刁夫人微笑道：「這位小青姑娘是這附近的人，本是權貴之後，落難至此。」

谷倩蓮鬆了一口氣，若刁夫人說出撞沉她和「兄長」兩人小艇一事，柳搖枝可能會立即猜到他們是谷倩蓮和風行烈，幸好刁夫人說得如此含混。

柳搖枝道：「小青姑娘，剛才小生得罪了，我怕姑娘跌傷，不得已不伸手扶著。」

谷倩蓮心中暗罵見你的大頭鬼，卻仍低聲謝過。柳搖枝的目光依依不捨地從谷倩蓮嬌軀處收回，望向刁項道：「刁派主知否令郎辟情小兄弟是被何人所傷？」

刁項冷哼道：「當然是雙修府的人。」

柳搖枝道：「派主對了一半，辟情小兄武技驚人，若非先被浪翻雲所傷，怎會被雙修府的人有機可乘。」

眾人聞言色變。一直沒有作聲的北公冷哼道：「我都說情兒的劍術足可以應付任何雙修府的高手，原來竟有浪翻雲牽涉其中，這就怪不得情兒了。」

刁夫人憤然望向衛青道：「青兒你立即去找你師父，浪翻雲這樣欺上門來，我不信他可坐視不理。」

刁項神色有點尷尬，轉變話題向柳搖枝道：「願聞其詳。」

當下柳搖枝扼要地說出了刁辟情在迷離水谷的遭遇，然後道：「不過貴派不用因浪翻雲而操心，我敢包保他目前無暇理會雙修府的事。」

刁辟恨奇道：「厲若海已死，浪翻雲又自顧不暇，雙修府還有甚麼人物？難道雙修子竟還未死？」

柳搖枝淡淡道：「雙修子怎會那麼易死得了，他現在的身分是少林派的第三號人物劍僧不捨，貴派不會未曾聽過這個人吧？」

自柳搖枝踏入此艙後，他的話便像一個浪接一個浪般衝擊著這群多年來僻處南方的人，但沒有一個浪比這個浪更凌厲。

刁項臉色凝重，仰天一陣悲笑，道：「好！好！許宗道你還未死，還改投了少林門下，陳帥的仇我定要和你算個清楚。」話雖是這麼說，心中卻想道：「少林派豈是好惹，更不要說八派聯盟和背後的大靠山慈航靜齋與淨念禪宗。像龐斑這樣的人，天下只有一個。而即使是龐斑，遇上言靜庵，還不是要退隱二十年？」

柳搖枝道：「許宗道並不是改投少林門下，而是在成為上一代雙修公主夫婿前，便已是出了家的和尚。」

眾人中已忍不住有人驚叫出來。這消息實在太震撼了。谷倩蓮芳心忐忑狂跳，這些祕密，柳搖枝憑甚麼能查探得到？這時眞是請她走也不肯走了。魅影劍派各人目瞪口呆。

刁項深吸了一口氣道：「柳先生今日來此，是否只是想和我派聯手討伐雙修府？」

柳搖枝微笑道：「就是如此，刁派主難道懷疑我們還別有用心嗎？」

刁項仰天一陣狂笑，道：「好！如此一言為定，煩柳先生回去告知小魔師，敝派決定在攻打雙修府一役上追隨左右。」

南婆插入道：「柳先生始終未說雙修府還有甚麼厲害人物？」

柳搖枝道：「此人確是非同小可，就是黑榜高手『毒醫』烈震北。」

眾人再次色變。在黑榜內，若要數厲害人物，當然以浪翻雲、厲若海、赤尊信和乾羅等居首，但其他人亦無一不是所向無敵，橫行天下的高手，除非是龐斑，否則誰也惹他們不起，浪翻雲正因連勝其他黑榜高手，才翩然登上榜首，成爲可與龐斑頡頏的絕代大家。但若要論高深莫測，卻以「毒醫」烈震北爲最，此人有若閒雲野鶴，絕少捲入江湖的紛爭裏，想不到竟到了雙修府。

柳搖枝道：「若我沒有猜錯，當我們攻打雙修府時，厲若海的愛徒風行烈也將在那裏。」

刁項露出思索的神情，顯示正在想著有關烈震北的問題。

那南婆眼中爆起奇異的光芒，往谷倩蓮望去。谷倩蓮詐作不知，心中叫糟，南婆此人細心至極，竟聯想到她身上來，還未擔心完，已聽到南婆向柳搖枝問道：「有關風行烈的事，柳先生可否說得更清楚一點？」

谷倩蓮默運玄功，暗忖只要柳搖枝一說出風行烈已受了傷，和她逃回雙修府去，便立即不顧一切突圍逃走。

秦夢瑤掠上瓦面，來到屋脊最高處輕鬆寫意地坐了下來，俯視對面的一所華宅。韓柏赤著一對大腳來到她身旁，學著她那樣坐了下來，差點便挨著她嬌軀。秦夢瑤皺起眉頭，但想想若出言叫韓柏坐開一點，反會著了痕跡，而且這人做起甚麼事來都有些天眞無邪的氣質，教人不忍深責。

韓柏低叫道：「那是誰的家，這麼晚了燈仍在亮著？」

秦夢瑤輕撥被晚風吹拂著的幾絲秀髮，別過臉來，瞅了韓柏一眼，道：「韓兄不介意我問你幾個問題吧？」

心中玉人在自己面前吐氣如蘭，就算要給她割上幾刀，他也心甘情願，何況是幾個問題，連聲道：「不介意不介意！」

秦夢瑤肅容道：「那天在武庫內引起謝青聯和馬峻聲注意的厚背刀，放在武庫內有多少日子了？」

韓柏目瞪口呆道：「我還以爲你沒有注意到這把刀，爲何那天你沒有半點表示，連回頭看一眼的動作也沒有？」

秦夢瑤道：「那天才進入武庫，我便留心到那把刀，一來因它放的位置，很有點心思，其次便是它被拭得光亮，噢！究竟是我在問你問題，還是你在問我問題？」

韓柏不好意思地道：「我忘了是秦姑娘在審問我，幸好你的答案也是問題，我將這把厚背刀放得特別好，揩拭得分外用心，是因爲每次我拿起那刀時，都有種……有種很特別的感覺。自從大大老爺，噢！即是韓清風老爺，因他比大老爺還大，所以我便叫他……，嘿！對不起，我將話題岔遠了。」

秦夢瑤露出深思的表情，點頭道：「那的確是把有靈氣的刀，所以我一進武庫，便被它吸引著。」

韓柏大奇道：「那爲甚麼你不要求看看那把刀？噢！」搔頭道：「我又忍不住要問問題了？」

秦夢瑤看了一眼他的憨氣模樣，淺笑道：「不用那麼介意吧！我之所以不想看那把刀，是因爲我感到那刀對我有強大的吸引力，所以不想碰它，怕給它擾亂了我平靜的心境。我除了一人一劍外，再也不想有任何其他身外之物了！喂，爲甚麼你這樣呆望著我？」

韓柏失魂落魄道：「你笑起來比任何盛放的鮮花更要好看百倍、千倍。記得嗎？那天當你說『千萬別和赤尊信在黎明時分決鬥於武庫之內』時，抿嘴一笑的樣子，我到今天仍沒有半點忘記呢。」

秦夢瑤爲之氣結，她剛才的一番話，是要藉題點醒韓柏她對人世間的男女之情，已心若止水。豈知這傻瓜想的卻全是另一回事，也不知有沒有明白自己的弦外之音。輕嘆道：「韓清風何時拿刀回來的？」

韓柏拍了一下額頭，叫道：「噢！我眞是糊塗，連這最初的問題也忘了回答。」

秦夢瑤嗔道：「靜一點，我們是來偷偷偵察的呀！」

韓柏不迭點頭，壓得聲音也沙啞起來，煞有介事般以低無可低的音量道：「是的！是的！我們是來查案的！眞是刺激兼好玩！」

秦夢瑤聽得嫣然一笑，當她責備地瞪了韓柏一眼後好半晌，後者才將三魂七魄重新組合，道：「這件事可能非常關鍵，我要說得翔實點。」豎起了十根指頭，橫著豎著數了好多遍，才道：「在你來武庫前大約十天，大大老爺，即是韓清風來訪韓府，就在當天傍晚，他獨自到武庫來，我正在那裏打掃。」

秦夢瑤見他露出回憶的表情，不敢打擾他，乘機往對面的華宅望去，這時剛才仍亮著的大部分燈火都已熄去，只剩下後進一所房子仍透出暗弱的燈光。

韓柏續道：「大大老爺捧著一個長形包裹，邊走邊思索著事情，步履沉重，走上兩三步便嘆一口氣，我躲在一旁連大氣也不敢透一口。」

秦夢瑤眼光移回韓柏臉上，見他正裝著個「大氣也不敢透一口」的表情，忍不住「噗哧」一笑道：「後來呢？」

韓柏看得忘了說話，涎著臉求道：「你多笑一次行嗎？」

秦夢瑤嬌容一冷，不悅道：「你再向我說這種話，我立刻便走。」

韓柏舉手作投降狀，苦著臉道：「好！好！我不說，我不說了！千萬別……」

秦夢瑤見他驚痴至此，心中一軟道：「我在聽著。」

韓柏收攝心神，繼續說：「大大老爺將我召了過去，在檯上解開包裹，裏面裝的就是那把厚背刀。」然後學著韓清風老氣橫秋的語調道：「『小柏，你將這把刀找個地方放好。』看到他嚴肅的神情，我不敢多問，連忙將那把刀放在近門那位置，回頭看他時，他皺起了眉頭。我問他是否不滿意那位置，他嘆了一口氣道：『一切也是緣分，便讓它在那裏好了。』說完後，頭也不回走了出去，接著的十多天，他一直留在韓府，但總沒有回武庫再看那把刀，我也想不到那把刀原來竟事關重大。」

秦夢瑤眼中射出銳利的光芒，道：「你怎知那柄刀事關重大？」

韓柏給她看得膽戰心搖，暗罵自己沒有用，期期艾艾道：「是……是赤尊信他老人家告訴我的。呀！是這樣的，在獄中赤老爬到……不是爬，是穿洞過來，我便將遭遇告訴他，他立即指出那把刀乃關鍵所在，他……他還特別留意妳，問得非常詳細哩。」

秦夢瑤聽得赤尊信特別關注她，默思半晌，淡淡道：「你既然知道那把刀事關重大，爲何事後你又不回武庫看看那把刀是否仍在那裏？」

韓柏差點想說「你怎知我沒有回去」，但想想這又是問問題而不是給答案，忙將話吞回肚內，改口道：「我也不知道，或者我其實對韓府凶案並不太關心，甚至有點想完全忘掉了它。又或者我怕見到刀仍在那裏，會忍不住偷了它據爲己有。又或者……或者……唉！我也不知道了，總之我有點怕回到武庫去。」

他這番話說得一塌糊塗，但秦夢瑤反而滿意地點點頭，別過臉去，默默看著那不知屬於何人的華宅，腦裏也不知轉著甚麼念頭。月色下，秦夢瑤若秀麗山巒般起伏的輪廓，在思索時靈動深遠的秀目，更是清麗得不可方物。韓柏呆呆看著，心中無由地湧起一股莫名的悲哀。忽然，他再次感到和眼前這伸手可觸的清純美女間，實存在著不可逾越的鴻溝，而且這感覺比之以往更清楚，更實在。自己實在不能體會對方那超乎凡俗的情懷。即使是對著靳冰雲，他也沒有這種「遙不可觸」的感覺。

秦夢瑤轉過頭來，和他的眼神一觸下明顯呆了一呆，深望他一眼後輕輕道：「韓兄有甚麼心事了？」說到最後語音轉細，顯是已捕捉到原因。

兩人沉默下來。韓柏嘆了一口氣，道：「我想走了！」

秦夢瑤責備道：「韓兄不願再幫忙我嗎？」

剛才韓柏還死纏著秦夢瑤自告奮勇助她一臂之力。現在卻是他嚷著要走，反而秦夢瑤怨他出爾反爾。

韓柏搖頭道：「我忽然感到心灰意冷，甚麼事也意興索然，本來我有點想找馬峻聲晦氣，但想想縱使將他五馬分屍又如何，不外如是！不外如是！」

秦夢瑤看著韓柏，像初次認識他那般，忽地粲然一笑，道：「韓兄請便吧，夢瑤不敢勉強。」

剛好一陣夜風吹來，吹起了秦夢瑤的幾絲長髮，拂在韓柏的臉上。秦夢瑤輕呼一聲，將髮絲用手撥回來，順勢攏回鬢邊，低聲說了聲對不起。

韓柏呆呆望著她。秦夢瑤微怒道：「你既說要走，爲甚麼還賴在這裏，還盡拿那對賊兮兮的眼看人家？」

她絕少這類女孩兒的言語，韓柏的身體更是動不了。囁嚅道：「你剛……剛才……嘿，出言留我，是嗎？」

秦夢瑤冷冷看著他，好一會後眼光轉柔，嘆了一口氣，緩緩道：「是的！我不想你走，你或許眞是能弄清楚韓府凶案的人。」

韓柏大感失望，又再湧起心灰意冷的感覺，洩氣地攤開雙手，才要說話，腦中靈光一閃，眼神變得明亮而銳利，深深望進秦夢瑤的眼中道：「秦姑娘，韓柏有一問題請教？」

秦夢瑤波平如鏡的心湖突然泛起一陣微波，暗呼不妙，但表面卻不洩出半點神色，淡然自若道：「韓兄請說吧！」

韓柏像變了個人似的，既自信又有把握地道：「以夢瑤姑娘的智慧，應該早就知道我是解開韓府凶案的重要人物，爲何剛才卻像連多見我韓柏一會也不願呢？」他一直喚對方爲秦姑娘，現在則連稱謂也改了。

秦夢瑤瞅他一眼道：「韓柏兄爲何如此咄咄逼人？」她也由韓兄改爲韓柏兄，顯是築起護牆，以防止韓柏即將展開的「猛攻」。

韓柏呆了一呆，又回到天眞本色，搔頭抓耳道：「是的！爲何我會如此，只覺若能逼得你像我般心忙意亂，便會大感快意……」

秦夢瑤見到他如此情態，眼角溢出笑意，瞪他一眼道：「你這人，眞是……」剛才築起的防線，已不攻自破。

韓柏看得口涎欲滴，困難地硬嚥了一口，喘著氣道：「你還未答我的問題？」

秦夢瑤嗔道：「究竟是你審問我，還是我審問你？」想到自己竟會採用韓柏的字眼，心中也覺好笑。自出道以來，除了龐斑外，她和任何人都自然而然地保持著一段距離。只有這相貌雄奇，但一對眼卻盡是天眞熱烈神色的韓柏，才能使她欲保持距離而不可得。

韓柏撒賴道：「這次便當讓著我一點，給我問一個問題，否則我會想破腦袋而死，夢瑤小姐你也不忍心吧！」

秦夢瑤嘆道：「眞是無賴！」今晚她已是第二次罵韓柏無賴，以她對著敵人也是溫柔婉約的一向作風來說，這確是破天荒的事。

秦夢瑤仰望已升上中天的明月，讓金黃的清光撫在臉上，幽幽一嘆道：「知道嗎？現在的你和那天在黃州府街上追著我的你，在氣質上已起了很大的變化。那種感覺，我只曾從有限幾個人身上找到，像我師父言靜庵，淨念禪主和龐斑，那是一種超越了人世間名利權位生死得失的眞摯氣質，而你更有一特點是他們沒有的，就是你的無憂無慮，出自內心的灑脫。夢瑤自離開靜齋後，從未像今晚這麼開懷過。」垂下頭來，望向韓柏，眼神清澈若潭水，但又是那樣地深不見底，平靜地柔聲道：「這個答案，韓兄可滿意嗎？」

韓柏心中一熱，有點不好意思地試探著道：「那……那你應該喜歡和我在一起才是，爲何卻當我像瘟神般要甩開我呢？」

秦夢瑤失笑道：「瘟神？誰當你是瘟神了！」無論輕言淺笑，她總是那麼千嬌百媚，令人目眩神迷。

韓柏似乎逼她逼上了癮，寸步不讓地追擊道：「不是瘟神，那爲何差點要拿劍趕我走？」

秦夢瑤罕有地神情俏皮起來，故意裝作若無其事地道：「最後我還不是讓你跟著我嗎？」

韓柏道：「那只是因爲我大耍無賴，纏得你沒有法子罷了。」

秦夢瑤再次啞然失笑道：「你終於肯承認自己是無賴了。」

韓柏涎著臉道：「對著你，我韓柏大……噢！不！我韓柏正是天字第一號大無賴。」興奮下，「韓柏大俠」這惹來他和范良極間無限風波的四個字，差點衝口而出。

對著這天字第一號大無賴，儘管秦夢瑤那樣靈秀清明，也感無法可施，不悅道：「你心知肚明那答案，爲何還要逼我說出來？」

韓柏嚇得伸出大手，想按在秦夢瑤香肩上，但當然不敢，在虛空按了幾下，懇請眼前玉人息怒，道：「好！好！我不問了！現在該怎麼辦？我們到這裏是找甚麼人？」

秦夢瑤卻不肯放過他，冷冷道：「現在『韓柏大甚麼』不再嚷著要走了麼！」

韓柏暗忖：現在你拿劍架在我脖子上我也不會走了。同時心中警戒自己不可再亂稱甚麼「韓柏大俠」，口中連聲應道：「夢瑤小姐請原諒則個。」

秦夢瑤瞟了他一眼，只覺說出了心裏話後，立刻回復輕鬆寫意，心境舒服得多了，她的劍道既不重攻，也不重守，講求的是意之所之，任意而爲，以心爲指、以神爲引。「對付」韓柏這無賴的「方法」，亦正暗合她劍道的精神。她眼光移回那華宅處，心想自己到此來是要辦正經事，卻情不自禁地和這無賴耍了一大回，眞是想想也好笑。忽然間她感受到此刻內心的無憂無慮，一種她只有在禪坐時才能達致的境界，想不到竟也在這種情形下得到了。師父言靜庵說過自己是唯一有希望過得世情這一關的人，但自己能否闖過韓柏這一關？自己是否想去闖？世情本來令人困煩的，爲何韓柏卻使她更寧靜忘憂？

這時韓柏也如她般探頭俯瞰著對街下的華宅，道：「誰住在這裏？」

秦夢瑤溫婉地道：「何旗揚！」

韓柏一愕下向她望來。

浪翻雲在客棧貼著飯堂的藏酒室那十多罈酒裏東找西探，最後揀了一罈，揑開封口，倒在左詩遞過來的大碗上，先自己灌了一大半入口內，才嘆著氣遞過去給左詩。左詩捧著剩下了小半碗的酒，有點不知所措。

浪翻雲品味著口腔和咽喉那種火辣辣的暢快感，眼角見到左詩仍捧著那碗酒呆站著，奇道：「你爲何不趁酒氣未溢走前喝了它？」

左詩俏臉泛起紅霞道：「我不慣用碗喝酒。」心中卻暗怨：這人平時才智如此之高，怎麼卻想不到他自己用過的碗，哪能教另一婦道人家共用。

浪翻雲恍然道：「是了，左公最愛用酒杓載酒來喝，這習慣必是傳了給你，不用擔心，我找只來給你。」

左詩「噗哧」嬌笑，將碗捧起，不顧一切的一飲而盡。浪翻雲看得雙眼發光，接回空碗，倒滿了，貼著牆邊的一個大木桶，滑坐地上，將那碗滿滿的酒放在地上，指著面前的地面道：「左姑娘請坐，這座位尚算乾爽乾淨，不過就算弄污了也不打緊，明天我買一套新的衣裳給你，唔！一套也不夠，要多買幾套。」

左詩喝了酒，俏臉紅撲撲地，順從著屈腿坐了下來，低頭看著那碗酒，輕輕道：「我可以多喝兩口嗎？很久沒有這樣大口喝酒了，味道比想像中還好。」

浪翻雲開懷大笑，將碗雙手捧起，遞過去給左詩。左詩伸手去接，當無可避免碰到浪翻雲指尖時，嬌軀輕顫，長長的睫毛抖動了幾下。

看著左詩連飲三口後，浪翻雲臉上洋溢著溫暖的笑意，想著「酒神」左伯顏，心道：「若左公你死而有靈，知道我和你的女兒三更半夜躲在人家的酒窖偷酒喝，定會笑掉了牙齒，假若你還有牙齒的話。」

左詩一手將剩下的大半碗酒送向浪翻雲，另一手舉起衣袖，拭去嘴角的酒漬，神態之嬌美，看得心湖有若不波古井的浪翻雲也不由呆了一呆，才又驀地醒覺的接過酒碗，喝個碗底朝天，方肯放下。

浪翻雲仰天一嘆，軟靠身後大桶，道：「這酒眞的不錯，不過比起清溪流泉，仍是差了一大截。」

左詩抬起被酒燒得通紅的秀美俏臉，柔聲道：「浪首座愛喝，以後我便天天釀給你喝。」話出了口才發覺其中的語病，幸好這時連浪翻雲也分不清她是因爲被酒還是因爲羞得無地自容而霞燒雙頰了。

浪翻雲微微一笑，閉上眼睛，想著想著，忽然睜眼道：「左姑娘！」

左詩正沉醉在這溫馨忘憂的世界裏，給他嚇了一跳，應道：「甚麼事？」

浪翻雲道：「左公醉酒時，最愛擊檯高歌，不知這是否一併傳了給你？」

左詩嫣然道：「你這人眞是，難道先父會的我便一定也會嗎？何況我還未醉。」說到最後那句，聲音早細不可聞。

浪翻雲大笑拿碗而起，邊往那開了口的酒罈走去，邊道：「原來有人還未喝夠！」

左詩跳了起來，到了浪翻雲身側，溫柔地取過浪翻雲手中的碗，像個小女孩般朗笑道：「讓我來，自幼我便爲爹斟酒倒酒，最是拿手的。」

浪翻雲讓過一旁，微笑看著她熟練地斟滿一碗酒，道：「你可不可以整碗喝下去？」

左詩駭然道：「不！我最多可以再喝三口，發酒瘋的滋味最難受，只有將醉未醉間，酒才是天下最美妙的東西。」

浪翻雲嘆道：「好一個將醉未醉之間。」

左詩果然乖乖地喝了三口，其他的當然又到了浪翻雲的肚內。浪翻雲將碗覆蓋著罈口，隨手取出一錠重重的銀子，放在碗底處，向左詩道：「左姑娘有沒有興趣醉遊武昌城？」

軟節棍閃電般刺向戚長征心窩，務求一招斃敵。戚長征閉上眼睛，像是甘心受死。水柔晶今年二十三歲，自五歲時被挑選入魔師宮，接受最嚴格的體能、意志與技擊訓練，十六歲那年被派出外，獨力刺殺了一個小幫會的幫主，自此後每年最少有九個月在江湖上歷練，所以年紀雖小，但戰鬥的經驗卻豐富無比。只要軟節棍一動，自然而然能將所有私人感情排出思慮之外，絕對地辣手無情。戚長征粗豪硬朗，瀟灑不羈，雖無可否認地吸引著她的芳心，但一動上手，她腦中只有一個念頭，就是將對方殺死，再回去覆命。這看似簡簡單單一棍搗出，但其實卻因應了戚長征的每一個可能的反應，留下了數十個變化和後著，務求以排山倒海的攻勢殺死對方，這當然也是欺對方受了內傷。但任她如何算無遺策，也想不到戚長征全無反應，只是靜靜地看著她。棍尖離開戚長征的胸膛只剩下三寸。電光石火間，水柔晶腦際閃過一個念頭——難道對方甘願死在自己棍下。不忍心的情緒一剎那間湧上心頭。

棍尖已觸及戚長征的胸肌。水柔晶的棍受情緒影響，窒了一窒，收起了三分力道，但縱使如此，若搗實時仍毫無疑問會貫胸而入。就這生死存亡之際，戚長征一收腹胸，同時往旁迅速橫移。棍搗在他壯健扎實的左胸肌處，但一來因戚長征的肌肉貫滿強大氣勁，又因橫移卸去了直擊的力道，棍尖只能在他左胸處拖出一道駭人的白痕，血還未趕得及流出來。水柔晶想不到戚長征竟膽大至以自己的身體化去她這必殺的一招，暗叫不妙，戚長征右手寒光一閃，長刀由下挑來。她駭然飛退，但已來不及避開對方這快比迅雷擊電的一刀。水柔晶踉蹌跌退，奇怪地發覺自己沒有刀下濺血，明明對方的刀已破入了自己的防守之內，念頭還未完，一股冰寒，由右脅穴傳來，軟節棍先墜跌地上，再一屁股坐到一叢雜草上，差點四腳朝天。如此一招定勝負，她還是首次遇上，心中不由暗忿一身功夫，卻連兩成也沒機會發揮出來。戚長征刀回鞘內，站了起來，伸手封著胸前皮開肉綻的傷口上下的穴道，制止鮮血像潮水般湧出，腳步堅定地來至水柔晶面前，俯視著她。

水柔晶倔強地和他對視，冷冷道：「我技不如你，為何不殺死我？」

戚長征瀟灑一笑，露出他比別人特別雪白的牙齒，道：「以你的功夫，在這形勢下，足夠殺死我有餘，只是失於不夠我狠。告訴我，為何棍到了我的胸前窒了一窒？」水柔晶閉上眼睛，來個不瞅不理。

戚長征絲毫不管滿襟鮮血，仰天長笑道：「不是愛上了我戚長征吧？」

水柔晶猛地睜開美眸，狠聲道：「見你的大頭鬼！」

戚長征奇道：「大頭鬼沒有，禿頭鬼可有一個，不過剛走了。」

水柔晶氣得雙眼通紅，叫道：「殺了我吧！否則我必將你碎屍萬段。」

戚長征冷冷道：「對不起，我戚長征除非別無選擇，否則絕不會殺死女人，連在她們美麗的身體留下一條刀痕也不想，所以只點中你的穴道。」轉身便去。

水柔晶一愕道：「你去哪裏？」話出口，始發覺自己問得多麼傻氣。

戚長征停了下來，背著她道：「戚長征要到哪裏去便到哪裏去，半炷香後你的穴道自解，到時你大可召來同黨，以你們超卓的追蹤法，再跟上來，看看我戚長征是否會有半點懼怕。」話完，大步而去。看著他遠去的背影，水柔晶俏目掠過迷惘的神色。

柳搖枝望向南婆，道：「南婆想知道關於風行烈哪一方面的事？」

南婆道：「例如有關他現在的行蹤，爲何要到雙修府去，是怎樣的身材相貌和年紀等等。」

谷倩蓮知道南婆對他們「兄妹」動了疑心，這樣問下去，必會揭開他們的眞面目，心想此時不走，更待何時？剛要往後竄出，一隻手搭了過來，原來是那刁夫人，關懷地道：「小青姑娘，你的臉色眞是愈來愈難看了。」谷倩蓮含糊應了一聲，這刁夫人看來漫無機心，只懂溺愛子女，但這隻搭在她肩井穴的手，只要一吐勁，包保她甚麼地方也去不成，也不知她是無心還是有意。

刁項先望了谷倩蓮一眼，沉聲向柳搖枝問道：「厲若海死後，他的丈二紅槍到了哪裏去？」

谷倩蓮心叫完了，現在連刁項也動了疑心，只要他去看清楚風行烈革囊內那傢伙，便可知道是貨眞價實的丈二紅槍，這時不禁暗恨風行烈死也不肯放棄那害人的鬼東西。

柳搖枝舒服地挨著椅背，喝了一口熱茶，悠悠道：「厲若海與魔師決鬥後，策馬逃出了一段路後才傷發身死，魔師素來最敬重自己的敵手，所以沒有動他的屍身和武器。」

谷倩蓮大感愕然，柳搖枝這話無一字不眞，即使日後被人查到事實，也不能指他說謊，只是卻將最重要的一環，就是丈二紅槍已落到了風行烈手上這節略去，使人錯覺丈二紅槍變成陪葬之物。他爲何要為她遮瞞？不過柳搖枝連眼尾也不掃她一下，使她無從猜估他的心意，難道真是天助我也，柳搖枝給鬼拍他的後枕，教他說得如此糊裏糊塗？

南婆道：「那風行烈為何又要到雙修府去？」

柳搖枝淡淡道：「此子已得厲若海眞傳，尊信門的卜門主率眾圍捕他，仍給他施狡計全身逃去。根據我們的情報，他最近出現的幾個地點，每次現身，愈是接近雙修府。以他師父厲若海和雙修府的關係，他往雙修府的可能性將是最大，至於他要到那裏去的原因，我們還未弄清楚。」

谷倩蓮至此再無疑問，知道柳搖枝在為她說謊，但他為何要那樣做？

刁夫人的手離開了谷倩蓮的肩頭，柔聲道：「小青姑娘，你還是回房休息吧！」

谷倩蓮求之不得，站了起來。哪知柳搖枝亦長身而起，抱拳道：「救治令郎事不容遲，待會我為辟情小兒療傷時，無論發出甚麼聲響，亦不須理會，否則恐會前功盡廢。」

眾人紛紛起立，刁夫人向刁項道：「難得柳先生如此高義隆情，我們兩人必須為柳先生護法了。」

柳搖枝立道：「萬萬不可，你們最好離靜室愈遠愈好，我療功時必須施出精神大法，內窺辟情小兒體內狀況，若在近處有人，會對我產生影響。」

眾人無不震動，這般看來，柳搖枝確是身懷祕技，使人對他信心大增。

柳搖枝哈哈一笑，往外走去，道：「明天包保還你們一個生龍活虎的好漢子。」

谷倩蓮這時才可移動腳步，出得門時，柳搖枝已在眾人簇擁下往尾艙走去。谷倩蓮待要摸回去找風行烈，卻給刁夫人一把拉住道：「讓令兄好好休息一會吧！我已囑人收拾好個房間給你，幸好當日我囑他們建造這船時，加重了材料，又加大了體積，你不知道刁項他樣樣都好，就是吝嗇了點。來！我帶你去。」谷倩蓮心中叫苦連天，還要裝著笑臉，隨刁夫人去了。

韓柏愕然道：「何旗揚？」

秦夢瑤點頭道：「正是何旗揚。」

韓柏禁不住抓了一下頭，心想何旗揚這種做人走狗的角色，有甚麼值得她秦大小姐監視的價值？

秦夢瑤似看穿了他的心事，淡淡道：「試想一下，假設你是何旗揚，在當時的情況下，會不會讓馬峻聲三言兩語，便說服了你爲他不顧一切，將性命財產名譽地位都押了下去，幫忙陷害別人？」

韓柏一呆，好一會才道：「馬峻聲可能許給了他很大的甜頭。」剛好這時窗門打開的聲音傳來，韓柏看過去，恰見到何旗揚推開窗戶，探頭出來，吸了一口新鮮空氣。

秦夢瑤道：「一般的甜頭，不外是權力和金錢。說到權力，何旗揚雖是武功低微，但他身爲七省總捕頭，算得權高勢重，江湖黑白兩道無不要給他幾分面子。若說是金錢，他這類中層地方官員，通上疏下，最易攢錢，只看這華宅，便知他油水甚豐，馬峻聲可以用錢打動他嗎？」

韓柏搖頭道：「當然不能，但總有些東西是何旗揚想要而又不能得到的吧！」

秦夢瑤道：「或者是渴望得到的武功祕笈，又或是心儀的美女！」

韓柏大點其頭，道：「對！對！看來是後者居多，以我來說，若有人將你……噢！不！我……」

秦夢瑤氣得幾乎想一肘打在他胸口，這小子想說的自然是「若有人肯將你秦夢瑤送給我，我便甚麼事情也肯做了」。

韓柏見她臉色不善，忙改口道：「我想說的是：在那樣的情況下，除非馬峻聲袋裏備有一大疊美女的畫像，否則是很難作出這樣承諾的，所以應是許以武功祕笈的機會較大，畢竟馬峻聲是他的師叔啊！」

秦夢瑤瞅了他一眼，知道這人最懂得寸進尺，所以切不能給他半點顏色，冷冷道：「你當何旗揚是三歲小孩子嗎？想成爲高手，靠的是先天的資質智慧，和後天的努力刻苦，像你那種奇遇乃古今未有的，否則有誰可一夜間成爲高手；何旗揚會爲一個渺茫的希望將身家性命全押進去嗎？他生活寫意，我跟了他多天，只見他練過一次功，看來對武功也不是那麼熱心。」

韓柏搔頭道：「那麼馬峻聲究竟答應了給他甚麼甜頭呢？」

秦夢瑤繃著臉道：「可能是少林寺的甚麼經又或甚麼訣。」對著韓柏，她的話不自覺地也「不正經」起來。

韓柏爲之目瞪口呆，剛剛秦夢瑤還否定了這可能性，現在卻作出了一個如此的結論，這算是哪一門子的道理？秦夢瑤方才還決定不要對韓柏和顏悅色，但當這時他傻相一現，仍忍不住「噗哧」一聲笑了出來，只好別過臉去，不再看他。韓柏見她回復歡容，心中大喜，暗忖自己定是非常惹笑，否則爲何花解語和她與自己在一起時都這麼開懷。假設將來沒有事做，倒可以考慮到戲班子裏做個眞正的丑角，必定大有前途。

秦夢瑤奇道：「你平時沒有問題也要找問題來問，爲何現在有了個眞正的問題，卻又不問了？」

韓柏見她主動「撩」自己說話，喜上心頭，早忘記了剛才的問題，問道：「我的模樣是否很惹人發笑？」

秦夢瑤早習慣了他的胡言瘋語，心想自己怎樣也要和他胡混到天明，好「押」他往韓府，與馬峻聲當面對質，此刻何旗揚那邊又沒有動靜，他要胡說八道，自己也難得有這樣輕鬆的心情，便和他胡扯一番算了，微笑道：「你的樣子只有駭人，怎會惹笑？惹笑的是你模仿猴子的動作。」

韓柏壓下要抓頭的動作，啞然失笑道：「可能我前世是猴子也說不定，但夢瑤姑娘你前世定是仙女無疑。」

秦夢瑤沉下臉道：「你再對我無禮，我以後再也不和你說話。」

看到秦夢瑤眼內隱隱的笑意，韓柏厚著臉皮道：「你只是說說來嚇我，不是認眞的吧？」

秦夢瑤愈來愈感到拿他沒法，心想這樣對答下去，不知這狗嘴吐不出象牙的小子還有甚麼瘋話要說，話題一轉道：「你身爲韓府凶案的受害者，若非命大早已歸天，爲何對這事件沒有一點好奇心？」

韓柏心道：「比起你來，韓府凶案有甚麼大不了。」這個想法當然不能宣之於口，作出蠻有興趣的樣子道：「剛才你先說何旗揚不會爲甚麼經甚麼訣作出那麼大的犧牲，後來又說他定是爲了這甚麼經甚麼訣才和馬峻聲同流合污，哼！不是自……自……」

秦夢瑤嗔道：「你想說我『不是自相矛盾嗎？』說便說吧，爲何這般呑呑吐吐？你的膽子不是挺大嗎？」

韓柏嘆道：「我的膽子的確不小，但卻最怕開罪了你，弄得你不高興，又要不理睬我了！」

秦夢瑤瞪他一眼，心中嘆道：「若師父知道我這樣和一個年輕男子說話，又讓他如此對我打情罵俏，定會笑我或罵我。」當她想到言靜庵時，心中忽地一陣迷糊，一驚續想道：「爲何這十多天來，每次憶起師父，心中總有不祥的感覺，難道……難道她……」

韓柏見秦夢瑤包含了天地靈秀的美目，露出深思的表情，那種超然於塵世的美態，眞教他想挪開半點目光也不能，心裏略想其他事情也辦不到。就在這時，秦夢瑤臉色忽轉煞白，嬌軀搖搖欲墜。大駭下忘記了秦夢瑤的「不可觸碰」，伸手抓著她香肩，入手那種柔若無骨的感覺，確是教人魂爲之銷。秦夢瑤嬌體一軟，倒入他懷裏，俏臉埋在他寬闊的肩膀處。

滿體幽香，韓柏作夢也想不到有和秦夢瑤如此親熱的機會，手忙腳亂下低叫道：「夢瑤姑娘，夢瑤姑娘。」

秦夢瑤輕輕一震，回醒過來，纖手按在韓柏胸口，撐起了身體，幽幽望了他一眼，挪開玉手，坐直嬌軀。韓柏萬般不願地放開抓著她動人香肩的大手，但秦夢瑤縱體入懷的感覺，仍沒有半分消散。秦夢瑤的容色回復正常，但眼中的哀色卻更濃厚，伸出纖長白皙的手，弄了弄散亂了的秀髮，姿態優美得無以復加。

韓柏像怕驚擾了她般低問道：「夢瑤姑娘，你是否感到身體不適？」秦夢瑤輕搖螓首，垂下了頭，淚花在美眸內滾動，忽然凝聚成兩滴清淚，掉了下來，滴在瓦面上。韓柏手足無措，一句話也說不出來。

秦夢瑤抬頭望著天上半闕明月，淒然道：「師父呵！夢瑤知道你已離開塵世了！」

韓柏一呆，既不知秦夢瑤爲何能忽然知道言靜庵已死，更不知道怎樣安慰秦夢瑤。秦夢瑤閉上美目，嬌軀再一陣顫抖，才平靜下來，絕對的平靜。韓柏一呆，就在這時刻，他忽地感受到了秦夢瑤內心那寧靜清逸的天地，在那裏，一點塵世慾望和困擾也沒有，凡世的事，只像流水般滑過她心靈的石上，過不留痕。秦夢瑤再張開美眸時，眼神亦已回復了平時的清澈平靜。韓柏感到和眼前靈秀的美女，再沒有一刻像這般親近，縱使剛才她被自己擁入懷裏，也遠及不上這一刻。

秦夢瑤別過頭來，深望他一眼，閃過一絲奇怪的神色，將俏臉轉回去。韓柏直覺知道對方剛才定和他有類似的感受，心弦劇震，柔聲道：「夢瑤！你怎會忽然知道言靜庵前輩仙去了？」

秦夢瑤冷冷地道：「韓兄爲何直呼夢瑤之名，而不稱我爲秦姑娘、夢瑤姑娘、夢瑤小姐了？」

韓柏想不到秦夢瑤這麼快便從極度的悲痛回復過來，硬著頭皮狠狠道：「因爲我覺得自己在夢瑤面前，頗有一點身分和資格。」心中想著的卻是這便像范良極一廂情願地喚雲清作「我的清妹」。但雲清還會隨身攜帶范良極送給她的東西，可秦夢瑤呢？他眞是想也不敢想，縱使他曾和她「親熱」過，但秦夢瑤給他那種遙不可及的感覺，即使在兩人「談笑甚歡」時，也從沒有一刻是不存在的。

秦夢瑤嘴角牽出一絲苦澀的笑意，輕嘆一聲，道：「名字只是人爲的幻象，韓兄愛喚我作甚麼，全由得你吧。」她話雖如此，事實上卻是沒有反對韓柏喚她作夢瑤。

她眼中哀色再現，喟然道：「當天我辭別師父時，心中已有不祥感覺，她特別將我在這時間遣離靜齋，是否知自己大限將至，不想見到我在旁傷心痛哭，師父呵師父，昊天待你何其不公！」

韓柏聞之心酸，差點也要掉下淚來，道：「人死不能復生，何況這可能只是你的一種幻覺，夢瑤姑……不……夢瑤最要緊節哀順變。」

秦夢瑤平靜地道：「這十多天來我心中時有不祥感覺，想不到和你在一起時，這感覺忽地清晰並肯定起來，道心種魔大法，確是非同凡響。」

韓柏愕然道：「你在說我？」

秦夢瑤點頭道：「不是說你在說誰？」

韓柏心中大喜，可是人家剛才還傷心落淚，自己當然不可將因與秦夢瑤的心靈有奇異微妙的感應而來的驚喜，表現出來，強壓下心中的興奮，道：「那是否說我在你身旁並沒有妨礙你的仙心。」

秦夢瑤見他又打蛇隨棍上，不悅責道：「種魔大法最不好的地方，就是令你時常半瘋半癲，胡言亂語。」

韓柏只要她不冷冰冰稱他作韓兄，便心滿意足，罵幾句實屬閒事，還恨不得她多罵幾句，要挨像秦夢瑤這仙子的罵，眞不容易哩，忙點頭道：「夢瑤罵得是，罵得是！」

秦夢瑤被他左一句夢瑤，右一句夢瑤，叫得有點心煩意亂起來，過一陣子，說不定這惱人的傢伙，甚至會在夢瑤前加上「親親」兩字，自己是不是還能任他胡呼亂叫呢？想到這裏，立刻默運玄功，收攝心神，微有波動的心湖立刻澄明如鏡，竟達至從未到達的境界，心中靈機一動，知道過去這十多天，由在街頭遇到韓柏，與龐斑之會，以及今晚和韓柏的「胡混」，她的情緒之所以不時波動，全因爲受這兩人的魔種影響，使她心中隱隱感到了師父言靜庵的死亡，影響了她慧心的通明，現在既清楚地體認到言靜庵的生死，心境反而平復下來。

韓柏忽地記起一事，問道：「夢瑤，妳好像對那把厚背刀有點認識，所以故意不去看它，是嗎？」

秦夢瑤道：「是的！我知道那是何人的刀，韓清風、馬峻聲和謝青聯三個人也知道，所以才會弄出這麼多事來。」

韓柏試探著問道：「那是誰的刀？」

秦夢瑤淡然自若道：「那是百年來名震天下的大俠傳鷹的厚背刀。」

韓柏幾乎震驚得翻下瓦面，啞叫道：「甚麼？」

秦夢瑤忽地皺起眉頭，望著何旗揚的華宅。那點由何旗揚書房透出的燈光仍然亮著。秦夢瑤卻隱隱閃過不妥當的直覺，心中一動道：「隨我來！」飄身而起，往華宅掠去。

韓柏愕然追去，但心中仍是想著那把刀。

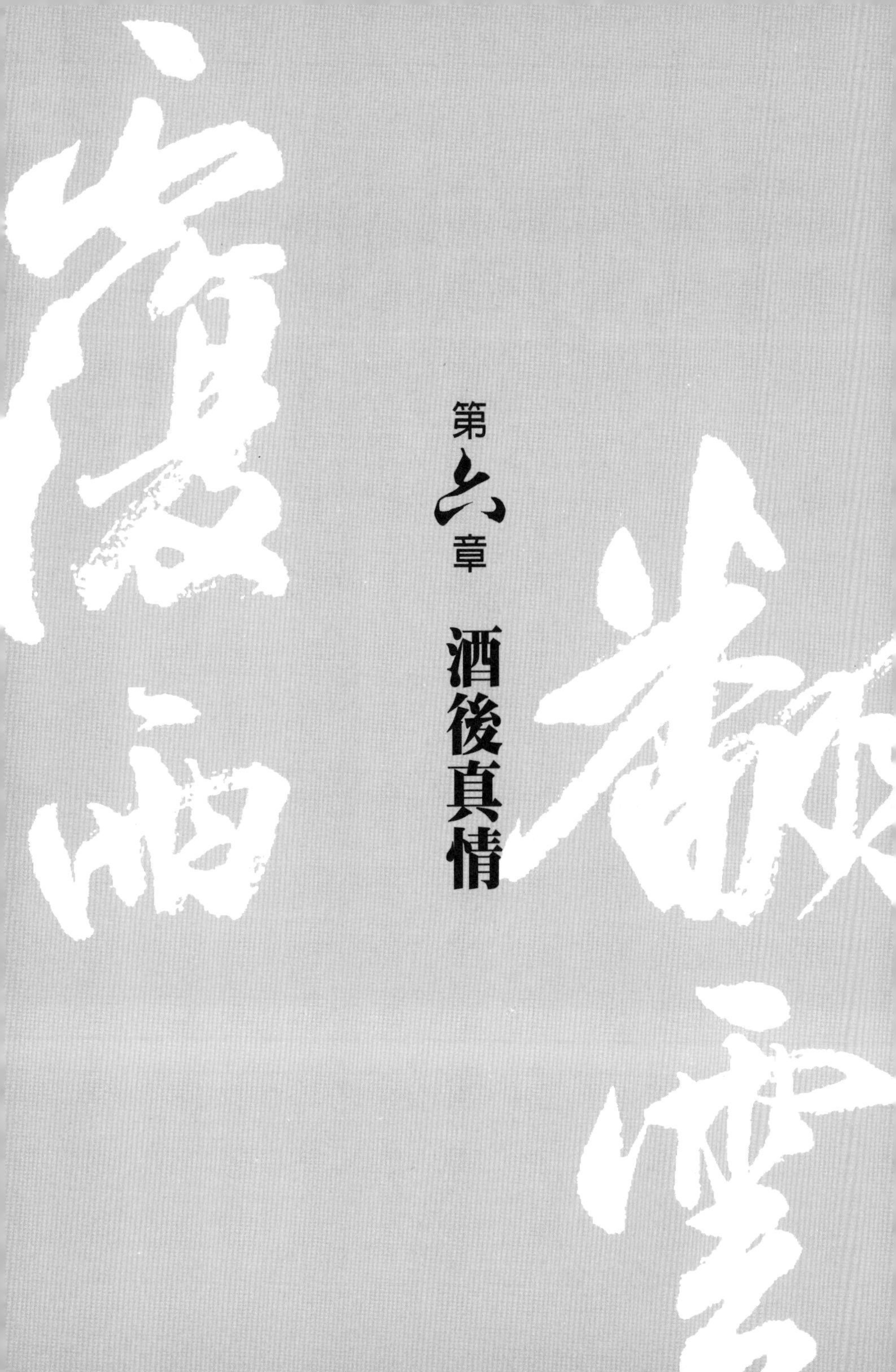

第六章 酒後真情

第六章 酒後真情

浪翻雲和左詩像兩個天眞愛玩的大孩子，在武昌城月照下的大街溜達著。左詩俏臉通紅，不勝酒力，走得左搖右擺。自嫁了人後，她便在家相夫教子，行規步矩，這種既偷了人家酒喝，晚上又在街頭浪蕩的行徑，確是想也未曾想過。

浪翻雲見她釵橫鬢亂，香汗微沁的風姿嬌俏模樣，心中讚嘆道：「這才是左伯顏的好女兒。」忽地耳朵一豎，摟起左詩，閃電般掠入一條橫巷裏。腳步聲傳來，一隊巡夜的城卒，拖著疲倦的腳步，毫無隊形可言地提著照明的燈籠，例行公事般走過，看也不看四周的情況。

左詩伸頭出去，看著他們遠去的背影，醉態可掬地咋舌道：「好險！給抓了去坐牢可不得了，虧我還動不動以坐牢唬嚇不聽話的小雯雯。」舉步便溜出巷外。

走了才幾步，腳步踉蹌，便要栽倒。浪翻雲趕了上來，抓著她衣袖裏膩滑的膀子，扶著她站好。左詩掙了一掙，嬌俏地斜睨浪翻雲一眼道：「不要以爲我這就醉了，看！我走得比平時還要快呢。」

浪翻雲想起昔日和上官飛、凌戰天、左伯顏醉酒後玩的遊戲，童心大起，拔出名震天下的覆雨劍，略略運勁，輕輕拋出，插落在十來步外地面的石板處，挑戰地道：「你沒有醉嗎？那證明給我看，現在筆直走過去，將劍拔起，再筆直走回我這裏來。」

左詩困難地瞪著前方不住顫震的劍柄，肯定地點頭，低叫道：「放開我！」

浪翻雲鬆開了手，左詩立刻跌跌撞撞往長劍走過去。開始那六、七步還可以，到了還有三、四步便可到劍插之處時，這秀麗的美女已偏離了正確路線，搖搖擺擺往劍左旁的空間走過去，眼看又要栽倒，浪翻雲飛掠而至，一手摟著她蠻腰，順手拔回覆雨劍，點地飛起，落到右旁一所大宅的石階上，讓左詩挨著門前鎮宅的石獅坐下，自己也在她身旁的石階坐了。

左詩香肩一陣抽搐聳動。浪翻雲毫不驚異，柔聲道：「有甚麼心事，說出來吧，你浪大哥在聽著。」

左詩嗚咽道：「浪大哥，左詩的命生得很苦。」

浪翻雲惻然道：「說給大哥聽聽！」左詩搖頭，只是無聲的悲泣。

浪翻雲仰天一嘆，怕她酒後寒侵，伸手摟著她香肩，輕輕擁著，同時催發內勁，發出熱氣，注進她體內。他今晚邀左詩喝酒，看似一時興起，其實是大有深意，原來他在診斷左詩體內鬼王丹毒時，發覺左詩經脈有鬱結之象，這是長期抑鬱，卻又苦藏心內的後果，若不能加以疏導，與鬼王丹的毒性結合後，就算得到解藥，加上大羅金仙，也治她不好。而縱使沒有鬼王丹，這種長期積結的悲鬱，也會使她過不了三十歲。想不到這外表堅強的美女，心中竟藏著如此多的憂傷，所以他故意引左詩喝酒，就是要激起她血液裏遺存著乃父「酒神」左伯顏的豪情逸氣，將心事吐出來，解開心頭的死結。當然，若非左詩對他的信任和含蓄的情意，縱使多給她兩碗酒喝也沒有用。由他半強迫地要左詩與他共用一碗喝酒開始，他便在逐步引導左詩從自己築起的內心囚籠裏解放出來，吐出心中的鬱氣。

浪翻雲將嘴巴湊到垂頭悲泣的左詩耳旁，輕輕道：「來！告訴浪大哥，你有甚麼淒苦的往事？」

左詩的熱淚不住湧出，嗚咽道：「娘在我三歲時，便在兵荒馬亂裏受賊兵所辱而死，剩下我和爹兩人相依爲命，賣酒爲生，但我知道爹很痛苦，每次狂喝酒後，都哭著呼叫娘的名字，他很慘，很慘！」

浪翻雲心神顫動，他們均看出左伯顏有段傷心往事，原來竟是如此，每次酒醉後，左伯顏擊節悲歌，歌韻蒼涼，看來都是為受辱而死的愛妻而唱，左詩在這樣的環境下長大，難怪她如此心事重重。不過想想自己這在兵荒戰亂長大的一代，誰沒有悲痛的經歷，他和凌戰天便是上官飛收養的孤兒，想到這裏，不由更用力將左詩摟緊。

左詩愈哭愈厲害。浪翻雲道：「哭吧哭吧！將你的悲傷全哭了出來。」左詩哭聲由大轉小，很快收止了悲泣，但晶瑩的淚珠，仍是不斷灑下。

浪翻雲問道：「為何我從未見過你，左公從沒有帶你來見我們？」

左詩又再痛哭起來。這次連浪翻雲也慌了手腳，不知為何一句這麼普通的話，也會再引起左詩的悲傷，再哄孩子般哄起她來。

左詩抬起頭來，用哭得紅腫了的淚眼，深深看了浪翻雲一眼，然後低下頭去，幽幽道：「自從我和爹移居怒蛟島後，爹比以前快樂了很多，很多……」

浪翻雲知她正沉湎在回憶的淵海裏，不敢打擾，靜心聽著。夜風刮過長街，捲起雜物紙屑，發出輕微的響聲。在這寧靜的黑夜長街旁，使人很難聯想到白天時車水馬龍，人潮攘往熙來的情景。現在更像一個夢！一個真實的夢。

左詩嘴角抹過一絲淒苦的笑容，像在喃喃自語般道：「我到怒蛟島時，剛好十二歲，長得比同齡的孩子要成熟多了，由那時開始我便常聽到浪大哥的名字，聽到有關你的事跡，當我知道爹常和你們喝酒時，我曾央爹帶我去看看你，但爹卻說……卻說……」悲從中來，又嗚咽起來，這次的哭聲多添了點怨懟、無奈和悲憤！

浪翻雲想不到左詩小時便對自己有崇慕之心，對左伯顏這愛女，心中增多了三分親切，輕柔地道：「左公怎麼說了？」

左詩低泣道：「爹說……爹說：做個平凡的女子吧，你娘的遭遇，便是她長得太美麗了，我看你容色更勝你娘，唉！紅顏命薄！紅顏命薄！」

浪翻雲不勝唏噓，左詩以她嬌甜的聲音，但學起左伯顏這幾句話來卻維肖維妙，可見左伯顏這幾句話在左詩幼嫩的心靈內留下了多麼深刻的印象。而照左伯顏所言，他愛妻的死亡，恐怕不止於兵荒馬亂中爲賊兵所辱而死那麼簡單，其中必有一個以血淚編成的悽慘故事。紅顏命薄！惜惜不也是青春正盛時悄然逝去！左詩亦無端捲入了江湖險惡的鬥爭裏。

左詩淒然一笑，道：「爹臨死前幾年，曾很想和我離開怒蛟島，找個平凡的地方，爲我找門親事，自己便終老其地，但他總是不能離開怒蛟島，我知他已深深愛上這美麗的島，愛上了洞庭湖，和島上狂歌送酒的英雄好漢。臨終前，他執著我的手，給我訂下了終身大事，守喪後，我便嫁了給他，豈知……豈知，他也死了，我並沒有哭，我不知道爲何沒有哭，我甚至不太感到悲傷，或者我早麻木了。」

浪翻雲仰天長嘆，心中卻是一片空白，哀莫大於心死，左伯顏死後，左詩的心已死去。這麼嬌秀動人的美女，卻有著這麼憂傷的童年。

左詩的聲音傳進耳內道：「那天雯雯來告訴我，你會到觀遠樓赴幫主設下的晚宴，我自己也想看看你的樣子，又抵不住雯雯的要求，忍不住也去了。」

浪翻雲很想問：「你特別開了個酒鋪，釀出清溪流泉這樣天下無雙的美酒，是否也是爲了我有好酒喝。」但話到了口邊，始終沒有說出來，手滑到她的粉背上，掌心貼在她心臟後的位置，豐沛純和的眞氣，源源不絕輸進去。左思面容鬆弛下來，閉上眼睛，露出舒服安詳的神色。

浪翻雲充滿磁力的聲音在她耳邊道：「好好睡一覺吧，明天一切都會不同的了。」

谷倩蓮豎直耳朵，聽得房外走廊的刁夫人和南婆去遠了，又待了一會，才鬆下了一口氣，暗忖道：「現在各人該分別回到他們休息的地方，心懷叵測的柳搖枝又要給那小子療傷，眞是此時不走更待何時。」她走到門旁，先留心聽著外面的動靜，剛要伸手拉門，腳步聲響起。谷倩蓮暗慶自己沒有貿然闖出，退到床旁坐下。腳步聲雖輕盈，但一聽便知對方武功有限，看來是丫嬛一類的小角色。步聲及門而止。「咯！咯！咯！」門給敲響。

谷倩蓮本以爲是過路的丫嬛，哪知卻是前來找她，難道那刁夫人又派人送來甚麼參茶補湯那一類東西，眞是煩死人了，沒好氣叫道：「進來！」

「咯！咯！」谷倩蓮暗罵難道對方是耳聾的，又或連門也不懂推開，無奈下走到門前，叫道：「誰呀！」

外面有個女人的聲音道：「夫人叫我送參湯來給姑娘。」

谷倩蓮暗道：「果然是這麼一回事。」伸手便拉開門來。

門開處，赫然竟是柳搖枝。谷倩蓮駭然要退，柳搖枝已欺身而上，出指點來，動作疾若閃電。縱使谷倩蓮有備而戰，也不是大魔頭對手，何況心中一點戒備也沒有，退了半步，纖手揚起了一半，已給對方連點身上三處穴道，身子一軟，往後倒去。

柳搖枝一手抄起她的小蠻腰，在她臉上香了一口，淫笑道：「可人兒呵！我爲你騙了這麼多人，你總該酬謝我吧！」摟著她退出房外，掩上了門，幾個竄高伏低，很快已無驚無險，來到艙尾的房間內。房內的床上，躺著的正是那昏迷了的刁辟情。

谷倩蓮幾乎哭了出來，想起先前柳搖枝向刁項等強調無論這房內發出任何聲音，也不可以前來騷擾，原來這淫賊早定下對付自己的奸計，不由暗恨自己大意。

柳搖枝得意至極，抱著她坐在床旁的椅上，讓她坐在大腿上，再重重香了一口，讚嘆道：「這麼香嫩可口的人兒，我柳搖枝確是艷福齊天，聽說雙修府於男女之道有獨傳祕法，你是雙修府的傑出高手，道行當然不會差到哪裏去吧！」

谷倩蓮唯一能做的就是閉上眼睛，但卻強忍著眼淚，心裏暗罵要哭我也不在你這奸賊的面前哭。

柳搖枝嘻嘻一笑道：「我差點忘了你被我封了穴道，連話也說不出來，不過不用怕，待會我以獨門手法刺激起你原始的春情，吸取你能令我功力大增的眞陽時，定會解開你的穴道，聽不到你輾轉呻吟的叫床聲，我會後悔一生的。」

谷倩蓮的心中滴著血，可恨卻連半點眞氣也凝聚不起來。

柳搖枝陰陰笑道：「你可以瞞過刁項他們，卻瞞不過我，你撞入我懷裏時，從你微妙的動作，我已看出你身負上乘武功，何況我曾看過你的圖像，雖沒有眞人的俏麗，但總有五、六分相肖。」

谷倩蓮更是自怨自艾，這麼簡單的事，自己竟沒有想到。

柳搖枝道：「風行烈那小子也在船上吧！好！待我伺候完谷小姐後，再找他算賬，這次眞是不虛此行呢！」

谷倩蓮想起風行烈，眼淚終於忍不住奪眶而出，心中叫道：「風行烈！永別了。」死沒甚麼大不了，只是不甘心在這惡魔手上受盡淫辱而亡。柳搖枝抱著她站了起來，往床走過去。

秦夢瑤身形優美地越過高牆，斜斜掠過牆屋間的空間，往那扇透出燈光的窗子輕盈地竄去，姿態之美，只有下凡的仙子才堪比擬。韓柏追在後面，對秦夢瑤的身法速度眞是嘆爲觀止，同時也大感不妥，以秦夢瑤的含蓄矜持，在一般情況下，絕不會這樣硬闖進別人屋裏的。韓柏思忖未已，秦夢瑤竟然毫不停留，就迅速穿入那敞開了的窗中，到了裏面。韓柏躍進去時，秦夢瑤正閉上美目，靜立在這幽靜無人的大書齋中心處。

韓柏乘機環目四顧，只見靠窗的案頭放滿了文件，油燈的燈芯亦快燃盡，暗道：「原來何旗揚在這裏擺了個空城計。」秦夢瑤張開眼來，輕移玉步，來到靠牆的一個大書櫃前，仔細查看。

韓柏來到她身旁時，秦夢瑤指著最下層處道：「你看這幾本書特別乾淨，當然是有人時常把它們拿出來又放回去的。」

韓柏留心細看，點頭道：「是的，其他地方都積了塵，只有放這些書的地方特別乾淨，來，讓我看看後面究竟有甚麼東西。」伸手便要將那幾本書取出來。

秦夢瑤制止道：「不要動，像何旗揚這類老江湖，門檻最精，必會動了些小手腳，只要你移動過這些書，縱使一寸不差放回去，他也會知道的。」

韓柏嚇得連忙縮手，皺眉道：「那豈非我們永遠不知道書後面是甚麼？」

秦夢瑤微微一笑道：「不用看也知道是和一條祕密的通道有關。」

韓柏心道：「爲何我在她面前總像矮了一截，連腦筋也不靈光起來，比平時蠢了很多呢？」

秦夢瑤道：「若我沒有猜錯，這條地下祕道應是通往附近一間較不受人注意的屋子，那他若要祕密外出時，便可避開監視他的人的耳目。」

韓柏愈來愈弄不清楚秦夢瑤到這裏來是爲了甚麼，何旗揚顯然由祕道逸走了，爲何她仍絲毫不緊張？

秦夢瑤道：「韓兄是否想知我到這裏來究竟有何目的？」

書齋驀地暗黑下來，原來油芯已盡，將兩人溶入了黑暗裏。

韓柏低聲道：「夢瑤算我是求你，你可以叫我韓柏，又或小柏，甚麼都行，但請勿叫我作韓兄，因爲每逢你要對我不客氣時，才會韓兄長韓兄短的叫著。」

秦夢瑤見他的「正經」維持不到一刻鐘，便故態復萌，不想和他瞎纏下去，讓步道：「那我便喚你作柏兄，滿意了嗎？」

韓柏心道：「想我滿意，叫我柏郎才行。」口中道：「這好點了！」

秦夢瑤忽地移到窗旁的牆壁，招手叫韓柏過去。

韓柏來到她身旁，貪婪地呼吸著她嬌軀散發著的自然芳香，低聲道：「怎麼了？」

秦夢瑤轉過身來，將耳朵湊到他耳旁，輕輕道：「要何旗揚命的人來了。」

韓柏給她如蘭氣息弄得神搖魄蕩的，連骨頭也酥軟起來，待定過神來方恍然大悟道：「原來你不是來尋何旗揚晦氣，反而是要來保護他的，但你怎知有人會來殺他？」

秦夢瑤道：「我之前曾告訴你，何旗揚根本不是馬峻聲這類剛在江湖闖的年輕小子所能說要收買便收買到的人，但現在他的確被馬峻聲收買了，只從這點看，他便很有問題，而且以他的權位，實是最適合作奸細。」

韓柏收攝心神，頭腦立刻開始靈活起來，兩眼射出神光，今晚自遇到秦夢瑤後，一直魂不守舍，到此刻方眞個神識清明起來。秦夢瑤美目射出訝異的神色，打量著他。韓柏分神留意屋外的動靜，聽了一會便知道屋外來了五個人，正奇怪對方爲何還不動手，靈光一現，已得到答案，對方定是先去制伏屋內其他人，下殺手時才不虞給人阻撓，行事也算謹愼了。另一邊卻在細嚼秦夢瑤說的話，何旗揚這樣爲馬峻聲掩飾，分明是要害少林派，最終目的正是要損害八派的團結，這樣做只會對方夜羽有利，難道何旗揚是方夜羽的人。若是如此，到了現在，何旗揚反而成爲整個計劃的唯一漏洞，殺了他會使事情更複雜，因爲無論是少林好，長白也好，都可以有殺他的理由，最有可能是將這賬算到自己的頭上，那時整件事將更難解決。不由暗自佩服秦夢瑤的智慧。

韓柏向秦夢瑤點頭道：「謝謝你！否則我怕要背上這黑鍋了。」

秦夢瑤眼中露出讚賞的神色，想不到這人不作糊塗蟲時，會如此精明厲害，就在此時，心中警兆忽現，剛才他們查探過的大櫃無聲無息地移動起來。

兩人幾乎同時移動，閃往另一大書櫃之後，剛躲好時，一個人從大書櫃後跳了出來，書櫃像有對無形的手推著般又緩緩移回原處。

韓柏和秦夢瑤擠到一塊兒，躲在另一個大書櫃旁的角落裏。秦夢瑤皺起眉頭，忍受著韓柏緊貼著她香背的親熱依偎，心中想道：「若他藉身體的接觸對我無禮，我會不會將他殺了呢？」想了想，結論令她自己也大吃一驚，原來竟是絕不會如此做，也不會就此不見他，最多也是冷淡一點而已。反而韓柏盡力將身體挪開，他生性率直，很多話表面看來是蓄意討秦夢瑤便宜，其實他只是將心裏話說出來，要他立意冒犯心中的仙子，他是絕對不敢的。他的心意自然瞞不過秦夢瑤，不由對他又多了點好感。

韓柏將聲音聚成一線，送入秦夢瑤的耳內道：「外面這些人來到的時間非常準確，可見他們能完全把握到何旗揚的行蹤。」

秦夢瑤頭往後仰，後腦枕在韓柏肩上，也以內功將聲音送進韓柏耳內道：「待會動手時，你蒙著臉出去趕走那些人，記著！我叫你出去時才好出去。」韓柏肅容點頭。

椅響聲音傳來，當然是何旗揚坐在案前。何旗揚嘆了一口氣，顯是想起令他心煩的事。這時外面傳來一長兩短的蟬鳴。何旗揚「呵！」了一聲，站了起來。韓柏伸手在秦夢瑤香肩輕輕一捏，秦夢瑤點頭表示會意。兩人都知道來的必是何旗揚的同黨無疑，不過這次卻是要殺死他。

柳搖枝原已得意地躺在谷倩蓮的身側，又再坐了起來，將刁辟情抱起，笑道：「小子請你讓張床出來，待柳某享受過後，再來治你。」抱起刁辟情，往那張椅走去。心中的暢美，實是難以形容。他雖曾姦淫婦女無數，但像谷倩蓮這種自幼苦修雙修祕術又是童陰之質的美女，卻從未碰過。他和花解語同出一門，都是精於採補之術，若讓他盡吸谷倩蓮的元陰中那點眞陽，功力必可更進一層樓。到了他那級數，要再跨上一步，可說是天大難事，所以他不擇手段也要得到谷倩蓮這夢寐以求的珍品。成功便在眼前，怎不教他得意忘形。

來到椅前，俯身便要將早被他加封了穴道的刁辟情放在椅裏，異變突起。「篤！」一聲微響下，一枝長槍像刺穿一張紙般穿破厚木造的船壁，閃電劈擊那樣飆刺而來。柳搖枝吃虧在兩手抱著刁辟情，又剛彎低身子，加上長槍破壁前沒有半點先兆，當他覺察時，血紅色的槍頭，已像惡龍般到了左腰眼處。

他不愧魔師宮的高手，縱使在這等惡劣的形勢，反應仍是一等一的恰當和迅速，硬是一扭腰身，將手上刁辟情的屁股橫移過來，側撞槍旁，同時自己往後仰跌。縱使如此，他仍是慢了一線，大腿血肉橫飛，更被槍鋒無堅不摧的勁氣撞得往另一角落飛跌開去，但已避過紅槍貫腰而過的厄運。背脊落地前，柳搖枝一拳向紅槍飆出的牆壁遙空擊去，這時紅槍早縮了回去，只剩下一個整齊的圓洞，可見這一槍是如何準確，沒有半點偏倚，半分角度改變。

刁辟情屁股開花死魚般掉在地上的同一時間，柳搖枝全身功力所聚的一拳，勁風剛轟在那圓洞處。「霍！」圓洞擴大，變成一個拳狀的洞，旁邊的木壁連裂痕也沒有一條，柳搖枝這一拳力道的凝聚，令人咋舌。壁外毫無動靜。柳搖枝猛吸一口氣，背剛觸地，便彈了起來。「砰！」一人破窗而入，手揚處，滿室槍影，鋪天蓋地般向他殺來。柳搖枝緊咬牙關，連兵器也來不及取出，赤手連擋五槍，到了第六槍，支持不住，悶哼一聲，往後疾退，破壁而出。那人當然是風行烈，也暗駭柳搖枝受了傷後仍這麼厲害，外面又有人聲傳來，疾退至床邊，一手摟起喜得眼淚直流的谷倩蓮，衝開艙頂，望著靠岸那邊飛掠而去，幾個起落，便消失在民房的暗影裏。

何旗揚向窗外輕叫道：「素香！你來了，唉！我上次曾囑你過了這幾天才來，最少也要看看明天的形勢才……素香，是不是你來了？」

躲在暗處的秦夢瑤和韓柏知道何旗揚感到有點不妥，秦夢瑤又以同樣的親暱姿勢，在韓柏耳邊道：「一定是方夜羽的人，否則不會用這方式，擺明是要害你。」

韓柏眼中精芒一閃，將聲音凝入秦夢瑤耳內道：「是的！若要誣害馬峻聲，便要扮成是熟人出奇不意由背後殺他的樣子，不像現在般要引他出去，他們其中一人必還攜來了方夜羽的三八右戟，那我就更是跳進長江裏也洗不清那嫌疑了。」

窗外傳來一聲女子的輕嘆，道：「旗揚！不是我還有誰。」

何旗揚道：「快進來！」

外面的女子道：「我受了傷！和你說幾句話便要走了，以後你也不會再見到我。」

何旗揚駭然叫道：「甚麼？」離地躍起，穿窗外出。

秦韓兩人無聲無息竄了出來，分站在窗的兩側，他們均已臻特級高手的境界，不用外望，單憑耳朵便可「聽」出外面整個形勢來。秦夢瑤從懷內掏出一條白絲巾，由窗下遞過來給韓柏。韓柏接過白絲巾，將下半邊臉遮起來，又弄散了頭髮，連眼也蓋著，在黑夜裏若要認出他是何人，即使是相熟的朋友，亦是難之又難。

當韓柏仍陶醉在滿帶秦夢瑤體香氣味的絲巾時，秦夢瑤又將劍遞了過來。韓柏握著古劍，心中湧起更溫暖的感覺，暗忖劍可以還給她，但這條白絲巾是寧死也不肯歸還的了。

外面何旗揚驚叫道：「素香！你要到哪裏去？」

女子的聲音在更遠處道：「旗揚！永別了。」

秦夢瑤知何旗揚危險至極，向韓柏打了個出去的手勢。韓柏一聲不響，飛身撲出，剛好見到一道黑影由左方撲向何旗揚，手持的正是韓柏曾經擁有的三八右戟，毒蛇般向何旗揚飆射而去。何旗揚正全神追著那正沒於牆外的白衣女子，待驚覺時，敵戟已攻至身旁六尺處，勁風逼近，遍體生寒。剎那間何旗揚已明白了這是怎麼一回事，狂喝一聲，拔出腰間大刀，橫劈敵戟。「噹！」一聲清響，何旗揚踉蹌跌退，功力最少和對方差了一截。韓柏已至，長劍優優閒閒挑出，正中對方戟尖。「叮！」那人的三八戟差點脫手飛出，駭然後退，擺開架式，防止韓柏繼續進逼。

「颼！颼！颼！」躲在暗處的其他三人躍了出來，團團圍著仗劍赤腳而立的韓柏和面無人色的何旗揚。韓柏環目一掃，對方四人均像他那樣見不得光，不過蒙臉比他更徹底，只露出一對眼睛來。除了手上兵器有別外，由上至下都是一身黑色，在這暗黑的花園裏，分外神祕而可怕。

韓柏運功縮窄咽喉，將聲音變得尖亢難聽，大聲道：「何總捕頭，認得他們是誰嗎？」

他故意大叫大嚷，是特意在擾亂對方心神，因爲他們應比他更不想引起別人的注意。豈知這四人全不爲所動，只是冷冷望著他，眼光由他的劍移往他的赤腳處，驚異不定，但殺氣愈來愈濃。韓柏心中微懍，知道對方來的定不止這四個人，還有人在近處把風，足可以應付其他的不速之客，心下也不由暗服方夜羽，連對付何旗揚這樣一個小角色，也絕不掉以輕心，同時曉得他有必殺何旗揚的決心。

何旗揚在他背後喘息道：「那持戟的我認得，就是在酒家處和范良極風行烈一道的人，那天他便要殺我。」

韓柏向那持戟者看去，身材果然和自己有七、八分相像，更是佩服方夜羽的安排，若何旗揚能在斷氣前告訴別人凶手是誰，他就休想甩脫這黑鍋。

韓柏大喝道：「糊塗蛋！鳥盡弓藏，連要殺你的人是誰也不知道，難道你眞想當隻糊塗鬼嗎！」

何旗揚渾體一震，眼中射出驚惶的神色。左旁的黑衣人忽地欺身而上，手中一對短棍，上劃下扎，割腕刺胸，猛攻韓柏右側，招招凶毒。其他三人立刻一齊發動攻勢，右側那人手持青光閃爍的奇門剪刀兵器，一張一合間，已剪至他的咽喉處，教人特別有難以捉摸的感覺。後方執刀的黑衣人和前方那扮作韓柏的持戟者亦分別躍起，飛臨頭頂之上。韓柏心知肚明：對方是要以三人來纏住自己，再由持戟者撲殺何旗揚，所以前後兩人必然在半空互換位置，由持戟者越過自己頭頂，攻擊身後可憐的七省總捕頭，戰術不可謂不高明。這四人一動手便是名家風範，不得不教人奇怪方夜羽從哪裏找得這些人來。

他並不擔心自己給這三人纏著，何旗揚便會被人殺死，因為仍有秦夢瑤在後照應，但若要秦夢瑤出手才行，自己的臉又放到哪裏？豪氣狂湧，暴喝一聲，長劍擊出。在敵人眼裏，沒有人發覺他是第一次使劍的，只見劍光大盛下，竟將他和何旗揚同時裹護在漫天劍影裏。一連串「叮叮噹噹」的聲音響起，四名黑衣蒙面漢分由空中地下往外疾退開去，其中拿剪刀和雙棍的，肩頭和大腿分別中了一劍，雖是皮肉之傷，但鮮血湧出，形狀可怖。韓柏收劍而立，和何旗揚背貼著背。

韓柏向何旗揚道：「這用戟的人比之那天你在酒家看見的人如何？」

何旗揚武功不行，眼力卻是不差，眼中露出疑惑的神色，道：「這個並不是那人，差得遠了。」

韓柏大感欣慰，正要再出劍，心中警兆一現，望向左側的牆頭，剛好見到一個灰衣人躍了下來，飄落在他左側七、八步之外，臉上的黑巾像他那樣，只是遮著眼以下的部位，看來亦是臨時紮上充充數的。韓柏冷冷盯緊對方。

灰衣人身上不見任何兵器，道：「報上名來。」

韓柏哂道：「你明知我不會告訴你，啐啐啐！這一問實是多餘之至，回去告訴方夜羽，若他肯親自來此，我或會告訴他我是誰。」

灰衣人和那四名黑衣人同時一愕，顯是想不到韓柏開門見山的揭穿了他們的來頭。「得！得！得！」何旗揚牙關打顫的聲音傳來，顯是心中驚惶至極點。至此韓柏再無疑問，何旗揚是方夜羽派在八派裏的奸細，因爲只有方夜羽能輕易令何旗揚身敗名裂，爲天下人唾棄，生不如死，所以他現在如此驚慌。

灰衣人怔了怔後道：「朋友好眼力，說得對極了。」他來個全盤承認，反而使人生出懷疑之心。

韓柏當然不會被他的言語迷惑，高深莫測地一笑道：「這世界上有很多事是非常奇妙的，正因你們不知自己何處露出破綻，被我認出你們是方夜羽派來的人，所以還試圖掩飾，可笑呵可笑。」他指的妙事，自然是對方的三八右戟，只有他最清楚這戟落到了何人的手裏。以那灰衣人的老到，亦因摸不清楚韓柏的底而立刻處於下風。

這時韓柏耳裏聽到秦夢瑤嬌美的聲音響起道：「這人可能是南海派的高手，用言語套一套他。」

韓柏心中一懍，南海派是八派外的一個較著名的門派，掌門好像叫席甚麼雄，作風頗爲正派，爲何竟有門人做了方夜羽的走狗？

灰衣人出言道：「看來你的年紀很輕，江湖上用劍用得好的年輕高手沒有多少個，早晚會給我們查出你是誰，何須藏頭露尾，不如大大方方讓我們看看你是誰。」

韓柏針鋒相對道：「南海派的也沒有多少個稱得上高手，你不會是那席甚麼雄吧！」

灰衣人這次身體沒有震動，但眼中閃過的駭然之色，卻連小孩子也瞞不了。

秦夢瑤的聲音再傳進他耳內道：「你這人眞是，席甚麼雄也說得出口來！」

韓柏聽到秦夢瑤如此破天荒的親暱嗔語，心懷大暢，忍不住哈哈笑了起來。灰衣人更是心神大震，不知對方有何好笑。

韓柏大喝道：「看劍！」五人閃電後退，退了六、七步後，方發覺韓柏連指頭也沒有動，只是在虛張聲勢，不禁大感氣餒。

灰衣人一跺腳，喝道：「走！」往後疾退。其他四名黑衣人哪個不怕韓柏追來，也由不同方向迅速逸走，轉眼走得一個不剩。

韓柏回過頭來，望向何旗揚。何旗揚臉上一點血色也沒有，絲毫不為撿回一條小命而有任何欣喜。

韓柏伸手搭在這大仇家肩上，走到窗旁，學著范良極的語氣道：「老何！讓我們來打個商量。」

何旗揚驚魂未定道：「恩公是誰？」

韓柏一邊思索著自己有甚麼甜頭是大至何旗揚無法拒絕的，隨口應道：「放心吧！我既不是八派的人，也當然不是你主子方夜羽的人，而只是一個真心助你脫難的人。」

秦夢瑤的聲音又在他耳內響起道：「問他剛才由祕道偷偷走到哪裏去了。」

韓柏拍了拍何旗揚肩頭，道：「在我說出可怎樣幫助你前，我要先試試你是否誠實，告訴我，你剛才到哪裏去了？我是說你由祕道走到哪裏去了？」

何旗揚咬了咬牙，心想橫豎也是死，不如賭他一賭，毅然道：「我去取馬峻聲給我的東西。」

韓柏怒道：「韓府現在臥虎藏龍，你敢公然找馬峻聲嗎？」

何旗揚慌忙解釋道：「東西不在韓府，而是由馬峻聲藏在西橋底的石隙裏，所以我不用到韓府去。」

韓柏大見緩和，道：「是甚麼東西？」

何旗揚乖乖答道：「是馬峻聲默寫出來無想僧自創的『無想十法』。」

韓柏根本不知甚麼是「無想十法」，不過能和無想僧同一名字，當然是厲害的武功，扮了個完全明白的姿態，道：「呵！原來是無想十法，哼！想不到你還這麼有上進心。」

何旗揚此刻已完全被韓柏的智慧懾服，道：「其實是方夜羽要我逼馬峻聲交出來的。」韓柏攤大手板道：「給我！」

何旗揚一言不發，從懷中掏出一疊寫滿字的紙箋，老老實實放在韓柏手裏。韓柏眼睛一亮道：「老兄！你有救了。」

浪翻雲抱著熟睡了的左詩，在黑暗的長街走著，心中感慨萬千。到了今天，他才明白「酒神」左伯顏，為何五十不到便病逝，初時他還以為是飲酒過度，現在始知道是為了心內解不開的死結。懷裏遭遇悲慘的美女像嬰兒般酣睡著，發出均勻的呼吸聲音，抱著她，就像擁有了與左伯顏在天之靈的聯繫。

昔日在怒蛟島上，洞庭湖畔，明月之下的四個酒友，上官飛老幫主和左伯顏都死了，凌戰天有了家室後，已不像從前般愛喝酒，只剩下他一人獨飲。腳步聲在空寂的長街回響著，愈發襯托出他心境的孤清。惜惜死後，他從沒有蓄意去拒絕任何愛情的發生，可是他的心境已不同了。他追求的是另一些東西，某一虛無縹緲的境界。月滿攔江之夜。只有在那裏，他才能有希望找到超越了塵世，超越了名利權位，甚至超越了成敗生死的某一種玄機。

蹄聲在前方響起。一隊馬車隊由橫街轉了進來，緩緩馳至。一時間長街盡是馬蹄「滴答」和車輪摩擦地面的聲響，看來恐怕許多仍在睡夢中的人會給吵得驚醒過來，老一輩曾經歷過戰爭的，迷糊間或會以為戰事仍未結束。這時城門還未開，除非是有特權的人物，否則誰能出城去？浪翻雲神情絲毫也不因車隊的出現而生出變化，抱著左詩，沿著道旁向馬車隊迎去。

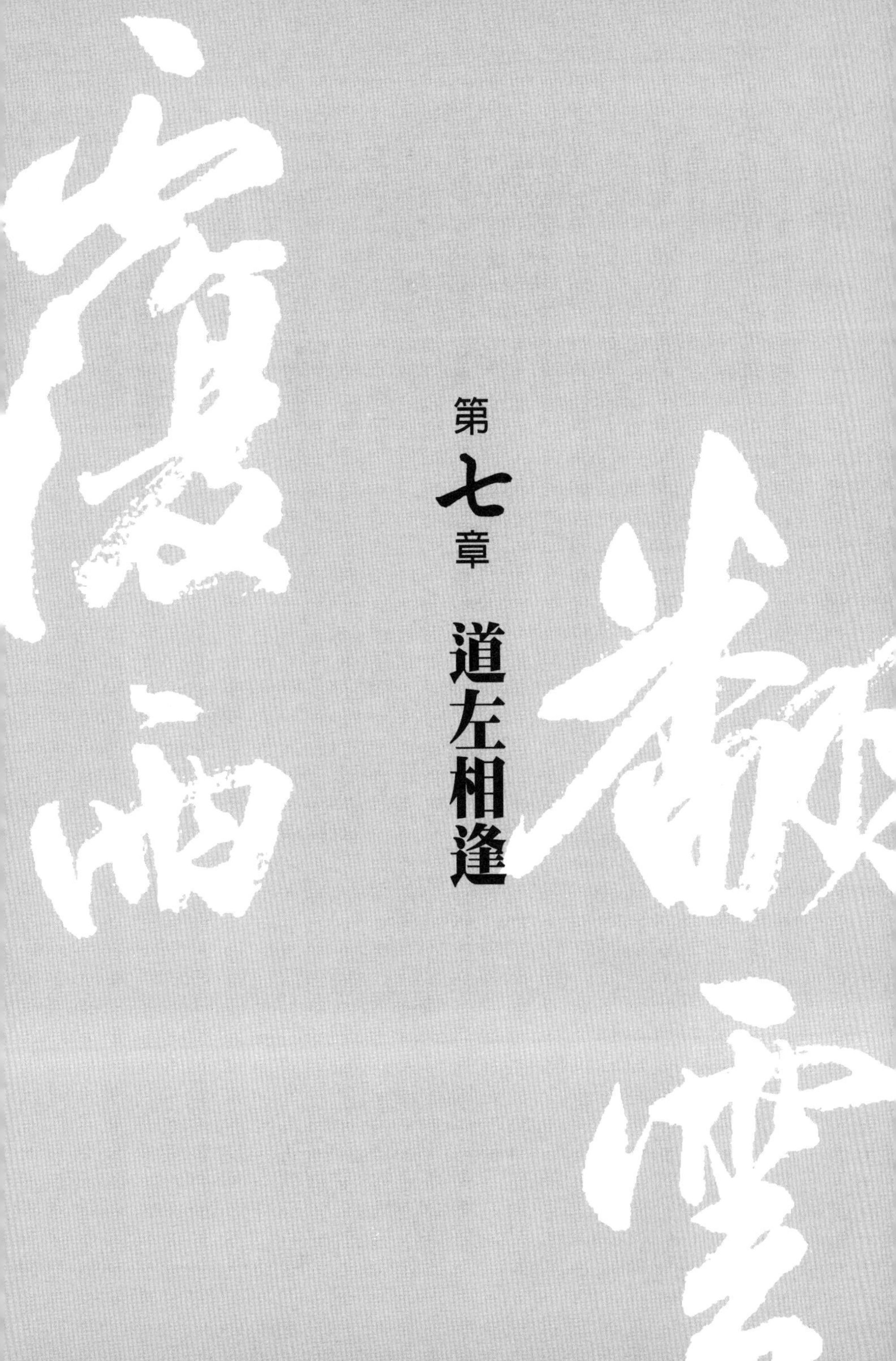

第七章　道左相逢

第七章　道左相逢

風行烈左手的手指雨點般點落谷倩蓮的粉背上，輕重不一，忽然其中兩指射出眞氣，分由尾閭和後枕兩穴透進她的經脈內。谷倩蓮對風行烈熟練的解穴手法毫不訝異，因爲厲若海的燎原百擊，又可細分作「五十勢」、「三十擊」和「二十針」。其中所謂「二十針」，就是一套專針對人身穴道而創的槍法，詭異莫測，細膩處若繡花之針，遠非一般江湖「打穴」的功夫可比，只是從這點可知道厲若海對穴道的研究乃是出色當行，風行烈得他眞傳，能解開柳搖枝的獨門封穴法，何足奇怪？風行烈開始時雨點般的落指，只是探路，到他肯定了柳搖枝的手法乃是屬於蒙古一個叫「陰氣鎖穴」的穴學流派時，心中一喜，立即發出兩股陽勁，一由督脈逆走，一由任脈順行，當兩股勁氣在檀中大穴相遇時，便「爆炸」開來，產生的勁震，恰好以陽制陰，解開柳搖枝巧妙的獨門封穴手法。

坐在床心的谷倩蓮胸口有若被雷電擊中，「呀」一聲叫了起來，這才醒覺穴道被解開了，驚喜地扭過頭來，感激地道：「我眞想看看當那白髮鬼知道你由出指開始，十息之內便破解了他獨門鎖穴手法的頹喪表情。」

坐在床沿的風行烈毫無驕色，正容道：「但假若我在十息之內解不開他的手法，便可能永遠也解不開，因爲燎原心法講求『餤閃寸心』之道，如火之初起，所以第一個印象和直覺最是重要，也最管用，想多心便雜亂了。」

風行烈眼神忽地掠過一絲哀色，搖頭苦笑道：「這些都是我師父對我的教誨，當時大多當作耳邊風，現在才知每一句都是金玉良言。」

谷倩蓮含羞地伸手按在風行烈的手背上，垂頭道：「行烈你怎會知道我被那白髮鬼……那白髮鬼那樣……」

給這嬌美大膽的少女那暖溫溫的纖手按著手背，又親切地喚自己作行烈，擺明一副以身相許，報答君恩的格局，風行烈眞不知如何應付才好，唯苦笑道：「谷小姐！你對風某不是認眞的吧！我……」

谷倩蓮截斷他嗔道：「你還未答我的問題？」

風行烈無奈答道：「因爲我一直跟著你，怕你有危險。」

谷倩蓮臉上掠過動人心魄的驚喜，盯著風行烈道：「眞的嗎？我都說你表面看來雖像個大凶神，其實裏面那顆心是好得多了。」

風行烈爲之氣結，反攻道：「我當然及不上谷小姐，無論說謊或說眞，神態都是那麼自然誠懇，教人明知是假的也忍不住要相信。」

谷倩蓮開心鼓掌道：「說得眞好！但跟著的下一句便是『明明人家說的是眞話，也被人當作是假話』，是嗎？風少俠！」

風行烈雖非舌燦蓮花的雄辯之士，但辭鋒上亦絕非弱者，可是每次和谷倩蓮鬥起嘴來，總要一敗塗地，由此可見谷倩蓮慧心的玲瓏剔透。

風行烈失笑道：「但你教人怎樣分辨你何時是眞？何時是假呢？」

谷倩蓮悄悄抽回按在風行烈手背上的玉手，淡淡道：「我說的話只有兩種，一種是假、一種是眞，只要你像剛才所說的既相信了我的假話，又把眞話當成是眞的，那麼不是全部也是眞的了嗎？」

沒有了身體的接觸，風行烈自然了點，看了這大膽多情的美女一眼，閃過驚異的神色，正容道：「你這幾句話確有點歪理，發人深省的歪理。」心中想到的卻是：明知冰雲在騙他，他還是至死不渝地相信冰雲所說過的任何一句話，並且希望這些謊話永不被揭穿。

谷倩蓮的眼光穿過房窗，落在客棧外的暗夜裏，擔心地道：「方夜羽勢力膨脹得這麼厲害，不知會不會找到這裏來，不如我們立即就走，只要回到雙修府，萬事都有烈震北照應著。」當她說到烈震北的名字時，語氣中透出無比的信心。

風行烈搖頭道：「我的功力總算暫時回復了過來，只要不是像那晚的拚力苦戰，當可撐得住任何場面。」頓了頓道：「我反而有點擔心范良極和韓柏，方夜羽既動手對付我，自然亦不會放過他兩人，所以……」有點艱難地續道：「所以我想回去看看他們。」

谷倩蓮垂下頭，兩眼一紅道：「你走吧！我知你是怕隨我回雙修府去。」

風行烈嘆了一口氣，苦笑道：「想歸想，事實上我怎會留下你一人在此。現在雙修府大禍迫在眉睫，只因著先師和貴府的關係，我風行烈便不能坐視不理，何況還有對我恩深義重的谷大小姐牽涉在內。」

谷倩蓮化悲爲喜，伸出一對玉手，一把抓起風行烈的右手，拉著他眉開眼笑地道：「早說過你是好人的了。」

風行烈要把手抽回又不是，不抽回又不是，皺眉道：「谷姑娘……」

谷倩蓮甜甜一笑道：「不要那麼吝嗇，你抱我，我抱你，走來走去還不是那樣子過了，抓抓手又有甚麼大不了？」她和范良極一樣，任何事都自有一番道理。

風行烈啼笑皆非，但不知是否習慣了和谷倩蓮「親熱」，已沒有了先前的尷尬不安。眼前的美女乃靳冰雲之外，唯一與自己如此親近的女性。和她在一起時，自己因冰雲離去而騰空出來的寂寞天地，總是熱熱鬧鬧地充滿了生氣，這是否說她可以代替靳冰雲在自己心中的位置呢？在初知靳冰雲的失蹤乃是與龐斑有關時，他曾熱切地盼望再會冰雲，將她從龐斑的魔爪裏拯救出來。但時間愈久，便愈不想再見到她，愈怕見到她，因爲恐懼自己受不了那殘酷的事實——就是靳冰雲對他的愛只是一個徹頭徹尾的騙局。這種心態使他變得自暴自棄，無可戀棧，但是厲若海的死，卻將他的雄心壯志喚了回來，亦使他更不想面對眞相。

谷倩蓮柔聲道：「不要想那麼多吧！看你想都想得痴了。」

風行烈猛然覺醒，收攝心神，沉吟道：「方夜羽這次攻打雙修府，若龐斑不出手，不知尚有甚麼厲害人物？」

谷倩蓮愕然道：「你怎知龐斑不會出手？」

風行烈嘿然道：「若龐斑眞的出手，除了浪翻雲外誰架得住他，方夜羽邀魅影劍派聯手豈非多此一舉？」

谷倩蓮讚賞地瞅了他一眼道：「人們都說女人大事糊塗、小事精明，男人剛好相反，我和你便是這兩類人，嘻！」

風行烈暗忖道：「話倒說得不錯，否則怎會在說著正事時，偏要將話題扯到這方面去？」

谷倩蓮道：「讓我告訴你一個雙修府的大祕密，你可不要告訴別人喲！」

風行烈心中湧起奇異的感覺，就像昔日夜半無人和靳冰雲私房密語的情景再次重現眼前，只不過谷倩蓮取代了靳冰雲罷了。心中也不知是悲是喜，微微一笑道：「將來我若將這祕密告訴別人時，也會請他別告訴任何人，所以若眞是貴府的祕密，最好誰也不要說。」

谷倩蓮絲毫不以爲忤，放開了他被囚禁了的手，橫他一眼道：「不用嚇唬我，我知道你不是口沒遮攔的人，所以偏要告訴你，你想不聽也不行。」

風行烈乘機站了起來，移步坐到一角的椅子裏，望向坐在床上脈脈含情看著他的谷倩蓮，無奈地攤手道：「谷小姐請說吧！風某洗耳恭聽。」

谷倩蓮嗔道：「怎可以隔開這麼遠來說祕密，給人聽去了怎麼辦呢？」

風行烈待要說話，忽地雙眉一揚，露出全神靜聽的神情。谷倩蓮心中懍然，難道方夜羽的人這麼快便追上來？

何旗揚心中稍定，疑問立生，望著韓柏道：「恩公究竟是誰？」

韓柏知道天色一明，自己臉上這塊帶著秦夢瑤體香的絲巾，將完全失去了遮蔽的作用，索性扯下來道：「自然是你的老朋友！」

他的聲音既回復正常，何旗揚立刻認了他出來，嚇得全身一顫，踉蹌跌退，直至背脊撞上窗檯才停下來，他畢竟是在江湖打滾了數十年的人，自然要佔在這可退可逃的位置上。

韓柏當然一點不怕他逃進有秦夢瑤芳駕把守的房內去，反故作大方地退後了兩步，以表示全無惡意，搖手道：「我要殺你眞是易如反掌，所以你應該相信我是絕無惡意的，況且我對八派聯盟和方夜羽兩方面的人都全無好感，所以只有我才能幫助你。」只是這幾句話，可看出與魔種元神結合後的韓柏，處事又再老到了幾分。

何旗揚眼中閃著疑惑的神色道：「那當日在酒樓上時，爲何你又要非殺我不可，何某和閣下究竟有何深仇？」

韓柏心想這道理豈是一時三刻說得清楚，含混地道：「因爲那時你仍在爲馬峻聲賣力，現在形勢逆轉，所以只要你肯照著我的話去做，我定會助你逃之夭夭，繼續三妻四妾金銀滿屋地逍遙快活去。」

這個解釋豈能令這老江湖滿意，但最後兩句卻有莫大的吸引力，何旗揚沉聲道：「你若要我出面頂證馬峻聲，我情願被你殺死！」

韓柏大笑道：「我會這樣不通情理嗎？只要你寫下一個簡單的聲明，再畫押蓋章，我可拿著這證據，教馬峻聲無辭以對。」想想也好笑，當日在牢內是何旗揚逼他畫押認罪，今天風水輪流轉，卻是他反逼何旗揚畫押，世事之奇，眞是想也想不到的玄妙。

何旗揚道：「但我怎知你不是誘我寫下聲明後，再把我幹掉？」

他這話的確是合情合理，因爲殺他容易，而要將他祕密救走，則是危險至極的事。對方又不是和他有甚麼交情，爲何捨易取難？

韓柏搔頭道：「假若你不相信我，我也沒有甚麼方法，不過你橫豎左也是死，右也是死，爲何不博一博，看看我是否守諾的人。」心中奇怪爲何直到這刻，秦夢瑤仍未傳聲過來加以指點，難道她故意試試自己的本領，看看自己有甚麼可治得何旗揚貼貼服服的法寶？

何旗揚默思半晌，斷然道：「你的武功雖可躋身第一流高手之列，仍只是一個人的力量，能否護我逃走尚是問題，教我要賭一賭也沒有信心……」

韓柏截斷他哂道：「說到底你也不過是想我保證你可以逃得掉，這個容易得很，只要我將夥伴喚出來，你不但會相信我有能力將你送離險境，還可令你絕不懷疑我的承諾。」

何旗揚愕然道：「你的夥伴？」

韓柏心想此時不拖秦夢瑤下水，更待何時，得意地道：「是的！我的夥伴！」接著向著大窗一揖道：「秦小姐請現身相見。」

何旗揚自然而然地轉身朝內望去，一看下猛地全身劇震。韓柏暗叫不妙時，何旗揚整個人倒後飛起，直向他壓過來。

長長的馬車隊，緩緩向著浪翻雲馳至。浪翻雲神情落寞，低頭看了看熟睡如嬰孩的左詩，眼光溜過她秀美的輪廓，嘆了一口氣，轉進右方一條橫巷去，速度絲毫沒有改變。馬蹄聲和車輪摩擦地面的響聲塡滿了黑漆的長街，車隊馳至。這時浪翻雲抱著左詩，深進巷內足有百步之遙。四名策馬開路的大漢，首先經過巷口，接著是兩輛華麗的馬車，到第三輛時，駕車的赫然是龐斑的黑白二僕。浪翻雲神態依然，緩緩而行。黑白二僕比之先前的騎者和駕車人，功力自是高明得多，自然而然生出警覺，往巷內望進去。兩人猛然大震時，馬車的移動，已把他們帶到了不能直看進巷內的位置。「嘶……」馬車嘎然煞止，就像有隻無形的巨手，從後拖拉著馬車，分作三排的六匹健馬，無論如何奮力前衝，狂嘶猛叫，仍不能拉得馬車再前進分毫，情景怪異莫名。快走至小巷另一端出口的浪翻雲，像是完全不知道身後這一端巷口發生了甚麼事，繼續遠去。

停下來的華麗馬車那低垂的窗帘於此時無風自動，揭了開來，以一種不尋常的緩慢速度掀起。在帘角揚起那刹那的同時，遠在百多步外另一出口的浪翻雲，竟像能生出感應般，轉右而去，恰好是窗帘揭往的方向。而更使人震駭莫名，難以置信的是浪翻雲的速度與窗帘掀起的速度完全一致，那就是說，當車內人透過窗看出去時，那窗帘就像「揭」了個浪翻雲出來。使人有種玄之又玄的怪異感覺。當窗帘揭起至一半時，一道比電光更凌厲的眼芒，穿窗而出，直追而去，落在浪翻雲身上，絲毫不受小巷裏的暗黑所影響。窗帘揭盡，浪翻雲沒有分秒之差地消失在視線不及的巷外。車內的龐斑失笑搖頭，無限滿足地收回目光。窗帘以正常的速度落了下來，將外面的世界隔斷了。蹄聲再響起，六匹健馬恢復了前進的能力，繼續拖著馬車往遠馳了一段距離的兩輛馬車追去。

坐在車內龐斑之旁的花解語色變道：「那是何人？」

龐斑淡淡道：「浪翻雲！」

花解語駭然一驚，不能置信地道：「龐老你從未見過浪翻雲，爲何一眼便把他認了出來？」

龐斑從容一笑道：「你若去問一問浪翻雲，他也必然知道在這馬車內坐著這一個位置的是我龐斑，彼此不用看也知道。」

這時在前駕車的白僕沉聲道：「花護法，那的確是浪翻雲！」

花解語現出震駭的神色，道：「龐老眞使我大開眼界。」

龐斑哂道：「那有何稀奇！我師蒙赤行藉之成王成聖的《藏密智慧書》就有提及這種敵我間的『鎖魂』境界，當我們的車隊轉入這條長街後，我們便同時察覺到對方的存在，也交上了手，唉！可惜！」

花解語一呆道：「可惜甚麼？」

龐斑惋惜地道：「可惜浪翻雲為了懷中女子，放過了立即向我挑戰的機會。」

這時車隊來到南城門處。城門不待叫喚，早被守城兵推得緩緩敞開。

花解語再次色變道：「浪翻雲來了這裏，龐老你還要離去嗎？里老大恐怕不是他的對手。除非青藏四密和北藏的紅日法王肯出手助他。」

龐斑淡淡道：「浪翻雲只是路過這裏，夜羽不會蠢得去惹他吧！」

馬車隊開往城外，踏上官道。花解語垂著頭，不想讓龐斑看到她俏臉上掩不住的情緒變動。

龐斑微微一笑道：「解語！你知否為何我會邀你共乘一車？」

花解語低聲道：「解語對這也是百思不得其解，因為這尚是我第一次坐進龐老你車裏。」

龐斑道：「道理很簡單，因為我不想你半途溜回去。」

花解語一震下望向龐斑充滿了男性魅力，既英偉又冷酷的面容，嬌柔地道：「解語既答應了龐老，怎還會改變呢？」

龐斑嘆道：「解語你動了眞情，已一發不可收拾，剛才找的藉口，不是想回去嗎？」

花解語默然垂首。馬車隊消失在城外官道彎角處。

當韓柏嚇退了那五名方夜羽的手下時，秦夢瑤暗叫不好，由房門溜往外廳，再由窗戶穿出，向著那可能與南海派有關，身分高於其他人的蒙面中年人追去。假若她能證實這人是南海派的人，甚至眞個就是該派的掌門人「錦衣夜行」席慕雄，她或者能多了解點方夜羽那無孔不入的情報手段，對八派在和方夜羽愈來愈趨向白熱化和表面化的鬥爭裏，更多些許把握。除了這個原因外，就是這五人無論如何不濟，也不至於會被韓柏嚇走，尤其是在暗處明顯地還有埋伏支援的同黨時，他們如會落荒而逃，就更沒有道理了。所以她一定要弄清楚眼前是否有更迫切的危險，設法由被動轉回主動。這些念頭閃電般掠過她平靜無波的芳心時，秦夢瑤早掠過了十多座房舍，追到那蒙面人背後五十步處。

就在這時，她至靜至極的禪心警兆乍現。秦夢瑤停下，靜立屋脊上。要知她正全力展開身法，就算要停下來，也必須逐漸減速，像這樣說停就停，由至動化作至靜，實是有違常理，那種極端的對比，在視覺和心理上都予人震撼性的效果。這時在黯淡的月色裏，東南西北四方緩緩升起四個高矮不一，身穿素黃僧袍的喇嘛僧，而那被秦夢瑤跟蹤的蒙面男子則乘機逸進暗黑裏去。

秦夢瑤微微一笑道：「方夜羽也算大面子，竟能把四位前輩從青藏高原上的大密寺邀來中原，還爲他出力。」

立於東位的喇嘛滿臉皺紋，年紀以他最長，身形亦以他最是雄偉，神態卻最是閒適自得，悠悠道：「太陽密尊者哈赤知閒見過夢瑤小姐，若小姐以爲單憑方夜羽的面子，便可請得動我們，那就大錯特錯了。」

西位的喇嘛身材雖最矮，但卻絲毫沒有給人「小」的感覺，因爲他體型長得極爲均勻，而且看上去非常年輕，嫩滑的肌膚像剛發育的少男，容顏俊俏，若非剃光了頭，又穿上喇嘛僧服，確是個翩翩俗世佳公子。這時他手挽佛珠，一粒一粒數著，口中低唸經文。

他欣然一笑，停了唸經，接著哈赤知閒道：「本座少陰密尊者容白正雅，此次我們不遠千里而來，爲的只是兩件事，其他一切都沒有興趣去管，請夢瑤小姐明察。」他看上去既年輕又文秀，偏是神態穩重而氣勢渾厚，語調老氣橫秋，與他的外觀恰成相反的對比。

不待秦夢瑤說話，南方那瘦硬如鐵，手托鐵缽，一臉淒苦的中年喇嘛一聲長嘆道：「若能留在青藏，閉關潛修，自是最美，可惜我們不得不來此找尋鷹緣活佛，取回他攜走之物。何況夢瑤小姐此次踏足塵世，擺明不將大密宗三百年前的警示放在心上，我們哪能坐視不理？」

餘下尚未說話的喇嘛柔聲道：「剛才說話的是少陽密尊者苦別行，本法座則是太陰密尊者寧爾芝蘭，看在夢瑤小姐身上無劍，我們也不會厚顏撿便宜，只要小姐在這裏留上一炷香的時間，我們掉頭便走。」

若說那少陰密尊者是俊俏，這看去同樣年輕的寧爾芝蘭只可以「嬌美」來形容，甚至會使人懷疑他是女兒之身，究竟是男是女，實是撲朔迷離。秦夢瑤剎那間閃過無數念頭，但都給她一一拋開，最後只剩下較迫切的兩個問題，就是何旗揚和韓柏的安危，不由暗嘆一口氣。方夜羽派這四人將自己困在此地，自然是要去對付何旗揚和韓柏，而這四人的確有將自己留在此地的力量。在中原裏，可能再沒有人比她更清楚青藏四密的底細，因爲這牽涉到武林兩大聖地，慈航靜齋和淨念禪宗與南北兩藏幾個最大教派持續了數百年激烈但祕而不宣的鬥爭。兩大聖地之所以長期禁止門人在江湖上走動，亦是與此有關。假設自己敗了，亦等於慈航靜齋和淨念禪宗終於在這場牽涉到宗教信仰和禪法的中藏鬥爭中垮了下來。這四密尊者說話看似客客氣氣，其實無一句話不暗合攻心之道，只要能破壞秦夢瑤的劍心通明，他們便立於不敗之地。秦夢瑤哪會不知道，饒是如此，當她想起可能陷入了凶險絕地的韓柏時，芳心仍掠過一絲焦慮。這使她知道韓柏在她的芳心裏，有著一定的位置。也使她知道單憑將對韓柏的憂慮強壓下去，只是下乘之策，她定要另尋他法，否則今夜將有敗無勝。

那女子般嬌柔的寧爾芝蘭訝然道：「夢瑤小姐竟在明知貴友韓柏性命危如累卵的當兒，仍不急於突圍，確教我等參詳不透。」

這人每一句話，都在提醒著秦夢瑤：韓柏正身陷危機，這固是針對著秦夢瑤以「靜守」為主的靜齋心法，但更深一層的意義，就是他認為秦夢瑤對韓柏已有情意，只憑這點，便可對秦夢瑤構成另一種困擾。

看來是四密之首的哈赤知閒徐徐道：「我們四人的年紀加起來，超過了四百歲，對人世的鬥爭仇殺，早全無興趣，只是基於當年成為尊者時在大日如來前立下的護法宏誓，不得不與小姐對陣於此。假若小姐能解劍歸隱，立誓永不重入江湖，我們解決鷹緣活佛之事後，亦立刻回藏，小姐還請三思。」

其他三人都手結法印，唸誦藏經。秦夢瑤哂然一笑，雖沒有正面作答，四僧都知她斷然拒絕了這建議。

苦別行道：「可惜之至！可惜之至！」

容白正雅低嘆道：「夢瑤小姐是否打算硬闖突圍？」

秦夢瑤淡然道：「夢瑤有一個預感，就是無論韓柏遇到多麼大的凶險，最後他必能安然度過，四位尊者是否相信？」

四僧神情沒有絲毫變化，心中都在暗感秦夢瑤的反擊厲害至極。對秦夢瑤這幾句話，只有相信或不相信。若是相信的話，自不能再以韓柏的安危對她造成壓力；不相信的話，而假設他日韓柏果然逃得性命，便顯示出四人的心靈修養及不上秦夢瑤，對他們這些一生以精神修煉為主的人來說，才是致命的打擊。最有效的方法，莫如立即殺死秦夢瑤，一了百了。忽然間，四僧心中齊湧殺機。秦夢瑤立即感應到由四方湧過來的殺氣，不驚反喜；原來無論是靜齋心法，又或禪宗的禪功，都是不講殺戮，以「靜」

「守」「虛」「無」爲主，先前四僧一直採取靜守的戰略，就是針對秦夢瑤不得不突圍的形勢所採取以靜制動的戰術，假設她急於脫身，便大違「靜守虛無」，正好落入敵人精心佈下的陷阱去。現在四僧起了殺念，雖沒有任何實質行動，但在精神上已是反守爲攻，自亂策略。

秦夢瑤當然不肯放過這種稍縱即逝的微妙情勢，微微一笑道：「夢瑤失陪了！」作勢欲去。

她只是腰肢挺直了點，一對纖手略微提起，膝前挫腿微彎，但不知如何，竟給人一種即要騰升掠去的感覺。而更怪異的是她依然是靜守原地，一寸也沒有移動過。四僧受她牽引，一齊擺開架式。哈赤知閒和苦別行，雙手伸開，連著寬大的喇嘛袍，蝙蝠般張開來；容白正雅和寧爾芝蘭則雙手環抱胸前，頭前伸，像兩條盤成一餅的毒蛇，蓄勢撲擊。姿勢雖異，心中的震撼卻是彼此如一。剛才秦夢瑤初追來時，他們本打算給秦夢瑤先來個下馬之威，豈知秦夢瑤不但覺察到他們的存在，還藉由極動化成極靜那玄妙的變換，無形地化解了他們的攻勢，逼他們現身出來。現在她又藉著這包含了至動至靜，似動實靜的奇妙姿勢，主動地控制了戰局，使他們攻也不是，守也不是。由此可見這慈航靜齋三百年來首次踏入江湖仙子般的美女，成就已到了超凡入聖的境界。

風行烈移到床沿，向谷倩蓮低聲道：「隨我來！」

谷倩蓮一把抓著他衣袖，嬌聲道：「抱我！」

風行烈皺眉道：「不要胡鬧，來的可能是方夜羽的人。」

谷倩蓮一驚鬆手，風行烈乘機脫身，穿窗而出，谷倩蓮慌忙飄身而起，追在後面。來到窗外，風行烈大鳥般騰空而起，先落在一棵樹的橫幹處，再掠往客棧旁一所民房之上。

谷倩蓮來到他身旁，問道：「敵人在哪裏？」

風行烈凝神細聽，忽有所覺地道：「隨我來！」

谷倩蓮隨著他閃高伏低，望西南而去，兩人展開身法，迅若飛鳥，不一會前面的民房上人影一閃，又失去影蹤。風行烈微微一笑，向谷倩蓮舉手打個招呼，躍落一條窄巷去，奔了十多步，切入另一道較寬的街道，那黑影又再在前方出現。這時連谷倩蓮也不由不佩服風行烈的追蹤術，確是非常高明。

風行烈將谷倩蓮一拉，避進道旁的暗黑處，才藏好身形，那人迅速回頭一望，又繼續往前掠去。

谷倩蓮慌忙下擠進了風行烈懷裏去，駭然道：「好險！」

風行烈輕聲道：「若這類小角色也能察覺到我在追蹤他，我也不用在江湖上混了。」

谷倩蓮默然無語。風行烈奇怪谷倩蓮為何忽然像啞了般，低頭望去，谷倩蓮美目緊閉、滿臉紅暈，這才醒覺和這嬌俏的少女實在太親熱了，也不由心神盪漾。

谷倩蓮驚醒過來，仰臉道：「為何還不追去？」

風行烈收攝心神，哂道：「賊巢已到，何需再浪費腳力。」

谷倩蓮也是江湖門檻非常精到的人，只是有風行烈在，女性的本能使她不自覺地倚賴著對方，聞言低聲道：「是否發現了對方把風的人？」她這一問絕非無的放矢，江湖上一個慣常的伎倆，就是故意到了目的地而過門不入，讓把風的人看看有沒有人在跟蹤，這方法非常有效，除非遇上像風行烈這樣的高手，能先一步發覺對方負責監視的人。

風行烈微一點頭，低呼道：「回來了！」

果然那夜行人從對面的一所民房躍下，巷尾一道圍牆的後門張了開來，那人閃身入內。

風行烈道：「看來不像是方夜羽的人，是否仍要追查下去？」

谷倩蓮道：「這樣鬼鬼祟祟，哪會有甚麼好人，橫豎我們閒著沒事，看看他們幹些甚麼也好。」

風行烈沉吟片晌，道：「好！隨我來。」貼牆上掠，伸手攀著簷頂，借力輕若狸貓般翻上屋頂，動作若行雲流水，非常好看。最難得的是原地直上，不虞給人發覺。

谷倩蓮心中暗讚，暗忖自己輕功雖然不錯，比之風行烈，仍是有一段距離，幸好自己另有法寶，取出當日藉之救風行烈逃命的索鉤，射上屋簷掛好，借力躍了上去，來到風行烈身旁。

風行烈點頭道：「這隻索鉤製作巧妙，鉤身黏上軟棉，鉤上東西時全無聲息，是否你自己設計的？」

谷倩蓮欣喜裏帶著微微的怨懟，道：「我做的事裏，終有一件得到了你的讚賞。」

風行烈想不到這樣一句話也能令谷倩蓮如此快樂，微微一笑，並不答話，往前掠去，過了兩所民房後，躍進其中一家的後園裏。

谷倩蓮落到他身旁，奇道：「那人並不是進了這一家呀！」

風行烈指著設在小後花園一角的石凳石檯道：「看！有這麼好的地方，怎可不進來歇歇腳，欣賞一下日出前的夜景。」大搖大擺走了過去，坐在其中一張石凳上。

谷倩蓮秋波流轉，輕移玉步，坐到他身旁另一張石凳上，手肘枕在石檯面，手托著下巴，望著天上的月亮道：「不知月亮裏是否眞的住著個美麗的女神仙？」

風行烈失笑道：「你好像忘了到這裏是要聽故事的呀！」

谷倩蓮一呆道：「聽故事？」

風行烈將大手按在她的背心處，微笑道：「是的！聽一個事先全不知道內情的故事。」

谷倩蓮嚇了一跳，正想著爲何風行烈忽地來個大轉變，對自己動手動腳起來，一股純和的眞氣，由風行烈的手心處輸進她督脈內。四周本半藏在黑暗裏的景物光亮清晰起來，聽覺的世界亦豐富起來，多了很多先前沒有察覺的細音。

風行烈的聲音在她耳旁低聲道：「將精神集中往西南方。」

谷倩蓮才知道風行烈是以內功助自己去竊聽那夜行人的動靜，大感刺激好玩，收攝心神，凝神聽去。

仰跌過來的何旗揚手腳軟垂無力，顯然是完全失去了知覺，韓柏明知這是接不得的燙手熱山芋，但又豈可任由他跌實地上？韓柏大喝一聲劍收背後，單掌上托，一股柔勁，迎向何旗揚。眼前一花，何旗揚由仰跌過來，變成横拋開去，一隻纖長白晳的手掌悠悠拍至，看去緩慢至極，但卻有種令人怎樣也躲不開的感覺，完全封死了所有進退閃避之路。韓柏心頭難受，狂喝一聲，無奈下順勢左掌迎了上去。「蓬！」氣勁以兩掌交接處爲中心，疾旋開去，一時樹葉紛落，滿園塵揚。韓柏鮮血狂噴，往後跌退，到站穩時，足足退了十多步。「砰！」何旗揚跌實在地上，動也不動一下，看來凶多吉少。

韓柏壓下第二口要噴出來的鮮血，勉力站著，駭然定神望去。月照下，一個眉清目秀，身穿黃衣，有著說不出風流瀟灑，帶著無比詭異陰柔之氣的高俏男子，負手而立，那對只應長在美麗女子臉上的修長鳳目，冷冷地看著自己。韓柏暗暗心驚，剛才自己與他對掌，接實時，剎那間對方吐過來連續七重驚人的氣勁，自己連擋了六重後，到最後一重時，終給對方破入體內，受了不輕的內傷。這樣一招便負了傷，在他與魔種結合後，眞是從未有過的事，可恨自己剛才還八面威風，現在卻變成了落水之犬，也不知是否應了過分得意而來的報應。那人不言不語，上下打量著驚魂未定的韓柏。

韓柏深吸一口氣道：「里赤媚！」

里赤媚微微一笑道：「你能擋我一掌，加以看在解語面上，今晚我可給韓兄一個痛快。」

韓柏沉聲道：「你把夢瑤怎樣了？」

里赤媚面容回復冰冷道：「我本可以騙韓兄已把她擒下了又或殺了，那樣你必會急怒攻心，殺你更是易如反掌，但若我那樣做了，韓兄做了鬼也不會甘心，是嗎？」

韓柏聽到秦夢瑤仍未落入敵手，心神略定，腦筋立即靈活起來，眼光掃過何旗揚伏身處，沉聲道：「他死了嗎？」

里赤媚道：「鳥盡弓藏，還要他留在世上幹嘛？」語調冷漠，像說著與他毫不相干，又是天經地義的事。

韓柏湧起狂怒，這里赤媚外貌之秀美，尤勝女子，聲音悅耳動聽，但手段和心腸之毒辣，連殺人如麻的惡魔也有所不及。

里赤媚似乎十分享受韓柏的震怒，眼中閃過欣悅的光芒，淡淡道：「韓兄雖身具魔種，經驗仍是嫩了一點，所以當我下令我的人詐作不敵逃去時，韓兄竟信以爲眞，以致一子錯，滿盤皆落索。眞是好笑至極！」

韓柏無論在心理、氣勢和實質的戰鬥裏，都感到自己處在前所未有的劣勢裏，一時間無辭以對。

里赤媚輕輕一嘆道：「解語也因心有罣礙，不知我一直跟在她背後，但我亦完成了對她的承諾，直至你們分開後，方動手對付韓兄。解語啊！對你的里大哥也應無話可說吧！」

韓柏這才知道里赤媚眞的如此疼愛花解語，另一方面也是心中駭然，給這人一直跟在身後，他和秦夢瑤仍懵然不知，只是這點，可知此人的武功，確與龐斑相差不遠，自己如何是他敵手？想到這裏，默運玄功，內察傷勢，看看可有轉機。

里赤媚眼神一轉，變得凌厲如刀劍，臉上掠過訝異的神色，道：「種魔大法，果是名不虛傳，被我『凝陰眞氣』侵入臟腑後，仍能支持這麼久，且勢不衰、氣不竭，看來我要對你作出新的估計。」

韓柏頹然再退一步，用秦夢瑤的劍杖地立著，心中有喜無驚。原來剛和里赤媚對掌後，確是全身眞氣渙散，五臟六腑痛若刀割，完全失去了還擊的能力，但不旋踵眞氣重新在丹田內結聚，當他運功內視時，體內的眞氣像有靈性般迅速竄往大小經脈，傷勢立刻好了一大半，此時的軟弱姿態，是靈機一觸下裝出來的。里赤媚嘴角露出一絲詭異的笑意，一閃，逼至韓柏身前三尺處，身法之迅快，鬼魅也不外如是。韓柏連提劍都來不及，幸好他上承赤尊信的變幻之道，危急下一腳踢在劍尖處，不往後退，反往橫移。本應被他踢得往上揚起，割向里赤媚下陰的劍，竟文風不動，原來里赤媚的腳像有眼般，和韓柏一齊踢在劍尖上，將劍夾緊在兩隻腳尖之間。同一時間，里赤媚雙掌穿花蝴蝶般揚起，交互穿飛，到分開來時，一掌拍向韓柏面門，另一掌拍向韓柏前胸，招式優美至無可比擬的地步。

韓柏機靈萬分，當里赤媚腳尖踢上劍尖時，立即縮腳抽劍，但里赤媚雙掌又至，無奈下鬆開握劍的手，收在胸前，另一掌反拍對方攻往面門的一掌，空有劍而不能用。「蓬！蓬！」四掌接實。韓柏感覺對方掌力陰柔至極，不但化去了自己剛猛的內勁，還緊緊將自己雙掌吸著不放，偏是自己的身體卻是往橫移開的勢子，那情景確是怪異尷尬無倫。里赤媚一聲長笑，上身前俯，雙掌依然吸著韓柏不放，一扭腰，肩頭硬撞在韓柏肩膀處，這時雙掌勁道才吐實。兩股陰勁由敵掌透手心而入，肩撞處是另一股狂猛無比的巨力，韓柏危急下眞氣回守身內，慘哼一聲，斷線風箏般橫跌開去，先前壓下了的第二口鮮血，喉嚨一甜下，終噴了出來。「蓬！」「噹！」韓柏身子和秦夢瑤的劍幾乎同時掉在地上，可見這幾下交手的驚人高速。韓柏這次學乖了，就在空中被震跌的時間立即運轉魔種予他的奇異眞氣，一觸地便彈了起來，準備應付里赤媚另一輪的可怕攻勢。

里赤媚沒有追來，負手優閒地看著他，仰天一笑道：「你以爲我不知你的功力已恢復了大半嗎？你想扮可憐相來騙我，我便讓你反吃騙人的苦果。」

韓柏面容扭曲，嘴角溢血，形狀可怖，心中的沮喪是不用說的了，這里赤媚無論在哪一方面，都處處壓著自己，教自己一籌莫展，這樣下去，自己不像耗子般給他這隻惡貓弄死才怪。他雖有再戰之力，但早泛起難以力敵的感覺，這才是眞正致命之傷。不過有一點奇怪的地方，是爲何對方不乘勝追擊，取自己的命，這點可能是自己能否逃生的一個關鍵。想到這裏，燃起希望，腦筋活動起來。

里赤媚淡淡一笑，從容道：「看在你能連擋我兩輪攻勢，我便讓你像個男子漢般自盡而死吧！」

韓柏心中一動，哂道：「你絕非殺人會手軟的那種人，爲何如此優待我韓柏？」

里赤媚苦笑搖首道：「我不但不是那種人，還剛好相反，只有在殺人時，特別起勁。」頓了一頓，喟然道：「說到底還不是爲了解語，除了別無他法下，否則我不想解語愛上了的男人，是斃命於我手裏。」

這囚人語氣溫和多了，像對著知己娓娓深談，韓柏卻看穿了他是決意殺死自己，故不怕透露出內心的感受。他也知道里赤媚並不怕他拖延時間，運功療傷，因爲即使他功力全復，依然是打不過里赤媚，連逃走也辦不到，可是他卻不能就此放棄拖延的機會，問道：「你是否暗地裏深愛著解語的呢？」

里赤媚微微一笑，出奇地柔聲道：「也難怪你有此誤會……」仰首望著天上的明月，沉吟道：「我乃家中獨子，而解語則是我奶娘之女，我比她年長了十歲，自小疼她和保護她，不肯讓她受到任何委屈和傷害，我們的兄妹之情便在童年時這種毫無機心的狀況下培養出來，每次見到她時，早逝去了的童年，就像重新活在眼前。」

雖明知對方不會放過自己，韓柏對里赤媚的好感卻增多了，也明白到里赤媚今夜如此多感觸，是因花解語違命不殺自己，又要隨魔師北返，以致感觸傷情。

里赤媚淡淡道：「好了！韓兄請告訴我，是你自己動手還是要由我動手，若我再出手，不會像先前般客氣了。」

韓柏早領教過他鬼魅般迅速的身法，後退三步，擺開架式。

里赤媚注視著他後退的身勢，冷冷一笑，道：「你退後時氣不凝神不聚，顯是蓄意逃走，難道你自信可勝過我的『魅變術』嗎？」

韓柏見他如此自負，再退三步，仰天大笑道：「本來是沒有信心的，但現在卻有了。」身形往後疾退。里赤媚微微哂笑，身體搖了一搖，追在韓柏身後，迅速拉近兩人間的距離，他人雖自負，但從不輕敵。

韓柏狂喝一聲，後退之勢加速，瞬息間背部撞上了何旗揚後園的圍牆。里赤媚暗忖小子在找死，縱使他可破壁而出，身形必會滯了一滯，只是這些微的遲緩，自己便可趕上他，再以雷霆手段將他擊殺，猛提一口真氣，閃電般向韓柏射去。「砰！」碎石飛濺下，韓柏破壁而去。里赤媚一聲長笑，毫不忌憚地穿過破洞，落到牆外的街道上，四顧卻無人蹤。後方風聲輕響。里赤媚呆了一呆，為何韓柏又跨牆回到了園內？念頭一轉，扭身穿洞而入，還未重回園內，已見韓柏躍入園裏，來到早先棄劍之處，後腳踝一撞，那把劍離地而起，直往他刺來。里赤媚輕輕躍起，右腳尖點在劍身上，借力彈起，大鳥般往退到何旗揚書房窗前的韓柏追去，身形沒有半點停滯。

韓柏早知他厲害，仍想不到厲害至此，怪叫一聲，一個倒栽蔥，穿窗竄入了房內，同時喜叫道：「夢瑤！你回來了。」

里赤媚聞言一呆，硬生生從空中落下，心想假若韓柏和秦夢瑤兩人聯手躲在房內伏擊，恐怕連龐斑和浪翻雲也不敢貿然闖入。房內響起物體移動的微弱聲音。里赤媚大叫中計，撲入房內去，只見一個大櫃移了開來，露出伸往下面的一條暗道，不禁勃然大怒，若自己早知房內有如此玄虛，韓柏休想逃走。

他面容回復冰冷，暗運玄功，立即聽到地底傳來一陣微弱的腳步聲，往西北迅速去了。里赤媚雙眉一揚，並不追入地道裏，穿窗外出，躍上屋頂，幾個起落，來到西北方最高的一座樓房之巔，凝神止息，全力展開耳聽目視之術。這時方圓數里之內，若有一隻耗子走過，也休想逃過他的耳目。黑夜對他來說，根本和白晝毫無區別。

縱使在強敵環伺下，遠處何旗揚華宅裏又隱隱傳來韓柏和別人動手的聲音，秦夢瑤的心依然一塵不染，靜若止水。自感應到言靜庵的仙去，她在極度神傷下，毅然拋開了這捨割不下的師徒之情，心靈修養又深進了一層。這並非說她是無情之人，有生必有死，人生對她來說只是春夢秋雲，任何事物由始至盛，由盛至衰，由衰至死，乃大自然的節奏和步伐，是自然的本質，也是所有生命的本質。今天言靜庵死了，明天或會是她，死亡又有何可悲？由這一念，她忽地心意澄明，回復先前靜守的姿態。

守在東南西北的四密尊者齊聲大喝，一齊出手，分由四方攻來。外人看來，或者會感到非常奇怪，爲何剛才秦夢瑤擺了個既動亦靜，攻守兼備的姿態時，四密也只是以半守半攻來應付，反而現在當秦夢瑤由攻守兼備化作完全的靜守之勢時，四僧卻要爭先搶攻？豈非不合情理至極？其實卻是這樣才合乎情理。因爲到了秦夢瑤和青藏四密這種高手的較量，早超離了一般武鬥的層面，更決定性的是「心法」的較量。這種無形的爭鬥，才是眞正決定他們勝負的關鍵。爲了應付秦夢瑤那深合劍道的姿態，四密的似攻非攻，正恰好平衡了秦夢瑤神來之筆的一招，亦可以說是巧妙地「化解」了秦夢瑤這一「靜勢」。於是秦夢瑤只有三條路走。第一條是保持原勢，第二條是由靜化動突圍而去，第三條路當然是以靜回採守勢。若走的是第一條路，那便變成另一種對峙的僵局。所以秦夢瑤只能在第二和第三兩條路裏，選擇其一。在四密的心中，秦夢瑤爲了救韓柏，當然應走第二條路，豈知恰好相反，秦夢瑤揀了第三條路。難道她眞的有韓柏大難不死的預感？那她的禪念豈非比他們更高深？這個念頭才升起，敵我間那微妙的均衡立刻給打破。而四密在秦夢瑤那靜守內收的氣勢所牽引下，不得不彼退我進，終於給秦夢瑤牽著鼻子，由欲攻之勢，變成全面出擊，試圖破去天下兩大武林聖地的最高心法，慈航靜齋那名懾天下的「靜極之守」和淨念禪宗的「虛無還本」。一攻一守，主動仍是操在秦夢瑤手裏。到了此刻，四密才眞正感受到爲何秦夢瑤能打破靜齋三百年來無人能破的禁規，踏足江湖。

四密雖一齊攻至，速度方式卻有非常大的分異。哈赤知閒手拈法印，指扣成圈，悠悠而來，有種說不出的閒適自在，教人無從捉摸他下一招如何變化，何時會出重手？寧爾芝蘭的姿態更是奇怪，似進又似退，進兩步卻退一步，兩手像彩蝶交舞般穿來插去，既詭異又是好看。容白正雅淡定優雅，手捏佛珠，滿臉笑意，緩步而行，一身黃袍無風自拂，顯在積聚眞勁，以作雷霆萬鈞的一擊。反是一臉憂思的苦別行直截了當，手持著的鐵缽來到腹下，兩手分按著鐵缽的邊緣，輕輕一擦，鐵缽旋轉著升起到他額頭處，定在那位置「呼呼」飛旋。苦別行再略一矮身，直豎右手一指托起鐵缽，讓它陀螺般繼續轉動，往前一送，鐵缽發出尖銳的破空聲，往秦夢瑤飛旋過去。秦夢瑤微微一笑，看也不看那聲勢凌厲的飛缽，隨意舉指彈去，但彈的是若依飛缽目前的來勢，則偏離軌跡較爲右方的位置。哪知飛缽來到離秦夢瑤五尺許處，忽地窒了一窒，再前進時，竟然眞的偏離了原來的軌跡，轉由較右的角度往秦夢瑤擊去，恰好被秦夢瑤纖美如白玉雕成的手指彈個正著。「噹！」飛缽由左旋改作右旋，向苦別行回敬過去。同一時間秦夢瑤原地飛旋起來，秀髮輕揚，衣袂飄飛，秀足離地寸許，似欲飛升而去，姿態之美，實不應見於人間俗世。四密眼中同時閃過駭然之色，原來他們發覺秦夢瑤竟絲毫不受他們龐大壓力的影響，有一種輕鬆寫意的神韻，顯示秦夢瑤竟在這刻，將靜齋和禪宗兩地心法的精華，發揮盡致，使人完全無隙可尋，達到守靜乘虛的最高境界。哈赤知閒、容白正雅和寧爾芝蘭同時止步。苦別行一聲禪唱，手一伸收回了鐵缽，納入懷中，忽又臉色一變，悶哼一聲，往後退了兩步，然後臉色再變，竟仍要多退半步，始能站穩。

秦夢瑤嬌笑道：「四位尊者！失陪了。」

背心處風行烈眞氣源源輸入，谷倩蓮開始聽到微弱的聲音，連忙更凝神去聽，聲音清晰起來，只聽一個沙啞般的聲音道：「那邊有了確切的消息，陳令方將依我們提議的路線上京，出發的時間是明天辰時，估計兩日後便會經過白蛇渡。」

另一個較老的聲音嘿嘿陰笑道：「告訴簡爺，這事我們必會做得妥妥貼貼，一條活口也不會留下來。」

沙啞聲音道：「記得把現場弄成仇殺的狀況，金帛財物半個子兒也不要動。」

先前那聲音道：「當然當然，簡爺乃統領的代表，我們怎會不遵從。來！我們先喝兩杯……」接著是些客套的應酬說話。

谷倩蓮停止偷聽，皺眉道：「他們似乎在說及一個陰謀，可惜我卻不知他們在說誰。」風行烈道：「那我們要不要……噢！伏下！」谷倩蓮嚇得縮進了檯底下，豈知風行烈亦躲了進來，親熱地和她擠作一團。

上方風聲傳來。風行烈低聲在谷倩蓮耳旁道：「有人站在牆頭處。」

谷倩蓮還未來得及點頭表示知道，上面傳來刁辟恨的聲音道：「爹！他們是否乘機離城走了，否則為何客棧裏找不到他們，外頭也不見蹤影？」

刁項的聲音道：「看來是這樣了，不過大可放心，柳護法保證將所有往雙修府的水陸道路全部封鎖，這小賤人和那狗賊休想能逃回去。」

風聲再起，兩人離去。谷倩蓮吐了吐舌頭，在風行烈耳邊嘻嘻笑道：「我變了小賤人，你則是狗賊，是否可以配對？」

風行烈啼笑皆非，低聲道：「不如我倆鬧他們一個天翻地覆，要他們以後不論見著谷小姐和我的丈二紅槍，也須退避三舍，好玩嗎？」

谷倩蓮失聲道：「你不怕舊患復發嗎？」

風行烈苦笑道：「很怕！但我們還有別的選擇嗎？」

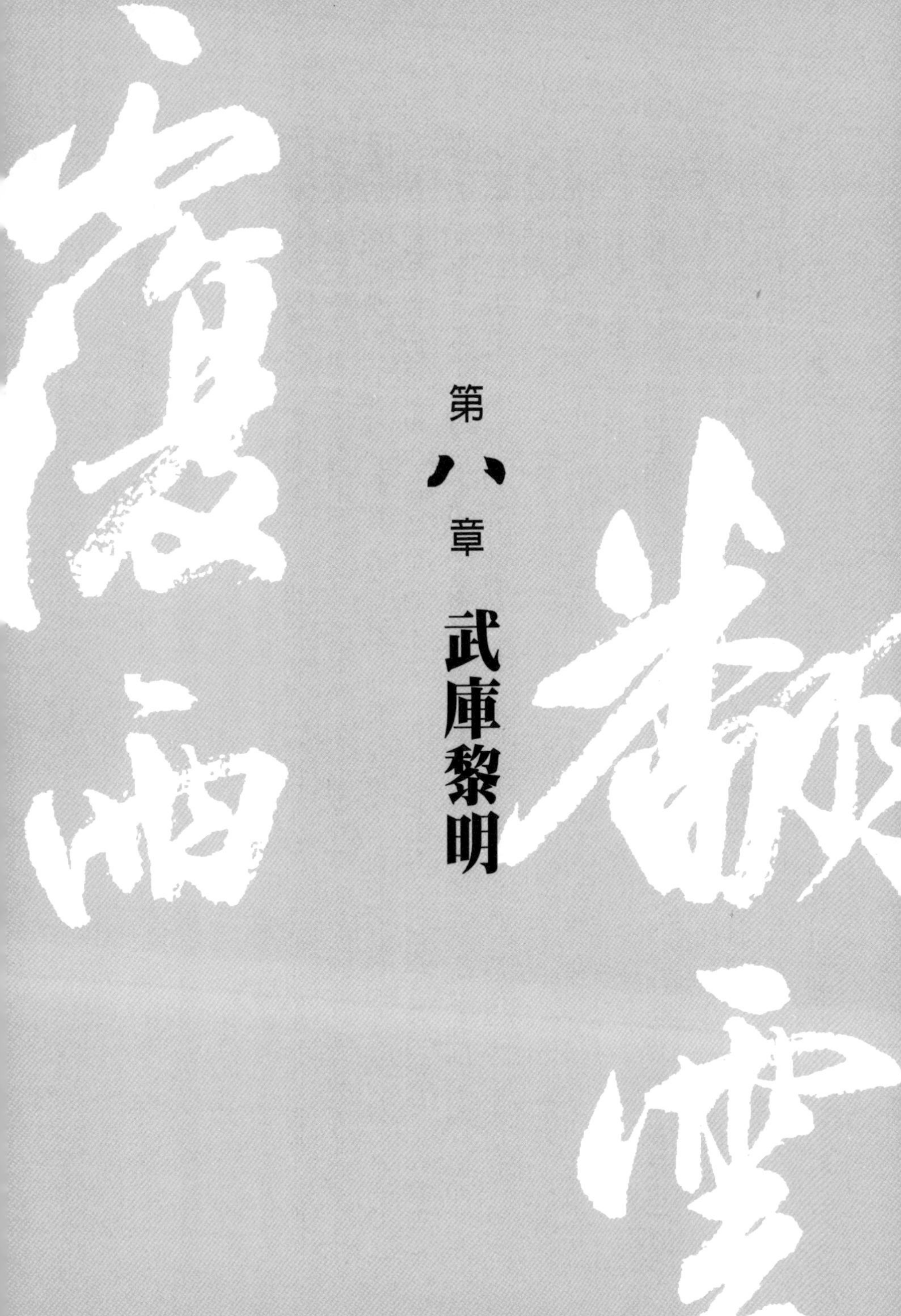

第八章 武庫黎明

第八章　武庫黎明

韓柏急如喪家之犬，嘴角帶著血污，踉蹌由祕道另一出口，一所無人的小房屋奔出長街後，立即貼著牆邊狂亂奔逃。一時也不知應打哪裏逃走，卻自然而然往韓家大宅的方向奔去，畢竟那是他度過了十多年的「家」。他心中只想著如何回去救秦夢瑤，以他一人之力，實無方法勝過里赤媚，唯一的辦法，是去找目前能助他的范良極，希望憑兩人聯手之力，對付這技藝驚人的凶魔。想到這裏，心中警兆忽現，駭然回頭望去，只見里赤媚鬼魅般無聲無息地在後方百步許外追過來。韓柏頭皮發麻，心中大叫「我的娘呀！」強提一口眞氣，顧不得像翻轉了過來般的五臟六腑的傷痛，加速逃去，剎那間到了韓家大宅的正門處。

這時韓家內除了下人外，大部分人都聚在正廳裏，等待著黎明的來臨，想起長白的人天一亮便大軍壓境，來興問罪之師，誰還睡得著？

雲清啜了一口茶，喝得口也淡了，看著縮在斗篷裏的五小姐寧芷，道：「寧芷你要不要睡上一會兒？」

寧芷搖了搖頭，深情地望著坐在她旁的馬峻聲。馬峻聲輕輕道：「就這樣閉上眼睛睡一會吧！」韓寧芷對他倒聽話得很，緩緩合上原本明亮但現在卻失去了神采的眼睛，卻不知能否睡著。

大少爺希文向父親韓天德道：「不捨大師去了一整晚，不知能否在天亮前趕回來？」

韓天德無精打采地搖搖頭，也不知是表示不知道，還是認爲不捨回不來。二小姐慧芷和四小姐蘭芷臉上都現出擔憂的神色。

三少爺韓希武悶哼一聲，不可一世地道：「我才不信長白的人是三頭六臂，師父答應了天亮時來此助陣，有他老人家在，誰還敢亂來？」提起師父「戟怪」夏厚行，他更是神氣。

衆人還未來得及對他的大口氣作出反應，「轟！」一聲兩重院落外的正門傳來驚天動地的一下震響。衆人愕然，難道長白的人不但來早了，還公然破門而入？

念頭還未完，一個雄壯的男聲在正門處大嚷道：「我是韓柏！快起來！不得了！人妖來了！」聲音由遠而近，直闖進來。衆人聽得韓柏之名，眞是青天霹靂，齊齊色變，反而聽不清楚最後那幾句話。

閉目養神的五小姐韓寧芷猛然驚起，面無血色，顫聲叫道：「小柏又來索命了！」

雲清聽得渾身一震，望向馬峻聲。馬峻聲避開她銳利的眼光，拔劍而起，沉聲道：「讓我去看看誰在裝神弄鬼？」

二小姐慧芷低聲安慰寧芷道：「不像小柏的聲音。」

「砰！」廳門打開，一名形相恢宏的年輕男子氣急敗壞衝了進來，唇角仍帶著血污，當然是被里赤媚趕得無路可逃的韓柏。衆人愕然望向他。雲清當然認得他，又曾聽過范良極喚他作柏兒，但卻從沒把他聯想到韓府凶案那「韓柏」的身上，只知他武功高強，如此倉皇奔來，自是大大不妥，雙光刃立即來到手裏，飄身而起，準備應變，不知如何，對這韓柏她心中竟泛起了親切的感覺。

韓希武這些日來早憋了滿肚子悶氣，見雲清一副戰鬥樣兒，私心竊喜，連忙提起放在一旁的長戟，由左側向韓柏攻去。韓天德長身而起，擺開架式，準備應付這不速之客，韓希文也連忙找出劍來，護在三位妹妹之前，嚴陣以待。

韓柏一見韓天德，早忘了對方不認得自己，大叫道：「老爺不好了！快喚八派的人來！」又向雲清嚷道：「雲清那……噢！不！」

這時韓希武的長戟攻至。韓柏看也不看，伸手一撥一拖，一股無可抗拒的大力扯來，韓希武身不由己，踉蹌往韓柏身後跌去，長戟剛好迎向一道鬼魅般閃入廳內的影子去。

韓寧芷瞪著韓柏，全身發抖尖叫：「眞是小柏……我認得他說話的聲音，鬼！」

眾人裏以雲清武功最高，眼力亦是最高明，一見里赤媚閃電般的身法，便知要糟，嬌叱一聲，越過韓柏，往里赤媚攻去，希望可以救回韓希武。眾人都以爲她要對付韓柏，豈知卻是攻向跟著進來的另一人，一時都弄糊塗了。這時韓希武的長戟眼看要刺中里赤媚，里赤媚亦像韓柏那樣，眼尾也不掃韓希武一下，劈手執著戟頭，像扔廢紙般隨手向後拋去。韓希武剛給韓柏扯得只賸三魂卻不見了七魄，現在又再給人抓著兵器，哪還不學乖了，急忙鬆手，豈知戟身傳來一股奇怪的黏力，使他欲放手也不能，眼前一花，給人擲出了廳外，跌個七葷八素，這回也不知自己是走了甚麼霉運。雲清的雙光刃，一上一下，分取里赤媚的喉結和檀中兩大穴。里赤媚一聲長笑，奇異地閃了一閃，不但讓雲清凌厲的雙光刃完全刺空，還避過了雲清，到了她身後，一掌拍向韓柏的背心。

韓柏見廳內除雲清外，再無其他高手，心知要糟，同時也因引狼入室後悔萬分，高呼道：「老爺小姐快逃！」反手一拳迎向里赤媚的掌。「蓬！」韓柏凌空飛跌，來到另一邊大廳通往後院的大門旁。這次他用了卸勁，雖整條手臂痛楚不堪，卻沒有受到更嚴重的內傷。馬峻聲和韓天德同聲大喝，一劍雙掌，齊往里赤媚攻去，雲清這時又回過雙光刃來，由後方配合著兩人夾擊這不可一世的蒙古高手。直到這刻，眾人仍不知里赤媚是誰，就這樣糊裏糊塗動上了手。

韓柏咬牙大叫道：「冤有頭債有主，里赤媚你要殺我便跟來。」撞門而出。眾人聽得里赤媚之名，無不色變。里赤媚怒喝一聲「滾開」，化出千百重掌影，雲清、馬峻聲和韓天德三人有若觸電，拋跌開去，看似凌厲的攻勢完全瓦解冰消。其他人眼前一花，里赤媚便消失不見，駭然下面面相覷。

韓柏剛掠進內院，里赤媚從後追至。韓柏知道逃也逃不了多遠，把心一橫，移到練武場內，向著武庫大門撲去。里赤媚如影隨形，驀地增速，剎那間追到他身後兩丈處，凌空一指戳去。韓柏離地騰升，避過可洞穿牆壁的指風，「砰」一聲以肩頭撞斷門鎖，貼著門楣滾進武庫裏去。里赤媚冷哼一聲，旋風般搶進去，才越過門檻，眼前精光一閃，寒鋒撲面而來，他不慌不忙，一指彈出，豈知刃光再閃，竟改變了角度，往他下腹削來。里赤媚心中一懍，暗忖這是甚麼兵器，如此凌厲，翻身躍起，越過韓柏頭頂時，右手五指箕張，抓向韓柏的天靈蓋。韓柏哈哈一笑，微一蹲低，手中利刃往上挑去，刀氣大盛，呼嘯聲響徹武庫。「叮！」里赤媚化抓爲叩，曲指敲在刃尖處，韓柏悶哼一聲，翻倒地上，手一揮，斷了刃尖的東洋刀化作一道電芒，脫手向掠往武庫中心處的里赤媚射去。里赤媚後腳一伸，踢飛東洋刀，落到地上時，韓柏又從兵器架上拿起一把大關刀，擺開架式，遙指著他。

里赤媚緩緩轉身，含笑道：「韓兄似乎突然回復了信心，不知是何緣故？」

韓柏仰天一笑，道：「鬥不贏，不過一死，有甚麼大不了，只是想不到我和方夜羽黎明前武庫之會，竟換了你來，看刀！」

里赤媚嘴角微帶冷笑，看著韓柏踏著奇怪的步法，大關刀亦不斷改變著角度，向著自己攻過來。心中一懍，韓柏就像變了另外一個人那樣。難道黎明前的一刻，眞也是他的最佳時刻？

秦夢瑤叫了聲「失陪了」，身法由慢轉快，倏忽間逼至吃了暗虧的苦別行身前，手撮成劍，往苦別行刺去。苦別行厲嘯一聲，無奈下雙手一送，鐵缽再從懷裏旋飛出來，化作一連串光影，迎向秦夢瑤以手代劍的一擊，同時往後疾退。其他三僧見狀知道不妙，分由三方趕來，施以援手，容白正雅的距離最遠，但他手中珠串揚起，五粒佛珠射了出來，分取秦夢瑤背上五處大穴，卻是後發先至。秦夢瑤嬌叱一聲，左右掌尖發出「嗤嗤」氣勁，不攻向苦別行，而向由左右兩方攻來的哈赤知閒和寧爾芝蘭刺去，同時騰身而起，避過後面襲來的佛珠，右足點在鐵缽的中心處。鐵缽去勢與高度竟無絲毫改變，帶著秦夢瑤斜飛向容白正雅頭頂的上空，直與乘雲而去的仙子無異。三僧都以爲她必是乘勢追擊苦別行，以攻破苦別行那一方的封鎖，豈知她忽然藉飛缽改變了方向，一呆下秦夢瑤來到了容白正雅的後上方。容白正雅怒哼一聲，手上珠串化作點點寒光，往秦夢瑤灑上去。秦夢瑤嬌笑道：「還你托缽！」腳下微一用力，鐵缽旋下，削往容白正雅的面門，人卻翔飛開去，沒進暗黑裏。容白正雅最接近秦夢瑤，本欲追截，但鐵缽削來，唯有一手接過，這時秦夢瑤早消失得影蹤全無。其他三僧趕到他身旁，都是臉色陰沉。哈赤知閒沉聲道：「此女一日不除，我們南北藏武林，休想再抬起頭來做人。」

里赤媚兩手伸出，一把捏著韓柏怒濤擊岸般劈過來的闖刀，手法之準，膽子之大，可令任何人瞠目結舌。韓柏卻不慌不忙，趁里赤媚藉著闖刀吐出內勁前，轉著旋了開去，再回來時，手中拿了枝長達丈半的方天畫戟。他就算閉上眼睛，也知道每件兵器放的位置，要哪件兵器，便哪件兵器。里赤媚用力一拗，「啪」一聲，闖刀的桿身立刻折斷，隨手抛開。韓柏豪氣狂湧，感到痛快已極，身上傷勢像差不多全好了似的，兩手一顫，戟影漫天湧出，刺揮劈戳，眨眼間將里赤媚困在戟影裏。

里赤媚吃虧在剛才見韓柏關刀使得大開大闔，以爲對方運起重兵器來，走的亦必是這種路子，由於心有定見，加上韓府終是八派之地，心切速戰速決，所以一出手，便以硬制硬，以強攻強，豈知韓柏戟法一變，既凌厲無比，但又是細密如綿，將戟性發揮至極限，比之韓希武眞有天壤之別。里赤媚擋了十七擊後，才找到一線空隙，掌背掃在戟身處。「啪！」方天畫戟應聲折斷。里赤媚心想這次還不取你韓柏狗命，正要仗著魅變之術，搶入韓柏中門，予敵致命一擊，韓柏臉上露出個神祕微笑，手一揚，十多枚鐵彈，由懷裏掏出擲來，連里赤媚的眼力也不知他何時取得了暗器。里赤媚左右搖閃，十指屈彈，擋開把去路完全封鎖的暗器時，韓柏橫移往武庫右側，伸手從牆上取下一盾一刀，狂喝一聲，又再攻來，竟是愈戰愈勇，毫無怯意。里赤媚心叫不好，高手爭戰之道，最要緊在乎料敵機先，可是這韓柏上承赤尊信博通天下各類兵器的本領，每拿起一樣兵器，便能將不同的特性發揮出來，而當他把握到對方的路子時，韓柏早換了另一種武器，這種打法，可能很有趣，但卻絕不適合在這隨時有八派的人到來干預的時刻。

韓柏猛虎般攻至，盾牌底鋒利的邊緣橫削下陰，勁風狂撲而來。里赤媚哈哈一笑，用腳挑起身旁一個放滿了兵器的兵器架，十多件兵器連著鐵架泰山蓋頂般往韓柏壓去。韓柏怒叱一聲，橫移一旁，將另一個兵器架撞跌地上。里赤媚又挑起另一個兵器架往韓柏壓去，兩手更左右開弓，不斷拔出各種不同兵器，往韓柏擲去，每一擲都貫滿眞勁。一時間武庫內混亂至極點，韓柏運盾揮刀，一邊將擲來的兵器擋格挑飛，一邊又要避開壓來的兵器架，金屬撞擊聲和兵器鐵架掉在地上的聲音，不絕於耳，有如將漫天雷暴，搬到了武庫之內。韓柏心中叫苦，也不知擋了對方多少「明器」，「噹」一聲大震，精鐵打造的盾牌終片片碎裂，正要運刀挑開對方擲來的一柄大斧，才發覺大刀亦只剩下了半截。這時武庫內沒有一個兵器架仍是豎立著的，兵器倒滿一地，現出武庫那龐大的空間來。韓柏拋開斷刀，一手接著大斧，旋了一個轉，化去斧身帶著的狂猛勁道，再轉回來，遙對著里赤媚。里赤媚並非要給韓柏喘息的機會，而是剛才那種打法，最損耗眞元，故不得不用點時間凝聚眞氣，始能再出手。韓柏眼耳口鼻全滲出了鮮血，形狀極爲可怖，但眼神仍然堅定，完全是一副拚死力戰的氣概。

兩人交手至今，全是以快打快，別人要長時間才能完成的連串動作，他們卻是在刹那間完成，所以由武庫內交手開始，到了這刻，絕不會超過一盞熱茶的工夫，由此亦可知戰況的慘烈凶險。韓柏知道自己已是強弩之末，不能再撐多久，腦筋一轉，踏著兵器退往後牆。氣機感應下，里赤媚怒鷹攫兔般飛掠過來，雙掌全力猛擊韓柏，勁風滿庫。韓柏在對方驚人的氣勁下，連呼吸也有困難，拋開大斧，往前滾去，順手執著地上一枝長槍，往上挑去。里赤媚一聲長笑，空中一個翻滾，踢在槍尖上，一指隔空往韓柏右眼戳去，勁氣破空，發出嗤嗤嘶叫。長槍蕩開，韓柏滾往一側，避過指風，跳起來時，手上多了個流星鎚，一揚手，向著撲來的里赤媚迎頭撞去。里赤媚冷笑道：「米粒之珠，也敢放光。」竟側身以肩頭撞在流星鎚上，同時欺入韓柏空門大開的中路，一掌拍出，心想這次若讓你有機會再拿起另一件武器，我里赤媚三個字眞要倒轉來寫才成。韓柏大叫道：「來得好！」覷準來勢，猛一轉身，弓起背脊。

里赤媚心叫不妥，掌已印實韓柏背上，觸掌處軟軟柔柔，原來竟是印在韓柏用手拿貼在背部的護體軟甲上。軟甲碎裂，韓柏噴出今晚的第三口血，但後腳一伸，正撐在里赤媚小腹處。里赤媚踉蹌後退，嘴角溢出血絲，交手至今，他還是首次中招。韓柏乘著掌勢，借力往武庫的後門飛掠過去。里赤媚眼中閃過駭人的殺機，抹去嘴角血漬，雙足一屈一彈，箭矢離弦般往韓柏射去，此人城府極深，直到這刻，才動了眞怒。

離開後門，是韓家的後花園，也是貨倉和馬廄的所在處。里赤媚那全力一掌，雖說被軟甲化去了大半力道，仍是非同小可，韓柏傷上加傷，知道自己若再如此捨命狂奔，不出百步必吐血倒地。人聲這時由武庫另一方傳來，可惜卻是遠水難救近火。天色微明下，後花園的景象是如此地親切和熟悉。身後衣袂破風聲緊逼而來，韓柏心中早有定計，噘唇尖嘯。一聲馬嘶，接著是木欄折斷的聲音，一道灰影，由馬廄飛竄出來。

韓柏大喜，趕上連浪翻雲也要稱讚的良駒灰兒，躍上馬背，大叫道：「灰兒呀！救我！」里赤媚撲至，一拳朝灰兒凌空擊去。韓柏大驚下一抽馬韁叫道：「快跳！」灰兒像有靈性般原地躍起，落到地上時，放開四蹄，朝後花園的大後門箭般射去，倏地將與里赤媚的距離拉遠了二十多步。里赤媚想不到這灰馬如此神駿，竟能突然發力，雖是這樣，但以他的魅變身法，絕對有把握在百丈之內追上負著韓柏的健馬。

「砰！」韓柏發出一道劈空掌力，撞斷木欄門閂，再吐出一小口血，伏在灰兒背上破門而出，轉入長街。灰兒仰天一陣嘶叫，興奮萬狀，放開四蹄，往長街另一端竄去。里赤媚亦將身法展至極盡，追了出來，速度果勝過灰兒少許，逐漸追近。韓柏回頭望去，駭然發覺里赤媚追至十丈之內，連忙叫道：「灰兒！快點呀！」灰兒直噴白氣，但已無法再加速。里赤媚又趕近了兩丈，鬼魅般往韓柏和灰兒掠去。日出前昏暗寂靜的長街，充塞著急遽的馬蹄聲。里赤媚右手暗聚功力，準備再逼前一丈，立施辣手，只要擊斃灰馬，韓柏除了束手待斃外，還能幹甚麼？

就在這千鈞一髮的時刻，一道驚人劍氣，由街旁左方的屋簷上，破空而下，籠罩著里赤媚上方所有空間。即使以里赤媚之能，也不得不煞止前衝之勢，揮掌迎去。蹄聲遠去，只是這一耽擱，灰兒早背著韓柏，切入另一條長街，消失在轉角處。「蓬！」掌劍交擊。里赤媚全身一震，對方則飄飛而起，落在街心，擋著了去路，姿態美妙非凡，原來是剛脫出重圍的秦夢瑤。里赤媚知道暫時難以再追趕韓柏，不過卻並不擔心，因爲他們早出動了所有人手，封鎖了往城外去的所有要道和出口，只要韓柏還留在城裏，休想逃過他們的手底下。他乃提得起放得下的人，拋開韓柏的事不去想，眼光落到秦夢瑤手持的古劍上，知道秦夢瑤到過何旗揚處，取回古劍，當然也見到了何旗揚的屍身。

里赤媚微微一笑道：「夢瑤小姐，今晚與青藏四密之戰，當使小姐揚威中外，留下美名。」

秦夢瑤回劍鞘內，亭亭而立，淡淡道：「嘗聞魅變之術，威懾域外，今日一見，果是名不虛傳。」

里赤媚柔聲道：「看到夢瑤小姐還劍鞘內，里某也不由鬆了一口氣，只不知里某現在若要離去，夢瑤小姐是否會劍再出鞘？」

秦夢瑤留心打量這充滿邪異魅力，同時具備了吸引男性和女性條件的蒙古高手，點頭道：「你既能指使青藏四密把我留住一炷香的時間，夢瑤怎可不作回報？」

里赤媚暗察韓柏那一腳造成的傷勢，知道現在實不宜與秦夢瑤這類深不可測的高手硬來，當機立斷道：「好！那我便答應夢瑤小姐在一個時辰內，完全不理會韓柏，如此里某便不須與小姐兵刃相見了。」

秦夢瑤心中一懍，在某一個角度看，里赤媚實在比龐斑更可怕，因爲里赤媚正是那種爲求目的，不擇手段的梟雄性格，像現在當他計算過不宜動手，甚麼也可以拋在一旁。秦夢瑤輕嘆道：「里老師請吧！」里赤媚拱手爲禮，騰身而起，疾掠而去。

一道人影落在秦夢瑤身旁，原來是白衣如雪的不捨。秦夢瑤道：「他發覺了大師在旁窺視。」

不捨面色凝重道：「只看他走時所挑的方向，剛好是和我的位置成一直線的反方向，便可知瞞不過他，可恨我們不能不顧師門令譽，聯手對付他，否則可斷去方夜羽右臂。」

秦夢瑤搖頭道：「憑他的魅變身法，他若打定主意要逃走，我們恐亦攔他不住。」

不捨抬頭仰望天色，道：「天亮了！他們也該快來了。」

風行烈和谷倩蓮兩人來到岸邊的房舍頂上，躲在暗處，往外觀看。碼頭處燈火通明，除刁項等一眾魅影劍派高手外，還有十多名陌生男子，其中一個赫然是臉色蒼白，包紮著傷口的「白髮」柳搖枝。

谷倩蓮在風行烈耳旁道：「看！刁辟情那死鬼果眞給白髮鬼治好了。」

風行烈不知誰才是刁辟情，經谷倩蓮指點後，把站在刁項旁的青臉男子認出來，火光裏刁辟情臉色陰沉至極，兩眼凶光閃閃。刁家的大船泊在岸旁，黑沉沉的只有主艙和船首亮著照明的風燈。

谷倩蓮又道：「他們待在那裏幹甚麼，爲何還不來捉我們？」

風行烈給她如蘭之氣噴得耳朵癢癢的，但又有另一番親切舒服的滋味，也將嘴巴湊到她耳旁道：「爲何不見刁夫人和南婆？難道仍在船上？」

谷倩蓮嬌軀一顫，在風行烈耳旁道：「原來耳朵會這麼癢的，眞好玩！」

如此親熱話兒，出自這嬌靈俏皮的美女之口，風行烈心中一蕩，差點便想親她一口，但想到大敵當前，連忙壓下綺念，低呼道：「看！」

谷倩蓮的心神全集中在風行烈身上，茫然道：「看甚麼？」

風行烈道：「有五艘大船正在駛來。」

谷倩蓮運足目力，往江上望去，暗沉沉的江上果有數十點燈火在遠方移動著，卻分辨不出是多少艘船。風行烈的手又按在她背上，輸入功力。谷倩蓮舒服得「依唔」一聲，才往江上再望去，這次果然看到駛來的是五艘三桅的大風帆，一震道：「難怪他們點亮了這麼多火把，原來是等船到，噢！不好！難道是用來進攻雙修府的船隊？」

風行烈並不答她，輕呼道：「看！刁夫人和南婆下船了。」

不用風行烈提醒，谷倩蓮也看到她們正從踏板由船上緩緩走下碼頭，直到這刻，她仍很難相信這刁夫人是個比刁項更厲害的高手。

風行烈道：「谷小姐！有沒有興趣趁天亮前，到江裏玩耍一番？」

谷倩蓮一呆道：「你……你難道想……」

風行烈點頭道：「不管對方來的是甚麼人，總不會是善男信女，一到天亮便會開始搜捕我們，你喜歡做貓還是做耗子？」

谷倩蓮輕輕應道：「希望江水不是太冷就好了。」

韓柏策著灰兒，在大街狂奔著，迷糊間也不知走了多遠。馬後風聲再起，韓柏心叫完了，一個飛身翻落馬背，厲叫道：「灰兒快逃命！」雙腳一軟，坐倒地上。灰兒一聲悲嘯，雙蹄揚起，吐著白沫，又跑了回來。

韓柏坐了起來，一個人影閃到眼前，喝道：「沒有我的逃走本領，便不要學人家偷東西，弄成這一副樣子。」韓柏大喜抬頭，原來是范良極。

范良極看到他滿臉血污的樣子，嚇了一跳，怒道：「誰把你傷成那樣子，告訴我，待我爲你討回公道。」

這時灰兒走到韓柏身旁，將頭親熱地塞在韓柏懷裏，不住低嘶。韓柏摟著灰兒馬頸，借力站了起來，愛憐地拍著灰兒，喘息著道：「是里赤媚，你將就點看看要怎樣教訓教訓他！」

范良極臉色一變，咕噥數聲，將要爲韓柏討回公道一事搪塞了過去，回頭看看清晨前的長街一眼，道：「快隨我來！」

韓柏牽著灰兒隨著他轉入橫巷，依他之言左轉右走，范良極則不時竄高躍低，看看有沒有人跟蹤，走了好一會後，到了一處林木婆娑的地方，裏面原來有一座精緻的房舍。

「呀！」門推了開來，柔柔一臉驚喜，衝了出來，見到韓柏不似人形的樣子，眼淚奪眶而出，正要撲入韓柏懷內，給范良極一把扯著，道：「小妹你若多撞他一下，保證他會四分五裂，變作十多塊臭肉。」

韓柏愕然道：「你叫她作甚麼？」

柔柔含羞道：「范大哥認了我作他的義妹，我本想待你回來先問過你，但范大哥說……范大哥說……」

范良極道：「我說你死了出去，不知是否還有命死回來，怎麼樣！怕甚麼說給他聽！」一副尋釁鬧事的惡樣兒。

韓柏道：「我不是反對這個，只是認爲你應認她作義孫女，又或義曾孫女才較適合，哈……呀！」

才笑了兩聲，胸腹處像給甚麼硬物重重搗了一下，痛得冷汗也冒了出來，臉上連一點血色都沒有了。

柔柔惶急萬分，扶著他淚水直流道：「誰把你傷成那樣子？范大哥，怎麼辦才好呢？」

范良極由懷裏掏出那瓶仍有大半剩下的復禪膏，無限惋惜地道：「唉！又要糟蹋這救命的靈藥，快張開口來。」

韓柏張開了口。范良極手按在瓶蓋上，卻不拔開來，冷冷道：「又不知自己道行未夠，明知方夜羽不會放過你，還四處亂闖……」

柔柔知他罵起人來，休想在短時間內停止，哀求道：「范大哥！」

范良極怒哼一聲，拔開瓶蓋，將剩下的復禪膏一古腦兒全倒進韓柏張開待哺的大口裏，清香盈鼻。

韓柏感到一股冰寒，未到腹裏，在咽喉化開，變作無數寒氣，透入奇經八脈之內，舒服至極，打了個呵欠，道：「我想睡上一覺！」

范良極喝道：「你想死便睡吧！現在你只有兩個選擇，一是站在這裏運氣療傷，一是倒塞在茅廁內睡覺，你選哪樣？」

韓柏知他餘怒未消，乖乖閉上眼睛，凝神運氣，不一會進入了物我兩忘的境界。

范良極眼中閃過驚異的神色，愕然道：「看來這小子的功力又增進了不少。」轉向柔柔道：「小妹進去揀件較醒神的高麗戲服，好讓這小子待會演一台好戲給我們看，還要一盤熱水給他梳洗，我不想堂堂武昌府的府台大人，要被迫嗅他發出來的臭氣。」

柔柔走了兩步，停了下來，低問道：「這辦法眞行得通嗎？」

范良極走到柔柔身旁，輕輕拍了她香肩兩下，愛憐地道：「不用怕，萬事有你范大哥頂著，文的不成，便來武的。這傢伙這次能從里赤媚的手底下逃了出來，也不知走了多麼大的好運，下次是否還有這種運道，我實在非常懷疑，所以我們不能不押他一注，只有我這沒有人能想出來的方法，方有希望讓我們安然逃出武昌城去。」

卯時末。謝峰坐在醉仙樓樓上臨街的一桌，默默喝著悶茶，陪著他的還有長白的另兩名種子高手「十字斧」鴻達才和「鐵柔拂」鄭卿嬌。他們是第一批進來喝早茶的客人，十多張檯子，到現在仍只有疏疏落落的五、六個茶客，每個人都是優閒自在，好像好幾年也沒有幹過任何正事的樣子。一名夥計捧著糕點，過來叫賣，給謝峰寒光閃閃的銳目一瞪，嚇得立即走了開去，連叫賣的聲音也低弱了下來。

鴻達才在旁低聲道：「師兄！假設不捨不肯將馬小賊交出來，我們是否眞要翻臉動手？」

謝峰知道那晚龐斑點在鴻達才頭上那一腳，把這師弟的想法改變了很多，不禁更痛恨不捨的工於心計，巧妙地營造出大敵當前的氣氛，使八派大多數人都禁不住希望團結，而不是分裂。難道自己的兒子便要如此枉死嗎？不！絕不！

鄭卿嬌接口道：「翻臉動手並不是辦法，若不捨決意護短，我們就將整件事擺上十二元老會的桌上，由他們評個公道。」

謝峰冷哼道：「十二元老會少林佔了三席，我們只有兩席，若這事拿到元老會去決定，我們豈非要任人宰割嗎？」心想，看來他們早私下商量過了，否則怎會如此口徑一致。

鴻達才和鄭卿嬌還想說話，一名長白的弟子來到桌旁，施禮後坐下低聲道：「昨晚武昌城發生了兩件大事，不但有人硬闖韓府，連何旗揚也在家中給人宰掉了。」

鴻鄭兩人失聲道：「甚麼？」

謝峰最是冷靜，雙目精芒閃過，沉聲道：「詳細道來！」

那弟子道：「據我們在官府的人放出來的消息說，打鬥發生在下半夜，住在那裏的人都不敢走出來看，到天亮時，發覺何旗揚伏屍後園裏，圍牆還破了個人形大洞。」接著把聲音壓得更低道：「何旗揚屍身全無傷痕，看來是給一種陰柔至極的掌力所傷，且是一擊致命，連掙扎的痕跡也沒有。」

謝峰聽得臉色數變，沉吟一會後，問道：「韓府那邊又發生了甚麼事？有不捨在，誰敢到那裏去撒野？」

弟子道：「據我們收買了的韓府下人說，事情更是奇怪嚇人。」頓了頓才續道：「不捨似乎並不在韓府，剩下其他人在大廳守候天明，到黎明前，有個自稱韓柏的怪人破門闖入韓府，將睡了的人全驚醒過來。」

鴻達才和鄭卿嬌固是目瞪口呆，連謝峰也駭然道：「甚麼？韓柏？他不是連墳也給人掘了嗎？」

那弟子亦是惴惴然道：「正是那韓柏，不過聲音樣貌卻全變了，但叫起老爺小姐的那種語氣，據說卻神似非常。」

謝峰神情一動道：「這人現在是否還在韓府？」

弟子搖頭道：「我們的人說得不大清楚，好像是那韓柏給人追殺下逃到那裏去，還發生了一輪激烈的打鬥，武庫內的東西全給打倒地上，韓天德、雲清和馬峻聲都負了傷，不過看來並不太嚴重。」三人再次色變。

這時另一名弟子到來道：「謝師叔！西寧的簡爺和沙爺來了！」

謝峰首次現出歡容，喜道：「快請他們上來！」

不捨立在近廳門處，迎接剛到來的小半道人和由冷鐵心率領的古劍池一眾青年高手。當日在酒樓與韓柏等吵鬧的幾名後起之秀駱武修、查震行等全來了，池主冷別情的愛女，曾好心腸地贈何旗揚一粒回天丹的冷鳳當然在其中。小半道人基於武當與少林的傳統良好關係，對不捨固是尊敬有加，連一向對少林沒有太大好感的冷鐵心，也因不捨那晚在柳林的超卓表現，而對不捨刮目相看，隱然有唯不捨馬首是瞻的態度。韓希文和韓慧芷兩兄妹，則伴在不捨之旁，協助招呼著眾人。書香世家向清秋和雲裳夫婦也來了，正與閒靜的秦夢瑤和臉色仍有點蒼白的雲清神色凝重地談著昨夜發生的事。

韓天德昨夜給里赤媚印了一掌在左肩，對方雖是手下留情，但仍使他難以站起來招呼客人，唯有和摔得頭青臉腫的韓希武陪著他師父，在江南一帶頗有聲望的「戟怪」夏厚行坐在一旁聊著。孤零零獨坐一角的是馬峻聲，他昨夜被里赤媚拍跌長劍，只是氣血翻騰，不能移動了好一陣子，此外全無損傷，三人中只他一個人沒事，里赤媚對他最是優待。他的眼光不時落在靈秀無倫的秦夢瑤臉上，眼中閃過複雜的神情，幾次想走過去，但終克制了這衝動。除了四小姐蘭芷、五小姐寧芷和韓天德夫人外，韓家的人全在廳內。

這時冷鐵心沉聲道：「里赤媚既重返中原，又助方夜羽對付我們，龐斑反明復蒙之心昭然若揭，只要我們通過西寧派向皇上進言，我不信皇上會不認眞考慮此事。」

小半道人收起笑臉，嘆道：「我們的皇帝老子出身草莽江湖，但做皇帝後，卻最怕聽到江湖是非，據他身邊的人說，每逢朝上有人提起這方面的事，他聽也不聽，指定下來要廠衛大統領楞嚴全權負責。」

一個豪邁奔放的聲音由門外傳入道：「小半道兄只說對了一半，事實上朱元璋每日都要聽楞嚴彙報江湖上所發生的一切事，只是他心中另有打算，所以扮成漠然不理吧！」

眾人齊齊愕然，更有人臉色也變了。首先每逢有貴客到，必有下人揚聲通傳，這人來得如此突然，已使人奇怪。其次這人直呼當今天子之名，毫不忌畏，足可構成殺頭大罪，偏他所說的又顯示了對宮內之事極爲熟悉，怎不使人驚異莫名。

眾人注目下，一個雄偉如山，赤著一對大腳，似僧非僧，似道非道的大漢，闊步踏了進來。說他似僧人，因爲他剃光了頭，頂上還有戒疤；說他似道人，因爲他身上穿的是畫了太極的道袍，不過這灰袍左穿右補，像從垃圾堆內撿回來的棄物。大漢面容粗豪，一對大眼閃閃有神，配著粗黑的眉毛，滿臉鬚髯，背上插著一支鐵枴，使人看一眼便知他是不喜受約束的豪雄之士。

不捨猛地一震，迎了上來，伸手和大漢緊緊相握，大喜道：「二十年了！赤腳兄，我們不見足有二十年了，還以爲你尚在域外任意縱橫，樂而忘返呢。」眾人中老一輩的均「呵」一聲叫了起來，想起了這人是誰。

被不捨稱爲赤腳兄的豪漢哈哈一笑道：「你倒記得清楚，想當年陳友諒軍勢之盛，眞是投鞭斷江，舳艫千里，還不是給我們在鄱陽湖燒個一乾二淨，我和你宗道兄及任名兄在鬼王帳下並肩作戰，殺得多麼痛快淋漓。」說起這生平最得意的戰役，禁不住眉飛色舞起來。

馬峻聲聽得對方提起父親馬任名，慌忙起立見禮道：「原來是爹常在我們面前提起的楊奉伯伯，請恕過小侄峻聲不知之罪。」

這時廳內各人都知道豪漢是誰了。原來這赤腳仙乃當年號稱「鬼帥三傑」之一的著名人物，其他二傑是馬峻聲的父親，現在洛陽馬家堡主馬任名，和當時隱去出家人身分的不捨僧許宗道。但自朱元璋把小明王溺死江中後，不捨和「赤腳仙」楊奉都大感意興索然，楊奉更飄然遠赴域外，自我放逐，爲的是不想看朱元璋得到江山後的嘴臉，想不到今天又回來了。

「赤腳仙」楊奉上下打量了馬峻聲兩眼，沉聲道：「若韓府凶案一事，聲侄確是被人冤枉，我楊奉絕不會袖手旁觀。」言罷眼光掃過眾人，到了秦夢瑤身上，爆起精芒，好一會才把眼光移回不捨臉上，奇道：「宗道兄何時看破了世情，做了大和尚？」

不捨微笑道：「這事容後稟上，我也奇怪爲何赤腳兄對江湖和宮廷之事知得如此詳細，難道你一直沒有離開中原，只是隱居山野嗎？」

楊奉哈哈一笑道：「這二十年來，我飄泊西域，又遠赴天竺，三個月前重回中土，不過我曾赴京一行，在鬼帥的鬼王宮住了十多天，知道了很多不爲人知的宮廷祕聞。」

眾人這才恍然，同時也想到鬼王虛若無必是非常注意韓府凶案，這楊奉可能是應虛若無所請，特意到來，只不知採的是何種立場？

管家楊二這時氣呼呼趕進來稟報道：「長白謝爺到！」

眾人齊往廳門望去。不捨心中暗嘆，假若所有來此的人，都爲了共商大計，對付方夜羽，那會是多好，可惜爲的卻是內部的爭鬥。自朱元璋得天下後，欽封八派爲「八大國派」，立刻引起了兩方面的問題。第一方面的問題是來自白道曾助朱元璋打天下，由是大獲褒揚，但卻有許多其他幫派和武林世家未曾參與，在這種情形下，嫉忌和不滿乃必然的產物。再加上江湖上流傳著一個消息：就是這「八大國派」

封銜的來由，是出於八派的聯合要求，以使八派超然於其他門派之上。這個傳說從來沒有人能夠證實，卻更增其他人的不滿，爭端由是無日無之。方夜羽勢力膨脹得如此厲害，非是無因，此所謂冰封三尺，非一日之寒也。另一方面，八派裏朱元璋特別寵信西寧劍派，特准該派將道場設於京師，隱爲眾派之首，亦打破了八派一向以少林長白爲首的均衡，產生了內部的矛盾，若非有龐斑這大敵在旁窺伺，不要說栽培不出十八種子高手，連八派都早就四分五裂了。內部各種問題只是潛伏著，卻從來沒有被消除，也不可能被消除。說到底，馬峻聲只是一條導火線。「赤腳仙」楊奉由京來此，隱焉爲「鬼王」虛若無的代表，亦使形勢更爲複雜。虛若無是開國功臣系統的領袖人物，與無甚戰功但卻得重用的西寧劍派水火不容，楊奉此來，極可能是兩大系統鬥爭的一個延續，只不過戰場搬了來武昌韓府罷了！究竟韓府凶案會產生怎樣的後果，眞是無人可以預估。可是現在亦應到了揭盅的時刻了。

風行烈雙掌上推，托在躍離江水的谷倩蓮纖足之底，谷倩蓮借力貼著船身，升上了甲板。半晌之後，谷倩蓮的俏臉在甲板上伸了出來，向他裝了個可愛的鬼臉，秀髮上的水珠往他滴下來。風行烈啞然失笑，雙掌按在船身運勁一吸，借力騰身而起，來到了谷倩蓮身旁。兩人都是濕淋淋的，水珠不斷下滴。甲板這邊是背對著岸的那邊，現正空無一人。

谷倩蓮低呼道：「現在幹甚麼好？」看了看自己的一身濕衣，緊貼身上，曼妙的曲線顯露無遺，極是動人。

風行烈卻視若無睹，只是望著落了下來的風帆，吩咐道：「你負責監視岸旁的動靜，若見到有任何人想返回船上，立即示警。」轉身欲去。

谷倩蓮見他無動於衷，暗自惱恨，又莫奈伊何，一把扯著他，嗔道：「你要去幹甚麼？」

風行烈微笑道：「我要去服侍仍留守船上的人。」

谷倩蓮放開了他，待他消失在前艙處後，跺了跺腳，閃到了船尾一個隱蔽的地方，往江上和岸上望去。在熹微的晨光裏，五艘大船陸續移靠江邊，風帆都沒有落下，看情形是準備可隨時起航。谷倩蓮眉頭大皺，縱使他們盜船成功，在對方人手充足下，當會很快追上他們，那時在茫茫大江之上，逃走更是困難了。風行烈這計劃大膽是夠大膽了，看來卻不太行得通。更何況揚帆開航，需要一段時間，極可能船未離岸，便給敵人攻上來了。愈想下去，芳心愈亂，差點想轉頭去找風行烈，硬架著這沒商沒量的人立即逃走。

「隆隆」聲中，帶頭的三桅大船首先泊在岸旁，伸下了一道長長的踏板，十多名高矮不一的漢子，從船上走下來。早候在一旁的刁項和柳搖枝等人，迎了上去。谷倩蓮強壓著忐忑亂跳的芳心，凝神往下船的人望去。十多人中她只認出了三人，一個是藉方夜羽之力登上尊信門門主之位的「人狼」卜敵，另兩人是背叛了赤尊信跟隨卜敵的「大力神」褚期和「沙蠍」崔毒，其他人大都是面目猙獰之輩，一看便知非是善類。其中一人特別瘦削，長髮披肩，眼眶深陷了下去，活像個會走動的骷髏骨架子，模樣可怕。谷倩蓮差點叫了出來，原來她想起此人叫「活骷髏」尤達，乃是黑道裏凶名頗著的職業殺手，專門受僱殺人，他行蹤詭祕，兼又武技強橫，所以想殺他的人雖多，但從沒有人能成功，想不到也加入了方夜羽的陣營裏。如此類推，假若這十多人都是和尤達同級的高手，再加上刁項、柳搖枝，又或刁夫人這類特級高手，便有足夠挑戰雙修府的能力，眞是愈想愈心驚，冷汗直冒。

肩頭忽地給人拍了一下，谷倩蓮一顆心嚇得差點跳了出來，回頭看到是風行烈，才鬆了一口氣。風行烈手上拿著一支大弓，另一隻手拿著一大束勁箭，肩上掛著大包的長衫衣物，模樣怪異已極。谷倩蓮看得目瞪口呆。風行烈將手上的弓和箭輕輕放在甲板上，又將肩上的衣物一古腦兒側肩卸了下來，移到她身旁，一齊往岸旁望去。刁項等正和剛下船來的卜敵等人寒暄，因人多的關係，只是介紹雙方面的人互相認識，便須費上一段時間。

風行烈皺眉道：「眞是奇怪，方夜羽若要攻打雙修府，自應偷偷摸摸，以收奇兵之效，爲何現在卻唯恐人不知，那些紅巾賊連頭上的紅巾也不除下來，這算是哪門子的道理？」

谷倩蓮早想到這點，不過卻沒有閒暇去思揣，問道：「解決了船上的人了嗎？」

風行烈道：「船上只有四名女婢和八名水手，武功普通，要制伏他們眞是不費吹灰之力，噢！你將這些箭都包上衣布，我要去拿火油來。」

谷倩蓮還想說話，風行烈早又鑽入艙內去，無奈下唯有依他之言，撕破衣物，紮緊在箭頭上，一邊拿眼去窺視碼頭上敵人的動靜。紮到第四支箭時，刁項等人緩緩移動，往她和風行烈那艘大船走過來。谷倩蓮心叫「我的娘呀」，正要找風行烈一齊逃命，風行烈不知從哪裏捧了一盆火油，從艙裏轉了出來。谷倩蓮焦灼嬌呼：「不得了！」風行烈放下火油，來到她身旁往外望去。谷倩蓮也隨他往刁項等人看去。那群人又停了下來，正和幾個官差交涉著，雙方神情看來都不太愉快。

風行烈笑道：「這些差大哥來得正好，快多紮兩支火箭。」

谷倩蓮繼續紮箭，同時想起風行烈剛才提出的疑問。要知像尊信門、怒蛟幫這類大幫會，雖是官府眼中的非法組織，但除非這些幫會公然造反，攻掠地方，否則地方官府都採取放任政策，只求相安無事。而幫會組織亦會一方面自我約束，另一方面對官府上下疏通，與官府建立一種非正式的互利關係。

其實官府裏亦不乏幫會中人，否則也很難吃得開。故很多問題在一般情況下幾句話就可以解決。而每個幫會都有其生財之道，像怒蛟幫便以販賣私鹽爲主要收入來源，各有各的生財手法。幫會的活動都以低調爲主，像卜敵這次公然調動大批人手，浩浩蕩蕩在大清早泊船登岸，乃是最犯忌的事，難怪受到官差盤問。若論武功，卜敵方面隨便走個人出來，料可將區區幾名官差打個落花流水，但如此一來，官府將不得不被迫全力對付尊信門，就算一時奈何他們不得，尊信門亦不會有好日子過。基於這些原因，谷倩蓮就更想不通方夜羽爲何容許卜敵如此招搖。

「鏘鏘！」風行烈裝接好丈二紅槍，微笑道：「不知你相不相信，方夜羽是故意要引起官府注意，使消息能迅速傳遍江湖。」

谷倩蓮驚叫道：「他們回船去了！」

風行烈道：「目的已達，難道還要和官府對著幹嗎？」

谷倩蓮喜叫道：「刁項夫婦和刁辟情小賊等人全往卜敵的船走去，只有十多個小角色往我們的船走來，我們有救了。」

風行烈拿起大弓，搭上勁箭，將布紮的箭頭浸進火油裏，從容道：「谷小姐，請爲我點火。」

谷倩蓮取出火種，猶豫地道：「眞的行嗎？」

風行烈瞥了一眼岸邊的情況，刁項和卜敵等魚貫登上船去，魅影劍派刁項的師弟李守、新一代的年輕高手白將、陳仲山、衛青等二十來人，則正往他們的船走過來，只剩下那幾名官差緊繃著臉，監視著他們離去。

風行烈斷然道：「點火！」

谷倩蓮擦著火摺，拿到箭頭下，浸了火油的布條立即熊熊燃燒起來，送出一團濃煙。風行烈右手一拉，大弓張滿。「颼！」火箭劃過江上，插在最近的那艘船最大的主帆上。風行烈行動迅快至極，火箭一支接一支射出去。五艘大船上的帆都著了火，上面的人立刻混亂起來，喝罵叫嚷，一時間仍未弄清楚發生了甚麼事。岸上喝叫震天，李守等人狂奔過來。

風行烈沒有時間射出第六支箭，提起丈二紅槍，撲往近岸那邊的甲板，向谷倩蓮喝道：「快斬纜起帆。」谷倩蓮不待他吩咐，早撲了過去另一邊。這時李守和那「劍魔」石中天的徒兒衛青撲上了踏板，眼看要衝上船來。風行烈一聲長笑，丈二紅槍飆出，挑在踏板底下，運力一挑，整條踏板被挑得拋飛開去。走在最前的李守怒喝一聲，失了重心，跌回岸上去。那衛青武功高明多了，踏板剛被挑起時，單掌一按板沿，竟凌空一個旋身，仍往船上撲來。風行烈哈哈再笑，丈二紅槍化作千百道光影，迎著衛青攻來的一劍。衛青舞起一片劍影，硬撞過來，終吃虧在半空難以用力，被風行烈一槍接一槍挑在長劍上，斷線風箏般翻跌回岸上去。一時間眾人都忌憚風行烈，僵在那裏只是虛張聲勢。

五艘敵船無一倖免，全中了風行烈射出的火箭，這時吃著江上吹來的長風，火勢一發不可收拾，順著風向蔓延，要救火也無從入手。此時谷倩蓮成功地以匕首割斷了最後一根船纜，大船順著江水，往下游移去。這些事發生在眨眼之間，當刁項等十多人從著了火的大船趕下來時，風行烈兩人的船早順流移去了十多丈。

那刁夫人萬紅菊厲叫道：「老爺助我！」縱身而起。刁項像和她演習了千百次般，雙掌在她腳下一托，刁夫人沖天而起，勁箭般刺破上空，橫越十多丈的遙闊距離，竟飛到大船上，手一揚，一條長索由懷裏飛出，往船桅頂端纏去。風行烈果然沒有看錯，魅影劍派這次由南方來的人中，以這刁夫人最是高明，只是這行雲流水的身法，即可躋身一流高手之林。柳搖枝卜敵等紛紛跳下江邊停泊著的漁舟，強奪了解纜追來。風行烈大喝道：「倩蓮！由我來應付她，快起帆。」話未完騰身而起，丈二紅槍往那刁夫人萬紅菊迎上去。

縱使在這樣凶惡的形勢下，聽得風行烈叫自己的名字，谷倩蓮仍是心中一甜，勇氣倍增，應了一聲「知道」後，走到船頭的高桅下，運勁扯起風帆。「叮叮噹噹！」刁夫人掣出兩尺長的短劍，連擋風行烈疾若閃電，猛如雷霆的四槍。風行烈一口氣已盡，眼看要落下去。

刁夫人藉著纏在船桅的長索，借力一拉，再往前衝，看來是要落到船桅之頂，那時俯視全船，進攻退守均最有利。風行烈下降了尺許，大喝一聲，一揮手上紅槍，就借了那點力道，一個倒翻，後發先至，一腳點在船桅上，立刻踏了個凹位出來，可見其用力之猛。「颼」一聲往上升去，丈二紅槍化作千百道光影，像朵盛放鮮花般張開往刁夫人罩過去。谷倩蓮此時扯起了風帆，大船立刻加速，將快追上來的小舟拋遠了少許。刁夫人想不到風行烈應變得這麼靈巧，猝不及防下長索首先被槍尖發出的氣勁絞碎，無可借力下，逼得沉氣往下墜去。

風行烈剛才和她交手，給她連擋四槍，知她厲害，若讓她落在甲板上，當有一番惡鬥，那時鹿死誰手，尚是未知之數，若讓卜敵柳搖枝等有一人走上船來相助，更是凶多吉少，一聲長嘯，躍離高桅，施出厲若海「燎原槍法」三十擊中最凌厲的殺著「威凌天下」。一時間風行烈前後左右，槍影翻騰滾動，槍尖吞吐發出的嗤嗤氣勁，塡滿了三丈內的空間。風行烈像藏身在一個槍浪裏，打橫移向正往下落的刁夫人處。盛名之下無虛士，風行烈雖出身黑道，仍被黑白兩道中人視爲白道新一代第一高手，連龐斑揀選爐鼎，也要挑他出來，豈是倖至。而以厲若海的眼光，亦認定他是有潛力挑戰龐斑的人才，這一下槍勢全力展開，除非是龐斑浪翻雲之輩，誰敢攖其鋒芒。更何況刁夫人氣濁下沉，風行烈卻是蓄勢撲來，此消彼長下，縱以刁夫人的武功，也為之色變。丈二紅槍攻至，刁夫人長髮披散，有若厲鬼，嬌叱一聲，手中短劍幻化為無數光影，築起一道護身劍網。「鏗！」一聲清響，刁夫人被震得橫飛開去，離船往江裏落下去。風行烈槍收背後，昂然落在船尾處，有若天神，對刁夫人能硬擋自己無堅不摧的一擊，亦是心中懍然。

刁夫人眼看要落在水裏，揮掌一按，發出掌風拍在水面，水浪激濺裏，借力躍起，落在最接近追上來的一條船中，免了跌入江水的醜態。這時谷倩蓮剛扯起中桅的巨帆，大船去勢更速，敵舟遠遠落在後方，谷倩蓮喜叫道：「我們成功了！」

韓柏得復禪膏之助，站在那裏凝神行氣，渾身舒泰，體內本是散弱不堪的眞氣，漸次凝聚，忽然口鼻半絲外氣也吸不到，外緣頓息，神氣更融合無間，所有人事均給拋於腦外。丹田融暖，只覺體內眞氣，在奇經八脈裏周而復始，往來不窮，因被里赤媚震傷而閉塞的經脈，一一衝開，如此也不知過了多少時間，大叫一聲，回醒過來。剛睜開眼，接觸到是范良極閃著驚異的灼灼目光。灰兒則在一旁安靜地吃著青翠的嫩草。晨光灑射下，這世界是如此地美好安詳。昨夜只是個遙遠的噩夢。

范良極嘿然道：「小子別的不行，捱打卻是一等一的高手，不過你三天之內，別想再和人動手動腳。」

韓柏心中一動，隱隱中像捕捉到一絲仍未實在的靈感，若能再清晰一點，自己或眞可以在「捱打功」上更進一層樓。

韓柏忽地跳了起來，嚷道：「不好！我要回去救夢瑤。」想起秦夢瑤，甚麼「三日內不能動手」的警告也拋諸腦後。

范良極一手將他抓個正著，怒道：「你鬼叫甚麼？自身難保，還想去救人，而且……噢！你剛才喚秦夢瑤作甚麼？」

韓柏心中叫糟，硬著頭皮道：「你可以喚雲清那婆娘作清妹，我叫她作夢瑤也很平常吧！」

范良極一邊上下打量他，一邊搖著頭嘆道：「看來你這小子是泥足深陷，難以自拔。」

韓柏苦著臉哀求道：「不要拉著我！」

范良極哂道：「不拉著你讓你去送死嗎？不要以為我在乎你，我只是為了朝霞和柔柔，才關心你那已踩了半隻腳進鬼門關的小命。秦夢瑤若要你去保護她，言靜庵也不會放她出來去學韓大俠那般丟人現眼。」

韓柏看看天色，一震道：「不好！我要立即趕到韓府去，我身上還有馬峻聲作惡的證據。」

范良極瞇著眼道：「那是甚麼證據？」

韓柏理直氣壯道：「是馬峻聲手抄的無……無甚麼十式……」

范良極冷冷道：「那能證明些甚麼？」

韓柏呆了一呆，為之語塞。現在何旗揚已死，只是這手抄的「無想十式」確是證明不了甚麼，一時無辭以對，可是那因想念秦夢瑤而起的心潮，卻愈發翻騰。

柔柔聽得韓柏的聲音，奔了出來，喜叫道：「公子！你好了！」

范良極揮手道：「柔柔你待會再出來，讓我先和你這公子大俠解決掉一些私人恩怨。」柔柔猶豫半刻，不情願地回到屋裏去。

范良極兩手改爲扯提著韓柏衣襟，狠狠道：「好小子你聽著，你喜歡秦夢瑤是一回事，卻不能對朝霞和我的義妹始亂終棄，你若要去見秦夢瑤，我立刻宰了你，也好過便宜了里赤媚。」

韓柏苦笑道：「我何時『亂』過她們，更沒有說要『棄』她們，死老鬼你靜心想想，我逃過了方夜羽三次襲擊，正好逼方夜羽鬥上一場，若是幹掉了他，不是整個天也全光亮了。」

范良極雙手收得更緊，害得韓柏差點要用腳尖來站著，他兩眼凶光閃閃道：「你靠著沾了我口水沫的復禪膏，勉強打通了經脈，妄想再動眞氣的話，不出十招定要吐血而亡，何況你一定勝得過方夜羽嗎？別忘了誰是他的師父。」

韓柏呼吸困難地道：「不要對我那麼沒有信心，我待三天之後，才和方夜羽動手，不一定會輸吧！」

范良極用力一推，將韓柏推得跌退數步，戳指罵了一連串粗話，才道：「你還說不是始亂終棄，朝霞現在恐已被陳令方帶往京師途上，你還要在這裏左等右等，這算甚麼一諾千金、行俠仗義的大俠？」

韓柏想不到自己的大俠身分仍未給剝奪，但對范良極的指責亦無法反駁，攤手嘆道：「起碼你也要讓我見見秦夢瑤，看到她安然無恙，我才可以放心離去。」

范良極聽得他肯逃走，面容稍緩，揮手道：「不用看了，我昨夜找你時，隔遠看到了她，聽到韓宅後蹄聲響起，才追過去，後來見到是你，才沒有繼續追她。」

韓柏臉色一變道：「那更糟了，難怪里赤媚沒有追來，定是夢瑤截下了他。」想起里赤媚鬼魅般的身法，驚人的手段，他到現在仍是猶有餘悸。

范良極道：「這個你放心，言靜庵和龐斑的關係非同小可，里赤媚縱有天大的膽子，也不敢動秦夢瑤半根秀髮，何況他未必可以勝過秦夢瑤，請勿忘記秦夢瑤乃慈航靜齋三百年來最出類拔萃的高手。好了！沒有話說了吧？」

韓柏仰天一嘆道：「就算有話說，你也不會聽的了，好吧！死老鬼，我們怎樣逃走？」

范良極大叫道：「柔柔！出來帶這高麗來的朴文正專使進去沐浴更衣，好去拜會武昌府台蘭致遠大人。」

韓柏嚇得跳了起來，嚷道：「甚麼？」

范良極兩眼一翻，哂道：「有甚麼甚麼的？難道你是倭寇派來的間諜，又或天竺來宣揚佛法的僧王嗎？」

謝峰緩步走進廳內，左右伴在他身旁是西寧派的簡正明和沙千里，後面跟著的才是同屬十八種子高手的同門鴻達才和鄭卿嬌，教人一看便感到西寧派在這事上，與長白聯成了一氣。

身爲主人的韓天德滿臉憂色地站了起來，拱手迎迓道：「韓天德恭迎大駕光臨。」

謝峰臉色陰沉，仰天一嘆道：「這樣的事發生在天德兄府上，令貴府上下困擾不休，謝某深感愧疚，只望今天能將整件事弄個水落石出，我們八派也不用爲此再擾擾攘攘，徒惹外人竊笑。」

謝峰對韓天德如此客氣說話，令眾人頗感意外，因爲說到底這事總是發生在韓府，而且五小姐寧芷和馬峻聲關係特殊，是人所共知之事，故韓府不無包庇馬峻聲之嫌，長白仇視韓天德才是正理。亦有人想到謝峰這樣說是縮小打擊面，集中力量對付少林派，因爲韓天德武功雖不怎樣，可是和韓清風兩兄弟在白道裏都是德高望重，人緣極好，謝峰若對韓天德不客氣，很多人會看不過眼，生出反感。

韓希文走了出來，招呼各人在分列四方的椅子坐下，又喚下人奉上茗茶美點，繃緊的氣氛才稍爲緩和了點下來。各派的代表人物紛紛入座，地位較次的弟子小輩則立於他們尊長椅後，不敢坐下，騰出了七、八張空椅子來。韓府的人不論，除了秦夢瑤、楊奉、夏厚行三人外，其他的都是八派中人，計有長白的謝峰、鴻達才、鄭卿嬌；西寧的沙千里和簡正明；少林的不捨；出雲道觀的雲清；書香世家的向清秋夫婦；武當小半道人；古劍池的冷鐵心和一眾弟子。八派中除了菩提園外，倒有七派來了，於此亦可看出八派對這事件的重視。馬峻聲面無表情，靜坐在不捨和雲清之間，垂著頭，避免和對面目光灼灼的謝峰兩眼相觸，也不知是否問心有愧，還是另有對策，不想給人提早看透。秦夢瑤靜坐一角，面容靜若止水，雖在這麼多人的場合裏，仍給人一種超然獨處的明顯感受。反是其他人，特別是年輕一輩的男女弟子，受她秀色和特殊的身分吸引，不時偷眼去看她。

謝峰喝了一口茶，將茶盅放在身旁的几上，心中冷笑一聲，暗忖不捨你扮啞巴便可以了嗎？我偏要逼得你醜態百出，向不捨微微一笑道：「不捨大師，據我所知，少林對小兒慘死於奸人之手一事，費了很大心力，只不知調查可有任何結果？」

謝峰和不捨兩人，同爲十八種子高手裏，有資格可列席八派聯盟十二元老會的兩個人，論身分武功都極爲接近，隱爲較年輕一輩中的領袖人物，所以野心勃勃的謝峰，一向視不捨爲唯一的競爭對手，若能扳倒不捨，謝峰自問遲早也可以成爲八派的第一人。而不捨在與龐斑對陣時的特出表現，使兩人間的爭鬥更爲白熱化。

不捨暗嘆一口氣，放下茶盅，從容道：「當日我們在嵩山接到令郎不幸的消息後，立即在敝派掌門主持下，舉行了長老會議，席間決定只要有人能提出確鑿證據，證明門人馬峻聲確是殺死貴門謝青聯的凶手，小僧立即就地清理門戶。」手一揚，那方昨天制得馬峻聲雙膝下跪，代表了少林最高規法的門法令，脫手疾起，化作一道黑影，插入廳頂正中橫樑之上，入木卻只有寸許，整整齊齊地直嵌入樑內。

謝峰心中暗懍，不捨看似隨便一擲，其中卻大有學問。因爲這法令本身乃精鐵打製，重量不輕，加上不捨像是以全力擲出，速度驚人，理應深陷進橫樑之內，但偏偏只是入木寸餘，看來龐斑指出不捨已成功達致了「兩極歸一」這武學無上心法之語，不是虛言。反之馬峻聲卻私心竊喜，不捨若要人拿出證據，證明他與謝青聯之死一事有關，那他今天定難以倖免。但若要證明他是凶手，眞是談何容易，難道不捨眞的因爲與父親馬任名的關係，暗暗維護著他？禁不住對不捨好感大增。秦夢瑤卻是心中一嘆，她剛才已將昨夜發生的事，全告訴了不捨，但不捨現在的這一番話，擺明了不會輕易清理門戶，心中也想到不捨並非在護短，他要維護的只是少林的令譽，爲了少林，他願意做任何事。而他這一著亦極爲厲害，萬一眞有人提出了無可辯駁的證據，他一掌送了馬峻聲歸天，其他各派亦無人有話可再說。但若謝峰等提不出證據來，便難以硬逼不捨將馬峻聲交出來了。其他眾人大都覺得不捨直接痛快，因爲懷疑馬峻聲乃殺謝青聯的凶手，只是心中存疑的事，從沒有人公開提出來，現在由不捨親口直截了當地說出來，長白的人若要在氣勢上壓倒不捨，便須立即提出證據，否則會變成絮絮不休，盡纏在其他枝節之上。

不捨仰首望向樑上的門法令，淡淡道：「這是敝門的執法令符，代表的是嚴正不偏的少林令法和聲譽，不捨絕不會污了它的清名。」

一聲長笑，出自「赤腳仙」楊奉的大口，跟著喝道：「好！宗道兄立場清楚分明，痛快淋漓，好！」

這昔日出生入死的戰友在他來說，無論做了和尙或皇帝，始終仍是許宗道，就像朱元璋永遠是朱元璋那樣。眾人這時更清楚感覺到楊奉是衝著顯然站在長白那邊的西寧劍派而來，禁不住都暗暗皺起眉頭，知道這次的公議會將很難善了。「鬼王」虛若無雖非八派之人，但在江湖上和在八派裏卻具有龐大的影響力，像不捨等很多八派裏的中堅精英，都曾是他帳下的猛將，只是這點，足使八派不敢不重視他的看法和意見。

謝峰的臉色更陰沉，只是殺死一個馬峻聲，並不足以消除喪兒的憤慨，只有將少林的令譽踐踏於腳下，才能洩掉他對長白長期被少林壓於其下的積憤。少林無想僧曾兩次和龐斑交手，雖均以敗北作結，卻無人敢看輕少林，反覺得少林有種，在絕戒大師死於龐斑手下後，仍敢昂然向這天下第一魔君挑戰。故反而對一直避免與龐斑交手的長白不老神仙，生出微言。只是這點，已使長白和少林難融洽相處，當日謝青聯以此譏嘲馬峻聲，自有其前因後果。現在不捨明確表明了立場，進可攻退可守，大不了犧牲一個馬峻聲，更使一向感到被不捨壓居第二位的謝峰怒火中燒，可恨這又不是可變臉發怒的場合和時刻。

坐在謝峰旁的簡正明先向楊奉微笑點頭，不溫不火地道：「說話可以痛快淋漓，但若想將青聯小弟的慘死弄個水落石出，卻不得不先理清楚所有細節，方可作出結論。」

沙千里接口道：「事實上沒有人硬派馬賢侄是凶手，只不過他適逢其會，又密切參與了擒拿凶嫌韓柏的事情，現在何旗揚已死，負責在獄中審問小僕韓柏的所有人等，均不知所蹤，所以我們不得不向馬賢侄問上幾句話，未知不捨大師以爲然否？」

兩人一唱一和，話裏暗藏機鋒，不但化解了不捨速戰速決的策略，還隱隱指出不捨在爲馬峻聲隱瞞眞相，確是連消帶打，非常厲害。

坐在馬峻聲旁的雲清看了看馬峻聲本是神采飛揚，現在卻是黯淡深沉的俊臉，心中不禁勾起了難捨的親情，幽幽一嘆道：「這也是合情合理，峻聲你將整件事再複述一遍，好解開各叔伯前輩心中的疑問。」

馬峻聲先轉頭望向不捨，徵詢他的意見。不捨對西寧劍派簡正明和沙千里似守實攻的話沒有絲毫不悅的反應，從容一笑道：「既是如此，峻聲又何礙將整件事重述一次。」

馬峻聲待要說話，謝峰冷然揮手打斷道：「馬世侄所要說的事件過程，天下皆知，不勞重述一次，謝某只有幾個疑問，梗在心中，望世侄有以教我。」

古劍池的「蕉雨劍」冷鐵心截入道：「這對峻聲太不公平了，事實當時在韓府有資格暗算青聯賢侄的人，絕不止峻聲一人，要問話，便應每一個人也不放過。」言罷，眼睛射出嚴厲的神色，望向靜坐一旁的秦夢瑤。

這樣一來，只要不是患了眼盲症的都知道他把矛頭指向了秦夢瑤。當日有份參與圍攻龐斑的種子高手，亦想到冷鐵心仍記恨秦夢瑤替龐斑擋住了不捨的挑戰。

「書香世家」的向清秋臉上露出不悅的神色，冷冷道：「夢瑤小姐身分超然，誰有向她問話的資格？」

沙千里一聲長笑道：「向兄這話，沙某不敢苟同，何況爲了弄清楚整件事，夢瑤小姐亦不會吝於開金口吧？」

武當的小半道人嘻嘻一笑道：「夢瑤小姐今天坐在這裏，當然是想把事情弄個清楚，沙兄語氣中爲何火藥味會這麼重呢？小心會變成意氣之爭，那時高興的不會是八派裏的任何人，而只會是我們的敵人。」他說來輕鬆至極，若好友間在談談笑笑，一點也不會教沙千里感到被指責。

眾人說到這裏，仍未轉入正題，亦可見事情的複雜本質。「叮！」楊奉將盅蓋重重覆在茶盅之上，發出一下清響，將所有人的目光全扯向他身上。這豪漢悶哼道：「若是照現在般說來說去，盡在枝節問題上糾纏不休，我們再說三天三夜也說不出個所以然來。我看還是依宗道兄先前所說的，乾脆俐落地指出誰的嫌疑最大，再提出實在的人證物證，窮追猛打。要知就算送到官府裏去，沒有證據也不能置人以死罪，因為若是冤死的話，誰可負起責任。何人認為不該這樣做，我楊奉倒想聽聽他的解釋。」

一直沒有說話，韓三公子希武的師父「戟怪」夏厚行大笑道：「楊兄說得好極了，江湖上仇殺無日無之，若每件凶案我們都要找個人來背黑鍋，武林裏將永無寧日，所以若沒有人能提出確鑿證據，這件事理應作罷。夏某這番話，各位認為如何？」此人一向自高自大，否則也不會教出韓希武這樣的徒弟來，一開腔，登時把長白和西寧的人全開罪了。氣氛一時僵硬至極點。

雍容貴氣的雲裳柔聲道：「大家定必同意今天的公議會，目的是要把真凶找出來，我們雖不一定會成功，總不能不嘗試，若各位沒有其他意見，便由我開始提出疑問，好嗎？」她的話條理分明，語氣溫柔，教各方面的人均感到難以拒絕。眾人紛紛點頭。

謝峰心想，看看你怎麼說，就算你偏幫少林，我也不會怕。點頭道：「向夫人請說！」

雲裳美目掃過眾人，緩緩道：「假若我是那凶手，殺了人後溜之大吉，不是一乾二淨？何需事後力圖掩飾，以致沾上嫌疑？」她的話雖像是為馬峻聲開脫，但眾人都知道她真正的用意，是在引導各人去深入思索整件案情。

果然鴻達才道：「道理很簡單，凶手殺人時，剛好給負責打理武庫的小僕韓柏撞破了，一時慌亂下，忘記了別人是否相信這小僕有沒有殺人的能力，將小僕打昏，移刀嫁禍，嘿！就是這樣。」

鄭卿嬌接著道：「何人在事後設法掩飾，何人將那小僕苦打成招後滅口，那人就是凶手，還有比這更有力的證據嗎？」

他兩人沒有一句話提馬峻聲，但卻沒一句話不明指他是凶手。馬峻聲默然不語，雖受到這般凌厲的指控，卻似完全無動於衷，沒有一丁點兒表情的變化。

冷鐵心嘿笑道：「若冷某是那人，殺一個是凶手，殺一雙也是凶手，何不乾脆幹掉那韓柏，豈非也可像向夫人所說的，完全置身事外嗎？」鴻鄭兩人愕了一愕，一時語塞。

一直默坐一旁的秦夢瑤首次發言，淡淡道：「因爲看到凶案發生的人並不是韓柏，而是七省總捕頭何旗揚。」當她提到韓柏時，心中不由重溫昨夜和他那無憂無慮、瞎纏不清的情況。

眾人一齊色動，連謝峰也一震道：「夢瑤小姐可否解釋清楚一點。」

不捨仰天一嘆道：「少林不幸，出了何旗揚這個敗類，夢瑤小姐請直言，少林絕不推卸責任。」

秦夢瑤暗讚不捨提得起放得下，亦知他有恃無恐，因爲何旗揚已死，不捨若蓄意要護著馬峻聲，大可將所有責任推到何旗揚身上，甚至那「無想十式」，也可當是方夜羽陷害馬峻聲的假證據，暗中嘆了一口氣，緩緩道：「這事說來話長，讓我先由韓柏說起。」

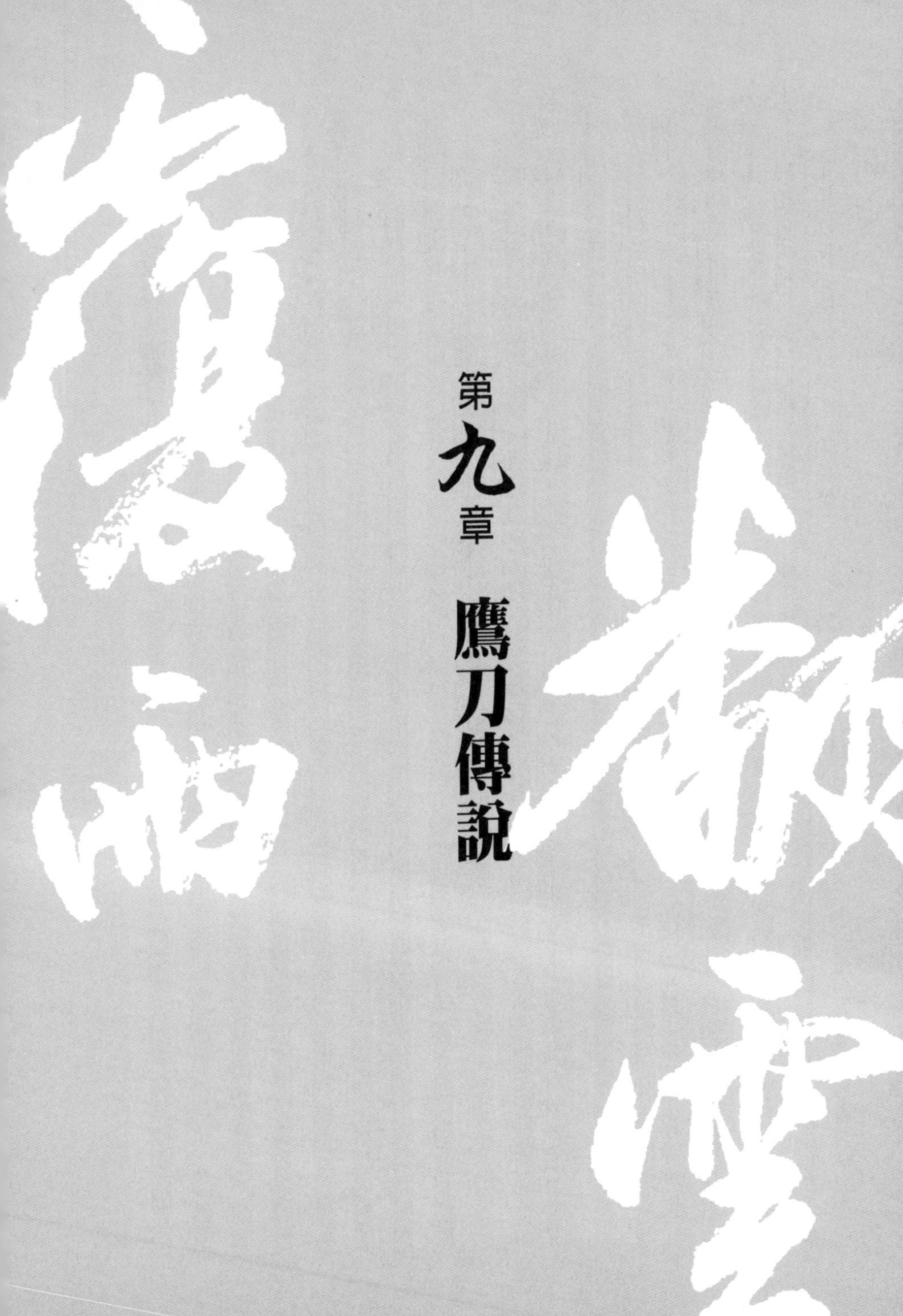

第九章　鷹刀傳說

第九章　鷹刀傳説

一輛華麗的大馬車，停在武昌府府台大人宏偉的公府正門前。守門的衛士見來人氣派非凡，不敢怠慢，慌忙迎了上來。

駕車的范良極脫下帽子，跳下御者的座位，兩眼一翻，神氣至極地道：「誰是負責把門的頭兒，叫他來見我！」

那些衛兵見他雖毫不起眼，但神態傲慢，駕的馬車又華麗非常，忍著氣喝道：「來者何人？」

范良極知道對方見了他們的陣仗，生出怯意，得勢不讓人，大打官腔道：「我們乃受大明天子之邀，遠道由高句麗來華夏，代表高句麗王的專使，爾等若還不快快通傳，貴府大人怪罪下來，恐怕你們擔當不起。」

這群衛士從未聽過高句麗之名，但對「大明天子」四字卻非常敏感，一聽嚇了一跳，當下有人入內通傳。坐在車內的韓柏聽得膽戰心驚，心想這死老鬼果然是來眞的，現在進退兩難，應怎麼辦才好呢？

坐在他身旁的柔柔透過窗帘，看著范良極在外面裝神弄鬼，噗哧一笑道：「你看范大哥像不像舞台上的戲子？」

韓柏苦笑道：「我們誰不像戲子……咦！爲何你不害怕？」

柔柔向他甜甜一笑道：「怕甚麼？范大哥最有辦法，何況還有你護著我。」

韓柏想了想，的確是沒有甚麼可怕的事，就算給人揭穿了，大不了便和范良極殺出公府，想到這裏，雖然胸膛仍未能全挺起來，膽氣倒壯了不少。

柔柔低呼道：「有人來了！」

韓柏往帘外望去，果然看到十多名衙役，擁著一個穿著官服，師爺模樣的人由側門走出公府來。

范良極老氣橫秋地迎了上去，大笑道：「這位官爺身居何職，怎樣稱呼？」

那官兒臉色一沉，顯是端擺官腔，冷冷道：「高句麗專使大駕何在？」眼光落在車廂上。

范良極這老狐狸怎會看不出他的心意，壓低聲音道：「我們的朴文正專使在高句麗德高望重，架子極大，幸好最愛結交朋友，看！」從懷裏掏出一個半尺見方的小盒，打了開來，原來是只通體不見一絲雜質的碧綠玉馬，精美至極。那官兒乃識貨之人，一看下目瞪口呆，差點口涎也滴了出來。

車內的韓柏悶哼道：「若這小官知道眼前的是賊贓，不知會是副怎麼樣的表情？」

柔柔在他耳邊輕輕道：「昨天范大哥就是去了取這些賊贓。」

車外的范良極道：「就因爲我們的特使最愛結交朋友，所以預備了無數禮物，所謂先禮後……噢！後——後交友，這只敝國匠人精雕的玉馬，就是我們給閣下的見面禮，是了！應怎樣稱呼大人？」

那官兒忙應道：「小官乃府台大人的文書參事方園，這件禮物……這件禮物……」看了看兩旁沒一雙眼不在放光的眾衙役，心中暗恨范良極爲何不找個無人的地方才向他送出這份大禮，因爲若給這些沒有分上一杯羹的衙役告他一狀，他恐要吃不了兜著走。

范良極蓋上盒子，塞進他手內，又從懷中掏出一袋東西，打開來原來是十多個重甸甸的黃金球子，嘻嘻一笑道：「我們的特使大人交朋友愈多愈好，這些金球送給各位衙差大哥好了。」

站在方園旁的衙役精神大振，不待吩咐，接過禮物，向其他衙役打個眼色，眾衙役連忙大開中門，歡迎這些也不知是由哪裏來的貴賓。

那參事本也不是沒有疑問，但手上拿著的是絕不會交回給對方的禮物，心想我只負責通傳，最多也是說上幾句好話，見與不見，由府台大人決定，揚聲道：「高句麗專使請進府內，下官立即通知府台蘭大人。」

范良極轉身跳上御者的位置，驅車直進公府。拉車的四匹馬中，自然有一匹是韓柏的愛馬灰兒。到了公府前的天階裏，眾衙役熱烈地招呼范良極這財神爺停下馬車，那方園道：「這位……這位……」

范良極道：「我叫朴清，乃朴專使的侍衛長，不要看我又矮又瘦，等閒十來個壯漢也動不了我。」

方園暗忖看你的樣子，能捱一拳便是奇蹟了，不過手上拿著別人禮物，怎可不相信對方說的話，正容道：「朴侍衛長，你們整個使節團就是這麼多人嗎？」這些他是不能不問清楚的，否則府台大人問起來時，教他如何回答？

范良極仰天一嘆道：「方參事有所不知了，我們剛離開高句麗，便在塔魯木衛被馬賊襲擊，噢！那情景眞恐怖哩，數以千計的馬賊由四面八方衝來，我們的勇士一個一個倒下，我看情勢不對，護著送給大明天子的貢物，和拿來交朋友的禮物突圍逃走，和朴專使也失散了，相互迷途，苦尋了三個月，才在這附近找回他，不過他的頭受了震盪，很多事都記不起來了。」

方園好奇問道：「你不是負責保護專使嗎？爲何這麼多貢品禮物都可帶走，人卻走失了？」

范良極壓低聲音道：「你有所不知了，離開高句麗時皇上特別祕密囑吩我，人失去了可以換另一個，寶物失去了便永遠也沒有，你明白哩！」

兩人對視一眼，會心地嘿嘿笑起來，但方園笑聲中卻不無帶點假慈悲的虛偽味道，手掌按按懷裏的玉馬，以肯定它的存在。

方園問最後一個問題道：「車內是否只有朴專使一人？」

范良極道：「除了朴專使外，還有位他新納的小妾，若不是她救了專使……嘿！你可明白哩！」

方園不住點頭，道：「朴侍衛長，不如先請專使下車，到迎客廳坐下喝杯熱茶，讓我好將詳情細稟大人知道。」

范良極皺眉道：「外交自有外交上的禮節，我們專使身分非同小可，等如高句麗王親臨，蘭大人雖失誤了在大門外恭迎的禮儀，但起碼要來此迎接專使下車。」

方園面現難色，道：「我會儘量向府台大人說項！」

范良極又從懷中掏出一個較大的方盒，笑嘻嘻道：「我們專使最愛先禮後交友，煩方參事將這小小禮物交給蘭大人，以示我們交友的誠意。」

方園暗忖他懷裏不知是否放了個聚寶盆，否則寶物怎會拿完一件又一件，接過方盒，逕自去了。那班衙役守在四周，神態之恭謹尊敬實在說也不用說了。

范良極走到馬車旁，低聲道：「找朱元璋那龜蛋的詔書出來，現在應是用它的時候了！」

韓柏責道：「人家請你入廳喝茶不是挺好嗎？爲何又要那府台大人出來迎接？若砸了整件事，你最好不要怪別人。」

范良極接過柔柔撥開窗帘遞出來的詔書，出奇地心平氣和道：「柏兒你太不明白官場上打滾之道了，你愈有排場，架子愈大，別人愈當你是東西，明白了這眞理沒有？」

韓柏爲之語塞，不過他害怕之心稍減，腦筋亦活躍起來，鑽范良極的空檔子道：「你這樣不分大小，逢人送禮，我看未到京師，我們會變成窮光蛋了。」

范良極胸有成竹道：「請朴專使你放心，我朴侍衛長送禮豈會送錯人，因爲第一關最是重要，只要我們有蘭致遠的證明文件，保證可一路赴京暢通無阻，而起草這文件的，不用說也是剛才那文書參事，明白了沒有？」

韓柏處處落在下風，感覺像個窩囊的大傻瓜，不忿道：「送禮給那些衙役又有甚麼用？」

范良極不耐煩地道：「看在你是我頂頭上司分上，破例再答你這蠢問題，我巴結好這群差大哥，待會出城時，他們自會搶著來護送，希望再撈點油水，他們愈盡心盡力，我們愈安全，你的小腦袋明白了沒有？」

韓柏啞口無言，連搔頭也忘記了。旁邊的柔柔「噗哧」一笑，讚道：「大哥想得眞周到。」

范良極飄飄然走了開去，逗那些衙差說話去。韓柏表面雖仍是悻悻然，對范良極的老謀深算實是心中佩服，害怕之心再減三分，心情轉佳，這時才發覺身旁的柔柔笑臉如花，誘人至極，想起和花解語行雲佈雨的情景，心中一熱，伸手摟著她香肩，在她嫩滑的臉蛋香了一口。柔柔粉臉姹紅，風情萬種地橫了他一眼，香唇湊過來，回吻了他一口。韓柏魂魄兒立即飛上了半天。

柔柔伸出纖手，按在他胸膛上，拋他一個媚眼，嬌柔不勝地暱聲道：「公子！有人來了。」

韓柏昨夜才嚐過女人的甜頭，給柔柔的風情和柔順弄得心癢難熬，可恨要務當前，強壓下色心，往外望去，登時嚇了一跳。十多名文官武弁，在數十名衙差開路下，浩浩蕩蕩走下石階，向他們走來。本來不太害怕的心，又提上了喉嚨頂的位置。

范良極威風凜凜地迎了上去，唱個喏向著走在最前頭那五十來歲的大官敬禮道：「高句麗正德王特派使節朴文正座下侍衛之首朴清，參見蘭府台大人。」

蘭致遠還禮道：「朴侍衛長請起，貴使遭逢劫難，迷失道路，本官深感難過，只不知……」

范良極何等機靈，聞弦歌知雅意，將手中朱元璋寫給高句麗王的國書一把拉開，朗聲道：「託天朝洪福，貢品文牒全給保存下來。」

蘭致遠等眼光自然落在那朱元璋致高句麗王的國書上，當看到詔書的璽印時，齊齊渾身大震，臉色劇變，全體伏跪下來，嚇得四周的衙役亦爭先恐後趴在地上，整個公府前的空地，除了范良極傻子般張開著那國書外，再無一直立的人。

蘭致遠不勝惶恐道：「朴專使駕到，請恕下官和下屬失迎之罪。」

這個連范良極也沒有預估到的變化，使他得意萬分，呵呵大笑道：「不知者不罪，大人和各位請起。」

朱元璋出身草莽，來自最不講禮的階層，得了天下當了皇帝，卻最恨別人不敬違禮，犯者動輒被斬，蘭致遠當了二十年官，怎不知其中訣竅，惶惶道：「侍衛大人請宣讀聖旨，下官伏地恭聽。」

范良極笑容凝固，只剩下張開口的那個大洞，兩眼一轉道：「朴專使和我被挑了出來，帶貢物來晉見貴國天子，當然是精通華夏文語的人，但這國書內容牽涉到很多祕密，我們不宜公開宣讀。」言罷捲起國書，嚷道：「聖旨收了！各位請起。」

蘭致遠偷看一眼，這才敢爬起身來，身後眾人紛紛起立。蘭致遠本來有滿腹疑問，現在連問也不敢了，怕開罪了專使，將來在皇上跟前說上兩句，自己恐要大禍臨身，兼之又收了價值連城的一只玉碗，態度自是親切之至。

范良極將蘭致遠拉到一旁，低聲道：「這次專使特別依貴朝天子的要求，帶來了十多株可延年益壽、起死回生的高句麗萬年人參，若丟掉了的話你和我也要被殺頭，只不過由不同國籍的劊子手行刑而已。」

蘭致遠並非是甚麼貪官或昏官，相反頗爲廉正精明，暗忖千年人參倒聽過，萬年人參卻是聞所未聞，若是丟掉了，確是瀰天大禍，更沒有時間去想這不倫不類的使節團種種不合情理之處，道：「那現在應怎麼辦？」

范良極道：「所以本使節團赴京的行程必須完全保密，不能漏出半點風聲，最好連專使也不用下車，由你一人上去見他，然後立即起程。」

蘭致遠斷然道：「一切依侍衛長所言，我立即修書以快馬通知沿途的官府，以作照應，至於保密之事，更不用擔心，我會將所有知道此事的上下人等，留在府內，直至專使遠離武昌，才准他們離去。」

范良極大喜，一拍蘭致遠的肩頭，大笑道：「蘭大人眞是夠識見。」壓低聲音道：「要不要留下一株萬年人參你進補一下，我們的高句麗王吃了一株後，聽說後宮的三千佳麗聽到他來寵幸無不芳心忐忑，又喜又怕。」

蘭致遠嚇了一跳，雖是心動到極點，但豈敢冒這殺頭的大險，忙不迭地推辭。

范良極道：「在起程前，最好由大人親自點清貢品，開列清單，再由大人和專使分別簽押，先一步將消息送上京師，那更萬無一失了。」

蘭致遠一聽心中大定，連僅有的一點疑慮也消失無蹤，范良極這樣說，擺明是肯任他驗明正身，檢查所有文牒貢品，要知人可以假，貢品國書卻不能假，否則將來出了岔子，上頭怪罪下來，丟官事小，將自己發配到邊遠之地那就大大不妙了。

范良極怎會不知他心事，暗忖那些貢品一半是賊贓，另一半才是眞貨，包你這官兒大開眼界，笑道：「來！讓我們哥兒倆齊心合力，好趕得及正午前出城去也。」

蘭致遠不迭點頭，心中卻想這老傢伙如此通情達理，不知那專使是否亦物似類聚，若能有株萬年人參不開列在清單之上，自己豈非可以教家內那幾名美妾又喜又怕，想到這裏，不禁笑了出來。

秦夢瑤將韓柏的遭遇娓娓道來，聽得眾人目瞪口呆，想不到事情的曲折離奇，竟到了如此地步。當秦夢瑤說到何旗揚奉方夜羽之命，逼馬峻聲默抄無想十式，謝峰拍几而起，先向秦夢瑤一揖到地，道：「多謝夢瑤小姐將眞相大白於世，長白上下永遠銘感心中。」轉向臉上連僅有的一點血色也沒有了的馬峻聲大喝道：「馬峻聲，你還有何話可說？」一時廳內靜至極點。

秦夢瑤乃武林兩大聖地之一慈航靜齋的代表，身分非同小可，只是她說出來的話，不需任何證明，已沒有任何人敢懷疑其眞實性。現在秦夢瑤的一番話，不僅說清楚了韓柏確是被人冤枉，而明顯這冤獄正是由馬峻聲一手造成，他不是凶手，難道還有別人嗎？眾人至此亦不由對秦夢瑤超然的公正態度，起了由衷的敬意。怪不得她能打破靜齋三百年來不踏足塵世的禁例，成爲三百年內第一個涉足江湖的靜齋高手。

馬峻聲沉默了片晌，抬頭看了秦夢瑤一眼後，以出奇平靜的語氣道：「你們都給何旗揚騙了！」

謝峰勃然大怒道：「事實俱在，豈容狡辯。」轉向不捨道：「證據擺在眼前，就要看大師怎樣執行門法令了。」

楊奉冷笑道：「謝兄勿要逼人太甚，若不給峻聲世侄辯白的機會，如何教天下人心服！」語氣間連僅餘的一點客氣也沒有了。

謝峰眼中厲芒一閃，瞪著楊奉。楊奉嘿嘿冷笑，反瞪著謝峰。氣氛立刻又緊張起來，大有風雨欲來之勢。

雲裳溫柔的聲音響起道：「若最後眞的證實了馬小弟是凶手，不捨大師自會執行門法，謝兄何礙先坐下，喝杯熱茶，好給馬小弟一個說話的機會。」她平靜的語調，使繃緊的氣氛大大緩和下來。謝峰可以不理楊奉，卻不能不賣臉給雲裳，悶哼一聲，暫保緘默。

不捨依然是那副悠然自若的模樣，看了雲清一眼，心中奇怪身爲姑母的她爲何在這事上表現得如此沉默消極，點頭道：「峻聲心中有甚麼話，儘管說出來吧！」

馬峻聲鎮定地道：「當日事發之時，我和何旗揚在武庫外的長廊裏交談，武庫忽地傳來一聲慘叫，當我們衝入庫內時，看到青聯兄仰臥血泊裏，而那小僕韓柏卻手拿染血七首，昏倒在另一邊，當時我只想到這小僕行刺謝兄，但因他不懂武功，故給謝兄死前反震的內勁，震倒地上，後腦撞上地面暈倒，卻沒有想到這是個精心佈下的陷阱，以引起我們八派間的不和，但現在夢瑤小姐發現了何旗揚竟是方夜羽的奸細，我才知道落入了敵人的陰謀中。」

簡正明冷冷哂道：「那你如何解釋何旗揚交給韓柏的無想十式手抄本呢？」

眾人紛紛點頭，若馬峻聲不能在這點上釋人之疑，任他再說得天花亂墜，也沒有人肯相信他的話。

馬峻聲沉聲道：「這正是敵人最高明的地方，師尊的無想十式並非除了我馬峻聲之外無人知道的祕密，在少林寺的藏經閣內有好幾份手抄本，以方夜羽一向的神通廣大，要盜取一份出來並非絕無可能，其中有兩份便是由我親手謄寫，方夜羽只要找個精於仿人筆跡的書家，可摹寫一份，再以此陷害我。峻聲一死並不足惜，只是不忿敵人奸計得逞。」

冷鐵心冷冷截入道：「何況秦小姐亦是有嫌疑的人，若以她說的話作證據，怎能教人心服？」

眾人明知冷鐵心對秦夢瑤嫌隙甚深，也不能說他話的沒有道理，眼光都移到仙子般的美麗女劍俠處，看她如何應付。

秦夢瑤淡然一笑，絲毫沒有因冷鐵心說得極重的語氣有絲毫不悅，從容道：「各位大多曾檢查過青聯兄的屍身，知道乃是一刀致命，青聯兄全無反抗的痕跡，武庫內亦沒有任何打鬥的遺痕……」

沙千里哈哈一笑，頗不禮貌地打斷她的話道：「所以只有兩種人能夠殺死他，第一種是武功遠勝他的，第二種是能使他完全沒有戒心的，而秦小姐則兩種條件均具備了，馬世侄或勉強可列入第二種人內。」

這沙千里和冷鐵心一樣，都對秦夢瑤那晚在竹林內看來是站在龐斑那邊的表現非常不滿，此刻為了針對秦夢瑤，無意中幫了馬峻聲一個大忙。

冷鐵心在這事上和沙千里同一陣線，聞言附和道：「縱使馬賢侄在謝賢侄完全沒有防備下驟然動手，以謝賢侄得謝峰兄雲行雨飄身法的真傳，絕不會閃避少許也來不及，除非馬賢侄是貼著謝賢侄的身體時才出刀，但據聞兩位賢侄並不投契，所以這種情況是不應發生的，而謝賢侄亦不應全無戒心。」

事實上這才是關鍵所在，謝峰不是沒有想過這問題，只是一來心痛愛兒之死，二來又因對少林一向積下來的不滿，故將所有怨憤，全發洩在馬峻聲和不捨身上。大廳靜默下來。事情愈辯愈不清楚，形勢混亂已極，再沒有先前的壁壘分明。

雲裳優美的聲音響起道：「夢瑤小姐，當日你忽然離去，到今天仍無人知道是爲了甚麼原因，或者由你解說清楚，才不致再產生種種不必要的誤會。」

眾人紛紛贊同，若秦夢瑤能證明自己的清白，問題會簡單得多。要知秦夢瑤不比馬峻聲，若她眞是凶手，問題的嚴重性會到達難以想像的地步，甚至引致白道四分五裂，永無寧日。那亦證實了冷鐵心和沙千里對她的指責，就是她確是站在龐斑的一方。這對八派的實力和士氣都會造成致命的打擊，比當年八派第一高手絕戒和尚死於龐斑手下，帶來更嚴重的後果。所有人的眼光全集中到秦夢瑤身上。秦夢瑤依然是那副恬靜淡雅的超然神態，像早預知了自己會陷身這種境地的樣子，其實若非冷鐵心和沙千里因圍攻龐斑失敗一事遷怒於她，就算她親口告訴別人她是凶手，也沒有人會相信，肯相信的。

秦夢瑤美目突然冷冷的環視全場各人，不見一絲雜質的清澈眼光到處，竟有人不自覺地避開了和她對視，其中一個是馬峻聲，另一個竟是以豪雄坦蕩著稱的楊奉，還有就是簡正明和沙千里兩人。她這看似輕輕一掃，內中其實大有學問，乃傳自了盡禪主的一種至高佛門心法，稱爲「照妖法眼」，行法者本身必須有堅定正直的禪心，在別人全無防備下驀地刺進被試者眼內，若對方心中有愧，會生出不願與施法者對視的下意識動作，玄妙非常，縱使對方武功高強至極，也會洩出底細。不捨眼光和秦夢瑤相觸時，訝異的神色一閃即逝，顯示出他能覺察到秦夢瑤的「照妖法眼」。楊奉亦掠過不自然的神色，那是一種第一流高手的本能反應，感到有點不妥，但顯然並不像不捨般看出問題出在秦夢瑤的眼光上。

秦夢瑤美眸奇光斂去，淡然道：「直到這刻，我還未聽到有人提出一個問題，就是凶手爲何要殺死青聯兄？」

冷鐵心針鋒相對地道：「若謝賢侄的死確與何旗揚有關，而何旗揚如秦小姐所言乃方夜羽的人，那凶手的動機自是想嫁禍馬賢侄，以引起我們八派的內鬥。」

秦夢瑤眼神變得銳利如劍，直刺進冷鐵心眼內，道：「那青聯兄爲何要走進武庫去？」

冷鐵心被她眼中神光所懾，一時間腦中一片空白，甚麼也想不到。沙千里嘿然代答道：「那自然是有謝世侄信任的人，找藉口引他進武庫去。」

韓家二小姐慧芷首次出言道：「武庫的門是鎖著的，青聯師兄是敝府貴客，怎樣也不應和別人破門入內吧？」

沙千里爲之語塞，狠狠看了這韓家最有勇氣的二小姐一眼，卻找不到反駁的話，假設他堅持那凶手可說服謝青聯破門而入，便變成強辯了。

不捨微微一笑，向秦夢瑤道：「夢瑤小姐胸有成竹，定是對箇中原由非常清楚，可否坦言直說？」

秦夢瑤幽幽一嘆道：「我本來並不打算說出此事，但現在青藏的四密尊者和北藏的紅日法王，均爲此事來此，實也沒有隱瞞的必要了。」

眾人一齊色變。自蒙人南侵，奉藏密爲國教，喇嘛僧橫行中土，與中原武林勢如水火，一直處於對抗的形勢，結下仇怨無數。西藏又分北藏和南藏，武功以密法大手印爲主流，別出蹊徑，當年的蒙古國師八師巴，以「變天擊地大法」震驚當代，連當年的佛門第一高手橫刀頭陀也間接因他而死，若非中原出了個傳鷹，確是無人能制。若秦夢瑤所言屬實，而這些藏密高手又與方夜羽聯成一線，中原武林所要面對的問題，將更是嚴重了。各人更震駭的是：究竟有甚麼事能令這些畢生潛修密法的高手爲此南來呢？

小半道人收起笑臉，乾咳兩聲道：「夢瑤小姐可否道出詳情？」

秦夢瑤腦海閃過言靜庵不著一絲人間煙火的容顏，芳心嘆道：「師父呵！可知你將慈航靜齋的成敗全寄託在她身上的好徒兒，在這塵世的泥淖裏愈陷愈深呢？」

午前。位於怒蛟島主峰山腰處的怒蛟殿內，幫中的幾個主要人物正在商議著。

翟雨時面色凝重道：「剛收到九江府國賢的千里靈傳書，長征和乾羅昨天黃昏祕密潛走，以避開方夜羽的追兵。」

凌戰天點頭道：「有乾羅這老狐狸在，我完全不擔心他們的安危。」

上官鷹道：「但看到雨時的神情，事情似乎並非那麼簡單。」

龐過之道：「長征那小子粗中有細，刀法連浪首座也讚賞不已，我看雨時不需爲他瞎操心。」梁秋末和凌戰天都表示同意。

翟雨時嘆道：「我並不擔心他們，令我煩惱的只是另一個消息。」

眾人齊齊動容，翟雨時是出了名的從容冷靜，甚麼事能令他感到困擾？

翟雨時沉聲道：「就在長征乾羅離城不久，國賢的人發覺卜敵和他的紅巾盜傾巢而出，乘著五艘大船，往長江下遊駛去。國賢知事態嚴重，動用了沿江所有人力物力，對這五艘船加以偵察監視，最後的結論是卜敵等的目的地，極可能是鄱陽湖內的雙修府。」

上官鷹皺眉道：「只是以雙修夫人和浪大叔的關係，更不用說她以小舟送大叔一程之恩，我們便不能見死不救，雨時為何如此困擾？」

凌戰天道：「雨時的問題並非出手或不出手援助的問題，而是看出這是個陷阱，是嗎？」最後的問話自是向翟雨時而發。

翟雨時點頭道：「若方夜羽眞是想覆滅雙修府，理應祕密行軍，不應像現在般浩浩蕩蕩，唯恐天下人不知。」

龐過之冷哼道：「方夜羽太過自信，他難道有把握架得住所有援兵嗎？」

梁秋末同意道：「說不定八派聯盟，又或其他與雙修府有深厚淵源的人，都聞風而至，鹿死誰手，豈是方夜羽所能逆料？」

凌戰天搖頭道：「別的門派我不敢說，以江湖正統，大明國派自居的八派聯盟，一向看不起雙修府這類介乎正邪間的外道門派，假若我們出手助拳，八派更樂於隔山觀虎鬥，若我們和方夜羽同歸於盡，他們以後可高枕無憂。」

上官鷹點頭道：「方夜羽亦正是看準這形勢，肆無忌憚地向黑道開刀，逐一蠶食，雖說八派受韓府凶案所困，但觀乎他們全無動作，也可知他們是想做那坐看鷸蚌相爭的漁人。」

翟雨時道：「現在方夜羽勢力如日中天，縱使有人想助雙修府一臂之力，也要秤秤自己是否有足夠斤兩，而唯一夠斤兩的只有我們怒蛟幫，所以這次方夜羽是擺明衝著我們而來，頭痛的是我們的實力方夜羽早了然於胸，而我們對他手上有甚麼底牌，差不多是一無所知。」

凌戰天沉聲道：「其中一張大牌肯定是『人妖』里赤媚，大哥在便好辦得多。」

梁秋末神情一動道：「浪大叔被敵人設計引走，當時我們便擔心方夜羽會來攻打怒蛟島，豈知現在這招引虎離巢，更要棘手上十倍百倍。」

翟雨時冷哼道：「我早知方夜羽不敢來攻怒蛟島，因爲說到水戰，誰及得上我們。」

凌戰天仰天一陣長笑道：「好小子！任你千算萬算，仍算漏了雙修府也是在一個大湖之上，可讓我們全面發揮出水戰的力量。」

上官鷹憂心忡忡地道：「假若方夜羽趁我們離巢之時，分兵來攻怒蛟島，我們豈非中了他調虎離山之計？」

翟雨時露出會議以來的第一個笑容道：「薑畢竟是老的辣，凌二叔已把握到這次致勝的訣要，就是避敵之鋒，游戰波上。」

凌戰天笑罵道：「你這狡猾的傢伙，故意不由自己的口說出來，變成好像是我想出來那樣！」語氣中卻不無對翟雨時「體貼自己」的欣喜。

要知凌戰天和翟雨時均以智計著稱，所謂一山難藏二虎，兩人雖說前嫌盡釋，難免亦會意見相左，又或生出誰命令誰的問題，翟雨時這種處理的手法，絕非多此一舉。

上官鷹仍是擔心地道：「但若對方確是大舉攻打雙修府，我們難免要和敵人正面交鋒。」

翟雨時道：「二叔認爲該怎麼辦？」

凌戰天冷冷道：「我忽然變啞巴了！」接著緊抿起嘴巴。兩人對視一眼，忽地一齊大笑起來。

梁秋末最愛玩鬧，一把摟著翟雨時的肩頭，喘笑著道：「翟軍師請你勉爲其難，代二叔將他的心事吐露出來吧。」

翟雨時笑道：「代人說話最是困難，看在二叔面上，我就勉爲其難吧！」

上官鷹和龐過之也習染了這融洽的情緒，輕鬆了起來，似乎沒有人再覺得方夜羽這「陽謀」是甚麼大不了的一回事。

翟雨時靠在太師椅的椅背上，微微一笑道：「我們大可作一個這樣的假設，若我們兵分二路，一路留守怒蛟島，一路遠赴鄱陽湖，幾乎可以肯定此仗有敗無勝。另一個辦法是空巢而出，那亦可預見大本營必被人乘虛而入，失去了根據地，怒蛟幫亦失去了倚險而守的優勢，官府或方夜羽都可輕易逐步吞食我們。」

梁秋末皺眉哂道：「我還以爲你有甚麼奇謀妙計，這不成那也不成，難道我們便這樣袖手旁觀嗎？」

原本變了啞巴的凌戰天笑罵道：「秋末你似乎忘記了雨時是代我說話，你罵他等於罵我。」梁秋末慌忙笑著賠罪。

龐過之卻沒有這種苦中作樂的嬉玩心情，眉頭深鎖道：「方夜羽這一招確是毒辣至極！雨時你究竟有何對策？」

翟雨時出奇地輕鬆道：「我知道大叔這次北上京師，其實是想給我們一個獨力應付艱險的機會，就像他讓長征去找馬峻聲算賬那樣。」

凌戰天點頭嘆道：「說得好！因爲他怕自己攔江一戰會輸。」

上官鷹等默然不語，他們不是沒有想過這問題，卻是不願說出口來，同時亦把握到翟凌兩人的意思。假若怒蛟幫全仗浪翻雲一人之力支撐才行，浪翻雲一旦戰敗身死，怒蛟幫便完蛋了。反之若怒蛟幫在沒有浪翻雲的情況下仍能挑起大樑，應付艱難，那浪翻雲之死影響雖大，卻仍非致命。亦只有浪翻雲的胸襟和眼光，才敢這樣做，此正是置於死地而後生。

上官鷹振奮起來，道：「雨時！你心中有甚麼良策，快點說出來吧！我們定不會教大叔失望的。」

翟雨時坐直身體，充滿自信道：「我們仍是兵分二路，但卻將主力擺在援救雙修府處。」

上官鷹道：「那怒蛟島豈非空城一座？」

翟雨時淡淡一笑道：「正是空城一座，還是眞正的空城，我們將所有幫眾的家屬分散到洞庭湖各島和沿岸的漁村裏去，只留下少量的壯丁看守。」

凌戰天擊檯道：「好主意！假設方夜羽眞敢派人攻來，我們便先撤後回，將他們的船艦全部摧毀，再將怒蛟島重重封鎖，餓他們十天半月，十個里赤媚也要埋身島上。」

上官鷹三人一齊拍案叫絕，以他們稱雄長江，連官府也不敢惹他們的水師，確有能力做到這點，就算敵人困怒下一把火將怒蛟島的房屋設施燒個清光，以怒蛟幫的人力物力，重建怒蛟島絕不是大問題。

翟雨時續道：「至於援救雙修府，我們亦是採封鎖的策略，只須將雙修府的人撤離險境，我們便完成了任務，我倒要看看方夜羽是否眞的三頭六臂。」

上官鷹斷然道：「就是如此，雨時你立即以千里靈傳書召長征歸隊，這小子知道有這麼大的熱鬧可湊，保證他連馬峻聲是男是女也忘記了。」

凌戰天哈哈大笑道：「老子很久沒有活動過筋骨，大哥常說我的鞭法直逼『鬼王』虛若無，這便由里赤媚來證明一下，老幫主當日所受之辱，由我爲他討索回來。」

翟雨時向梁秋末道：「小子！你在島上養尊處優有好一段日子了，也該滾到外面去，聯絡所有兄弟，告訴他們怒蛟幫全面反擊方夜羽的日子來臨了。」

龐過之擊檯大喝道：「人來，拿酒！我們要喝他媽的三大杯！」

自聽得龐斑出世後，怒蛟幫這隻猛虎便縮在地洞裏，現在終到了猛虎出洞的時刻。

武昌府外，長江之畔，伴江樓上。浪翻雲由樓上往下望去，見到江邊泊了十多艘船，其中一艘特別大的五桅船華麗而有氣派，一看便知是達官貴人的專船，十多名苦力正不住將貨物運往船上。坐在他對面的左詩默默吃著茶點，一眼也不敢望向他。

浪翻雲收回目光，微微一笑道：「往京師最舒服莫如由水路去，由這裏坐輕帆沿江而下，順風的話，不消多日可抵達京師。」

左詩低聲道：「浪首座，昨夜我是否醉得很厲害？」

浪翻雲哈哈一笑道：「你現在覺得怎樣，有沒有頭痛？」

左詩的頭怎樣也不肯抬起來，以蚊蚋般的聲音道：「沒有！不過奇怪得很，我感到輕鬆了很多，好像拋開了一些無形的擔子那樣。」

浪翻雲欣悅地道：「你記不記得昨晚發生了甚麼事？」

左詩想了想，肯定地道：「當然記得！」

浪翻雲舒適地挨著椅背，一隻手輕輕撫著酒杯光滑的杯身，感到出奇的優閒自在。在這頗具規模的大酒樓二樓廂房的雅座裏，窗外陽光普照的長江和充滿了各式各樣活動的碼頭，使人感到太平盛世的安逸滿足，看來朱元璋這皇帝算做得不錯。

左詩終於抬頭，看到浪翻雲正含笑看著她，嚇得垂下頭去，輕聲道：「今晚我們再喝過，好不好！」

浪翻雲愕了一愕，大笑道：「你答得我兩條問題，過了關，才會再有酒喝！」

左詩甜甜一笑，柔順地點點頭，經過了昨晚後，她像由一個成熟的少婦，變回個天眞的小女孩。

浪翻雲拿起酒杯，想了想，問道：「昨夜你喚我作甚麼？叫來聽聽！」

左詩俏臉飛起兩朵紅雲，爽快叫道：「浪大哥！」

浪翻雲眼中閃過愛憐的神色，瀟灑一笑道：「記著你以後應叫我作甚麼了！」舉杯一飲而盡。拭去唇邊的酒漬後，浪翻雲柔聲道：「記得你昨晚答應我甚麼事兒呀？」

左詩一呆抬起頭來，茫然道：「我答應了你甚麼事？」

浪翻雲用手指隔遠遙遙責備地指點著她道：「忘記了嗎？今晚有人沒酒喝了。」

左詩嗔道：「浪大哥坑人的，我何時答應過你甚麼來哩！」

浪翻雲笑道：「你昨夜睡過去前，曾答應要唱一曲我聽的呵！」

左詩懷疑地道：「我哪會答應這樣的事？」

浪翻雲啞然失笑道：「你醉得連走路也不會，哪還記得自己說過的話。」

左詩粉臉通紅垂下了頭，忽地幽幽地清唱起來：「壓帽花開深院門，一行輕素隔重林……」歌聲幽怨，使人迴腸百結。

浪翻雲想不到一向拘謹靦覥的她，變得如此豪情，心中湧起一股濃烈得化不開的情緒，想起了當年和「酒神」左伯顏和上官飛擊節高歌的情景，今天卻只剩下他一人獨飲，禁不住彈響酒杯，和唱道：

「遙夜微茫凝月影，渾身清殘剩梅魂……」

左詩歌聲一轉，接下去唱起辛棄疾的名句：「舞榭歌台，風流總被雨打風吹去……」唱至最後，歌音由細轉無，餘音仍繞樑不散。

浪翻雲倒了一杯酒，放到左詩面前，嘆道：「好歌本應配好酒，可惜這裏只有藏得不夠日子的女兒紅。」

話猶未完，隔壁廂房傳來一陣鼓掌聲，接著有人道：「如此好歌，自應配好酒，我這裏有一罈自攜的『仙香飄』，若兩位不嫌冒昧，老夫攜酒過來，敬兩位一杯。」

浪翻雲哈哈一笑道：「既有好酒，還不立即過來。」心中想起隔鄰門外守衛著的四名護院武師，知道此人身分不凡，看來乃富商巨賈之輩。

那人顯然甚是歡喜，走了過來，其中一個武師為他推開了門，灼灼的眼光射了進來，上下打量了兩人幾眼。那人喝道：「你等在外面。」獨自走進來。

浪翻雲聽對方足音，知是不懂武功的文人，又看對方雖年過五十，但精神奕奕，面相不怒而威，龍行虎步，極有氣派，連忙肅立迎客。那人看到浪翻雲容貌粗豪，卻粗中有細，站在那裏淵渟嶽峙，氣度雍容，更增結交之心，將酒罈放在檯上，和浪翻雲禮讓一番後，坐了下來。

浪翻雲取去左詩眼前的酒，一口喝掉，放在自己面前，又替那人和左詩換過新杯，那人早拔開罈塞，為兩人斟酒。酒香滿房。

浪翻雲嘆道：「好酒！只有這酒才配得上詩兒的絕世妙歌。」三人舉杯互敬，均是一口喝盡。

那人留神打量左詩，驚異地道：「姑娘歌藝已達超凡入聖之境，讓我再敬一杯。」

左詩羞紅了臉，慌忙搖手道：「我們待會還要坐船，不可再喝了。」

浪翻雲知這人乃風流之士，笑道：「來！讓我陪你喝三杯！」

直到此刻，雙方仍未知對方姓甚名誰。那人顯是心情大佳，也不答話，和浪翻雲連盡三杯後，才道：「老夫剛才還暗嘆要一個人獨喝悶酒，豈知上天立刻賜我酒友，眞是痛快！」

浪翻雲微笑不語。他眼光高明，見這人氣派不凡，卻沒有半點銅臭味道，已對這人的身分猜了個大概出來。

那人自我介紹道：「老夫姓陳名令方，字惜花，不知兄台和這位姑娘高姓大名？」

浪翻雲淡淡答道：「看在你那罈好酒的分上，我也不想隨便找個名字騙你，本人便是浪翻雲，這位姑娘乃天下第一釀酒名家，『酒神』左伯顏之女。」他這幾句以內力逼出，注入陳令方耳內，不怕會給房外的人聽到。

陳令方全身一震，目瞪口呆，好一會後定過神來，乾笑兩聲，壓低聲音道：「令方何幸，前兩晚才和魔師龐斑在同一青樓喝酒，今天便與天下第一劍交杯言歡。」

外面傳來他武師的聲音道：「老爺！」

陳令方知道他們聽不到自己的說話聲，生出警覺，故出言相詢，喝道：「你們站遠一點，我有事要和這位兄台商量。」

足音響起。浪翻雲計算著對方的距離，知道再難以聽到他們的說話，道：「陳兄看來是官場中人，而浪某則是朝廷眼中的反賊，陳兄實不宜在此勾留。」

陳令方回復初進房時的瀟灑，哈哈一笑，低聲道：「怒蛟幫雖被稱爲黑道，但比起很多白道門派更配稱爲俠義中人，陳某一生最愛流連青樓，最愛結交天下豪雄義俠，怎會不知，讓陳某再敬浪兄一杯。」左詩見陳令方如此有膽色，歡喜地為兩人斟酒，自己卻不敢再喝。

浪翻雲和他再喝一杯後，翻轉酒杯，覆在桌面，表示這是最後一杯，也含有逐客之意。陳令方見狀長嘆一聲道：「實不相瞞，我這次到京師去，是要去當六部裏一個重要職位，至於是福是禍，實難以逆料，只是當了數十年官，過不慣賦閒的生活，一聽到有官當，立即心癢難止，浪兄視名利若浮雲，定會笑我愚魯。」

浪翻雲微笑道：「人各有志，只要陳兄肯為天下百姓盡點力，當官有何不好？」

陳令方滿懷感慨道：「大明開國之初，誰不是滿懷壯志，想為天下黎民盡點心力，當年我在劉基公手下任事，豈知皇上寵信中書省丞相胡惟庸，這奸賊結黨營私，連劉公也因吃了他醫生開來的藥，胸生硬塊，大如拳頭，活活梗死，幸好我有大統領楞嚴暗中照拂，方得罷官還鄉。唉！在朝中任事，終日戰戰兢兢，生命財產朝不保夕，更不要說是為民辦事，只希望一年半載後，能外放出來當個地方府官，那時或可一展抱負。」

浪翻雲諒解地點頭，卻不再言語。陳令方心生感激，知道他是怕自己和他結交惹禍。

敲門聲響。門外有人道：「老爺！可以上船了。」

陳令方應道：「知道了！讓夫人少爺小姐他們先上船，我跟著便來。」轉向浪翻雲道：「陳某這次趁運貨上船之際，偷閒上來喝一杯酒，想不到得遇大駕，實乃三生之幸，將來若有機會，陳某定在皇上面前為貴幫美言兩句。」誠懇地伸出手來。

浪翻雲和他重重一握，笑道：「不送了！」

陳令方轉向左詩道：「老夫自命乃惜花之人，日前想見江南第一才女憐秀秀一面而不得，幸好今日得遇姑娘，並聽得妙韻仙曲，已是無憾，足慰平生。」左詩含羞謝過。

陳令方哈哈一笑，出門去了，留下了那還剩下大半罈的美酒。浪翻雲和左詩對視而笑，均感陳令方不是一般利慾薰心的俗人。

「咯咯咯！」門響。浪翻雲道：「進來！」

一名大漢走了進來，施禮後道：「浪首座，船預備好了，可隨時上船。」

浪翻雲拿起那半罈酒，長身而起，向左詩笑道：「今晚在長江秋月下，詩兒你又可以暫駐醉鄉了。」左詩跟著站起，喜孜孜點著頭。浪翻雲爽然而笑，當先去了。

巨舟乘風破浪，揚帆挺進。江風迎面吹來，卓立船頭的風行烈和谷倩蓮神清氣爽。那些之前被風行烈制伏的人中，有幾個是魅影劍派僱用的水手，這時被放了出來，在谷倩蓮略施手段下，貼貼服服地操控著大船。

谷倩蓮見鄱陽湖遠遠在望，雀躍道：「快到了！快到了！」

風行烈默默看著前方，不知在想著些甚麼？

谷倩蓮挨近他身旁，親暱地用手肘輕碰他的手臂道：「在想甚麼？」

風行烈道：「你看兩岸的景色多麼美麗，令人再不願想起人世間的仇殺和恩怨。」

谷倩蓮美目轉往岸旁，寬廣的綠野、蒼翠的高林野樹，隨著像一匹錦緞般的山勢起伏延展往兩旁的地極，間中點綴著數間茅舍，炊煙輕起，確似使人忘去塵俗的自然仙境，世外桃源。風行烈嘆了一口氣。

谷倩蓮微嗔道：「爲何還要長嗟短嘆，剛才那一仗勝得漂亮極了，看卜敵刁項他們還敢不敢小覷我們？」

風行烈苦笑道：「谷小姐不要高興得太早，事情只是剛剛開始，這次他們敗於因輕敵而警覺不足，下次便沒有那麼好打發了。你也看到那刁夫人萬紅菊多麼厲害，將來怎樣應付他們，眞是教人想想也頭痛呢。」

谷倩蓮甜甜一笑道：「想不通的事，我習慣了不去想它。是了！先前你還喚我作倩蓮，爲何這麼快忘記了？」

風行烈一呆道：「那時似乎不適合喚你作谷小姐吧？」

谷倩蓮刁蠻地道：「叫開倩蓮便不能改變，你就算後悔也不行。」

風行烈這些天來與她出生入死，要說和這美麗嬌娘沒有建立深厚的感情，他自己也不相信，只不過那是否男女之愛，谷倩蓮能否取代靳冰雲，則他一時也弄不清楚，舉手投降道：「谷小姐怎麼說便怎麼辦吧！」

谷倩蓮跺腳道：「你還是叫我谷小姐？」

風行烈心知肚明拗她不過，岔開話題道：「好了！倩蓮！鄱陽湖已在望，我們應該怎麼辦？」

谷倩蓮道：「救兵如救火，我們當然要盡速趕返雙修府去，好通知公主作出應變的準備。」

風行烈神色凝重起來，道：「卜敵這樣大舉來侵，定不能瞞過貴府的偵察網，難道他們不怕貴府忍一時之氣，遷居避禍嗎？以方夜羽一向謀定後動的作風，怎會露出這樣的破綻？」

谷倩蓮點頭道：「之前我們躲在桌底偷聽刁家父子的說話，他們曾有方夜羽的人早將往雙修府的去路完全封鎖之語，噢！不好！」轉向那些水手喝道：「快泊往岸邊！」

其中一個水手苦著臉道：「這樣泊往江邊是非常危險的，至少要把帆先卸下來。」

谷倩蓮怒道：「我不理！」

風行烈插入道：「只要將船靠近岸旁，我們自有辦法上岸。」

水手們沒有法子，移動帆向，擺動舵把，大船往岸旁逐漸靠攏過去。

谷倩蓮盈盈一笑，拉起風行烈的大手，甜笑道：「跳上岸時你最要緊拉我一把！」

風行烈給她溫柔的纖手握著，憐意大生，暗忖無論如何，自己也要將這紅顏知己護返雙修府中，假若烈震北真能徹底治好自己的怪傷勢，即使龐斑親臨，大不了不過是力戰而死，總勝過東逃西竄的生涯。想到這裏，不由記起了患難好友韓柏和范良極來，只望他們吉人天相，將來好有再見之日。大船這時離岸只有七、八丈遠，避過了一堆亂石後，緩緩續往岸旁靠去。風行烈喝道：「去！」兩人騰空而起，飛離艙板，投往仙境般美麗的綠岸上去。

蹄聲響起。十六騎當先開道，嚇得大街上的人紛紛讓開，避往一旁。「府台出巡，肅靜迴避！」呼喝聲直傳開去。街上各人紛紛避入店鋪或橫巷之內，一條本是熙來攘往，人頭洶湧的大街，剎那間變成一片死寂。十六騎後再來十六騎。然後才是百多名全副戎裝的衙兵，分作左右兩行，夾護著十多輛馬車，浩浩蕩蕩往城門開去，這樣的陣仗，在武昌府來說，也是罕見的事。其中的一輛馬車，裏面坐的當然是韓柏假扮的朴文正高句麗專使。

范良極也縮在車廂裏，看著車外，興奮萬分地道：「任得方夜羽那小子想破了頭，也想不到竟是由府台大人親自護送我們出城去。」

韓柏仍有點擔心道：「萬一那小子不顧一切，硬是派人試探車內是甚麼人，那怎辦才好？」柔柔亦面有憂色地點頭。

范良極道：「你可放一百個心、甚至一千個心、一萬個心。方夜羽目前最顧忌的便是官府，給他天大的膽子，他也不會招惹與官府有關的任何人事呢。」

韓柏一呆道：「這就奇了，方夜羽擺明要造朝廷的反，怎會反怕了官府。」

范良極轉過頭來，老氣橫秋地向韓柏道：「都說你這小子江湖經驗淺薄，不過也難怪你看不通這種微妙的形勢，現在橫豎有點空閒，讓我考考你來著，告訴我，皇帝小子最怕的是甚麼？」

一旁的柔柔知道范良極又在耍弄韓柏，翻他不乖乖留在地穴裏的舊賬，苦忍著笑，別過俏臉去，免得給韓柏看到了她的表情會不高興。

韓柏知道又落在下風，洩氣地道：「當然最怕是江山不保。」

范良極愕了一愕，重新估量韓柏的應對能力，嘿然道：「小子果然答得聰明，但我要求的答案卻是朱小子最怕的是哪類人，譬如蒙古人？黑道幫會？開國功臣？白道各派諸如此類。」

韓柏與魔種結合後，加上本身靈銳的根骨，識見早高人數等，可惜還未太懂運用，只有在危急時才能充分發揮出來，這時爲了不被范良極玩弄於股掌之上，連忙靜心細想起來。好一會後他道：「當然不會是方夜羽所代表的蒙人，否則怎會像現在般睜隻眼閉隻眼，任由方夜羽蠶食黑道，噢！我知道了，定是黑道，朱元……嘿！朱元璋最忌憚的應是黑道。」他還是第一次衝口直呼當今天子的名字，只覺心中一陣快意，有種打破禁忌的痛快感。

范良極道：「你答對了一半，朱元璋最怕的是開國功臣和黑道勢力的結合，說到底，像『鬼王』虛若無那種開國功臣，誰不是出身於黑道，和黑道有著千絲萬縷的關係。」

韓柏搔頭道：「眞令人難以費解，朱……朱元璋應最怕蒙人復辟才是正理，爲何……」

范良極終於找到機會，嗤之以鼻道：「蒙人盛世已過，統治中原期間，又使百姓吃盡苦頭，想再入主中原，談何容易。朱元璋這小子別的沒有怎樣，但鬼心術卻是無人能及，偏讓方夜羽這威脅存在，既可藉他剷除黑道開國時群雄割據所留下來的殘餘勢力，又可使朝中文武不敢有和他爭天下的異動，一石二鳥，厲害非常哩！方夜羽正是看清楚這點，所以儘量低調，不去招惹官府，以免朱元璋被迫和他們正面衝突，朱小子如此玩火，希望不要引火焚身才好。」

韓柏給范良極精到的分析引出興趣來，擺出前所未有的謙虛態度問道：「朱元璋爲何如此顧忌開國的功臣，他的天下不是由他們爲他打出來嗎？」

范良極見韓柏小兒如此虛心請益，大爲高興，更是口若懸河道：「這是朱小子的一個心結，哼！他是甚麼出身？不過是皇覺寺一個小行童，連做和尙也夠不上資格，整天掃地擔水。若是連他也可以當皇帝，誰不可以當皇帝？你說他怕不怕別人有這樣子的想法？」頓了一頓續道：「何況他之所以能統率群雄，全賴挾持得到天下英雄支持的小明王以令諸侯，當年他假裝迎小明王到應天府，在渡江時卻趁機把船弄翻，派人將小明王拖進水裏活生生淹死，與黑白兩道中一直因小明王而支持他的群雄分裂反目，這才有黑道大小割據勢力的出現。朱元璋雖再三命手下大將對這些黑道勢力加以討伐，但大家都是出自同一源頭，交情深厚，心中又覺得朱元璋忘恩負義，誰肯眞正出力，只是虛應故事，你說如此招不招朱元璋之忌？」

韓柏恍然道：「老小子你果然了得，看得這麼透徹。」

范良極正說得口沫橫飛，也不計較韓柏喚他作老小子，嘻嘻一笑，伸手拍了拍韓柏的肚皮道：「像你肚內的赤尊信，他的紅巾盜前身便是朱元璋在淮西脫離了彭瑩玉的『彌勒教』後改投的『紅巾軍』，跟在郭子興旁當個小卒，後來娶了老郭的養女藉裙帶關係扶搖直上。但看看後來出兵攻打張士誠時，他發出的檄文便公開罵彌勒教妖言惑眾，又罵紅巾軍焚蕩城郭、殺戮士夫、荼毒生靈，和過去的自己劃清界線，所以開國後放著李善長、徐達、虛若無、劉基等一眾有戰功的開國大臣不用，反起用不見經傳的胡惟庸和楞嚴，便是由於對這批開國名將顧忌甚深，小子你明白了沒有？」

韓柏正要答話。柔柔驚喜地道：「出城了！」

秦夢瑤在眾人灼灼的目光逼視下，靈光閃過心頭，醒悟到自己之所以在這塵世中愈陷愈深，皆緣起於自己有所爲而來，有所求而作。正因爲她想找出韓府凶案的眞凶，以消弭八派的矛盾，所以愈陷愈深，假若她能謹守「劍心通明」的境界，就像韓柏那樣，連別人的陷害也不放在心上，方可合乎劍道之旨，才是「因其無所守，故而無所不守」的境界。這突如其來的明悟使她稍有波動的心湖完全靜止下來，鏡子般反映著眼前眾生之態。她的修爲又深進了一層，這亦是言靜庵要她履足凡塵的深意。目不轉睛看著秦夢瑤的眾人，忽地感到一切都像是靜止了下來，那是一種玄妙至難以言傳的感覺。

打破沉默的是謝峰的乾咳聲，他沉聲道：「夢瑤小姐，這裏各人都等著你說話。」

秦夢瑤平靜無波的聲音響起道：「各位不知曾否聽過百年前傳鷹大俠所用的厚背刀呢？」

這淡淡的一句話像將一塊大石投進了平靜的湖水裏，掀起了軒然大波。眾人聳然色變，難道失蹤了近百年的「鷹刀」又再出世？據江湖傳說，這厚背刀包含了傳鷹得成天道的絕大祕密，誰能得到這把刀，將有機會成爲第二個傳鷹。傳鷹當年在千軍萬馬裏，隻身刺殺思漢飛，當時並沒有攜著厚背刀，而亦因此引起了種種傳說：例如傳鷹將刀藏在名山之內，留待有緣；又有人說傳鷹將刀沉入大海裏，眾說紛紜，莫衷一是。

不捨皺眉道：「難道韓府凶案竟與此刀有關？」

秦夢瑤淡淡道：「這刀不知是何原因，輾轉流落到西藏八師巴圓寂的布達拉宮中，到了與傳鷹無夫妻之名，卻有夫妻之實的白蓮珏手裏，供奉於宮內。藏人亦深信此刀擁有洞破天道的大祕密，可是百年來除了一個人外，無人能參詳出其中玄虛。」

楊奉神色凝重至極地道：「夢瑤小姐又如何得知這驚天動地的大祕密，那人又是誰？」

秦夢瑤道：「假若傳鷹的厚背刀永遠留在布達拉宮之內，這祕密將會湮滅無聞，可是有一個人將這刀帶到了中原來，這人就是傳鷹和白蓮珏所生的兒子鷹緣活佛——布達拉宮內不懂半點武功，但禪功德行卻最高深的喇嘛僧王。整個西藏只有他一個人可以帶走這神祕莫測的鷹刀，因爲他就是唯一有資格破悟鷹刀那法力最深的僧王，只有他一個人明白他父親的刀。所以當他將刀帶離西藏時，西藏沒有任何一個人明白他爲甚麼這樣做，因爲只要他留在西藏，那刀就是屬於他的了。於是西藏舉行一個史無前例的公決會，一致決定了要將這刀取回來。」

眾人聽得目瞪口呆，把韓府凶案也拋到了一旁，只想著這驚天動地的大事。鷹刀竟到了中原，還可能來到韓府的武庫內，那是多麼震懾人心的一件事。

秦夢瑤道：「鷹緣活佛怎樣逃過西藏所有喇嘛寺都參與了的大搜捕，只能說是個令人難以相信的奇蹟，因爲他只是個不懂武技的人，只是這點，便知果眞虎父無犬子，鷹緣活佛是個眞的活佛，有道行的活佛，一個連龐斑和浪翻雲也會心動的人物。鷹緣也使不世之雄厲若海對他動了心，眞正的心動！」

眾人聽得差點連呼吸也停止了下來。以不捨這種修養，一對銳目也爆閃起前所未有的光芒；連正悲子之逝的謝峰，亦暫時忘記了兒子的事。秦夢瑤美眸異采閃爍，像是兩顆最美麗的深黑寶石。無可否認，鷹緣活佛也令她心動。只憑他是傳鷹的兒子，帶著這古今無雙的絕代人物血緣這點上，已無人能不心動了。

秦夢瑤無限緬懷地柔聲道：「厲若海如何撞上了鷹緣活佛，爲何會將他囚禁起來，據風行烈說，那是一場非常動人和曲折的精神角力，厲若海要證明給鷹緣看，他能『不動心地』將鷹緣殺死，至於其中細節風行烈卻沒有說出來，只知他救走了鷹緣，可是後來當風行烈回想起整件事，卻覺得其實是鷹緣幫了他，因爲他只有眞正地離開了厲若海，才有希望超越厲若海。其中微妙之處，確是精采非常。」

無論對秦夢瑤有敵意或沒有敵意的人，都從她遣辭語意間，感受著她對這件事那超越了俗世的視事角度。

簡正明冷冷道：「厲若海定是想得到那把鷹刀。」

秦夢瑤微微一笑，從容應道：「厲若海早超越了『貪念』這沉浸於物慾彼我的層次，一眼也不看那鷹刀，一句也不提那把鷹刀，連風行烈帶走鷹緣時，那把刀仍是留在鷹緣身旁。風行烈向淨念禪宗的廣渡說，假若厲若海來追他，他肯定全無勝望，甚至不敢動手反抗，但厲若海只像做給下面的人看般，派出了十三夜騎，以厲若海的眼力，難道不知道十三夜騎比不上他的好徒兒嗎？其中定有一些外人難明的奧妙在內。我猜想可能厲若海在這場精神競賽裏其實就是那輸家，因爲他並不能『不動心地』殺死鷹緣，所以風行烈反幫了他一個大忙，免他陷於進退維谷的窘境。」

不捨仰天一嘆道：「我既佩服鷹緣大師，更佩服厲若海，因爲他勇於認輸。」

秦夢瑤淡淡道：「鷹緣將刀交給了風行烈，自己卻住進某一名山的一個山洞裏，閉關不出，沒有人知道他在裏面做甚麼？」

眾人再一陣震動。這位百歲的僧王，傳鷹的兒子，他竟眞的來到了中原。

秦夢瑤道：「先前所說的，還不是最微妙的地方，最微妙之處莫如風行烈得鷹緣以雙目度過來的一絲奇異的氣流，既使他避過了種魔大法內『鼎滅種生』的奇禍，龐斑也因此未能得竟全功，不能一步登天。這看來便像是傳鷹和蒙赤行那難知勝敗的一戰在百年後的延續，只是換了兒子和徒兒。」

馬峻聲垂下了頭，仍是難以掩飾他俊臉的劇烈變化。秦夢瑤美目一放一收，把握了場內每一個人的表情變化，知道自己控制著全場情緒，而這亦正是她想做到的效果，嚴格來說，自她以「照妖法眼」環視眾人開始，她的劍已離了鞘，在一個精神的層面出招。

她那帶著一股使人心靈平靜的力量的淺言輕語，在落針可聞的大廳內繼續響起道：「基於一個風行烈不肯說出來的原因，他把刀交給了韓清風前輩，韓公則將刀送來了武庫，交給了韓柏打理。這小子也說那是把奇妙的刀。」韓柏糅合了智慧和天眞的面容在她靜若止水的心湖內冒一冒頭，又沉了下去。

眾人至此齊舒出一口氣來，明白了這曲折得令人難以相信的過程。秦夢瑤一點也不給眾人喘息的機會，道：「當日我進入武庫時，踏進門內立即感應到那把刀的靈動之氣，但我卻沒有動心，也不可動心，否則多年清修，將毀於一念之間，不捨大師你能否在這點上加以補說。」

眾人爲之愕然，不知爲何不捨能補說秦夢瑤這種微妙的心靈境界。

不捨點頭道：「換了是龐斑和浪翻雲，也會像厲若海那樣一眼也不看那把奇異的刀，因為他們都各自經歷了一段遙遠的長路，到達目前行將突破天人之界的修養成就，而亦只有在這條個人闖出來的道路繼續堅持下去，否則若受他物影響，又或心有外求，功力將大幅減退，得不償失。」

眾人雖不能完全明白不捨的話，但都隱隱感到他的話包含著武道修行上玄妙的至理。謝峰心中一陣氣餒，他終於知道自己確是比不上不捨，因為自聽到鷹刀一事後，他便起了想一見鷹刀之心。

秦夢瑤淡然道：「當我們離開武庫時，峻聲兄和青聯兄先後看到那柄刀，但都裝作沒事兒般，希文兄慧芷小姐你們不會全無所覺吧！」韓希文和韓慧芷一齊色動，「呵！」一聲叫了起來，顯是想起當日情景。

秦夢瑤抽絲剝繭，將整件本是撲朔迷離的神祕凶案逐層逐層揭示開來，掌握的節奏恰到好處，造成了強大的說服力，至此眾人才真正感受到秦夢瑤超人的智慧和駕懾群雄的非凡魅力。

秦夢瑤續道：「離開武庫後，我接到了淨念禪宗廣渡大師要求援手的急訊，匆匆離開，暗中保護風行烈往祕處避禍療傷，亦從廣渡處知悉了有關鷹刀的整件事，哪知韓府內青聯兄已出了事。」大廳內靜至極點。

秦夢瑤說到這裏，終於澄清了最關鍵的兩個疑點。首先，秦夢瑤和凶案絕無關係。要知冷鐵心和沙千里「斗膽」懷疑身分超然的秦夢瑤，全起因於她在柳林內阻止不捨向龐斑挑戰，引起誤會，以為她是偏幫龐斑，否則誰敢懷疑她。但在她幫助風行烈這點上，可看出秦夢瑤與龐斑是站在對立的位置。而且，秦夢瑤以巧妙的方式，通過了不捨的口，說明了她對鷹刀絕沒有非分之想。而更重要的是，她說出了與淨念禪宗的密切關係，否則廣渡怎會這麼快找上了她施援手，而若非有她這級數的高手出馬，風行烈亦沒有可能逃過方夜羽的追捕。這時誰還敢懷疑她。其次，韓府凶案殺人的動機，亦被清楚揭示了出來，就是因爲這把驚天動地的鷹刀。秦夢瑤美目落在再無半點血色的馬峻聲臉上，卻沒有說話。

不捨仰天一嘆道：「若我所料不差，峻聲和青聯兩人在濟南遇到清風兄時，清風兄曾將鷹刀的事告知了兩人，著他們回去通知師門，好作出處理鷹刀的決定，卻沒有把刀交給他們，而是由自己帶回了韓府，可是峻聲和青聯不但沒有依言通知師門尊長，還追著清風兄到了韓府，在武庫內意外地發現了鷹刀，引出了所有事故，我有說錯嗎？峻聲！」

馬峻聲垂著頭，沒有作聲。謝峰的臉色變得非常難看，若事屬如此，自己兒子的死是咎由自取了。

韓天德顫聲道：「大哥究竟到了哪裏去？」

秦夢瑤道：「誰取去了鷹刀，誰就是把韓老關起來的人，因爲對方懷疑韓老從風行烈那裏輾轉得悉了有關鷹刀的祕密。」

另一個疑問立刻升起，以韓清風的老到和高明的武功，馬峻聲一人之力，如何可以不動聲色擒下他並關了起來。

一直爲馬峻聲說話的楊奉道：「這正是最關鍵的一點，假設聲侄和謝小弟都生出對鷹刀貪覦之心，自是各懷鬼胎，聲侄哪還能在武庫這險地對心有警戒的謝小弟暗算成功，所以凶手應是另有其人。」

眾人雖沒有任何表示，但連謝峰心中也暗暗同意楊奉的話，更不用說其他人了。

秦夢瑤淡淡道：「楊老說得好，凶手實是另有其人！」

所有目光立即全集中在秦夢瑤身上，知道她尚有下文。秦夢瑤依然是優閒自若，望著馬峻聲平靜地道：「凶手是馬二小姐馬心瑩！」

這石破天驚的一句話，震懾全場。馬峻聲全身一震，額際青筋迸現，猛地抬頭，暴喝道：「胡說！」

直到這刻，他才和秦夢瑤的目光短兵交接，想起自己由有資格追求這美女的尊貴身分，變成現在和階下之囚相差不遠的境地，禁不住百感交集。

秦夢瑤保持著她寧和的心境，緩緩道：「當日我和青聯兄及馬兄聯袂來韓府，途中遇上了馬二小姐，便覺巧得有點出奇，青聯兄亦感到不安，恐馬兄召妹到來幫手，但後來馬二小姐表現出對青聯兄愛慕非常，還處處幫著青聯兄和乃兄抬槓，才減去青聯兄疑慮之心。」頓了一頓續道：「心瑩小姐表面看來似乎是個刁蠻任性的千金小姐，但在我留心觀察下，那都是高明的掩飾，其實她的武功和心智，絕不會在馬兄之下，當時亦只有她可接近青聯兄而不被他懷疑。」

馬峻聲「霍」地站起，失去了一直以來的鎮定，指著秦夢瑤厲聲道：「你陷害我還不夠，還要誣衊我的二妹！」眾人均冷冷看著馬峻聲，心知肚明他在強撐著，可是仍找不到一個可以令馬峻聲啞口無言的證據。

楊奉沉聲道：「夢瑤小姐的話，雖然很有說服力，仍是猜估的成分居多，若以此來定聲侄的罪，我楊奉第一個不服。」

眾人都沒有作聲，因爲若是馬家兄妹全捲入了這事內，則這兩人的父親，與楊奉和不捨昔日並稱「鬼王三傑」的馬家堡主馬任名，很可能亦在暗中出力，說不定韓清風正是被他擒住。在這種情況下，沒有人敢輕率說話。因爲一個不好，將會惹來無盡的煩惱，不似馬峻聲只是八派裏的一個小輩。假若楊奉亦是他們的人，那可能代表背後眞正的主使者是「鬼王」虛若無了，那時將連八派聯盟亦不敢輕舉妄動，以免引起軒然大波。

秦夢瑤恬靜地道：「事關別人清譽，夢瑤怎敢胡亂揣測。現在我只要馬兄答我一個問題，就是當日韓柏被押赴黃州府途中，韓柏被逍遙門的孤竹硬搶了去，要收他爲徒，何旗揚等當然不是他對手，馬兄卻兵不血刃地將韓柏從孤竹手上拿回來，請問馬兄向孤竹說了些甚麼話？」

各人還是首次聽到這事，都以爲是韓柏親口告訴秦夢瑤，卻不知是由范良極轉告，而且還只是告訴了大略，並不知馬孤兩人的說話內容。連馬峻聲也以爲如此，心想韓柏那日將他與孤竹對話全聽了去，當時想著一到黃州府大牢何旗揚即會殺人滅口，怎知這小子卻因禍得福死不了，現在秦夢瑤向他拋出了這個問題，教他如何應付，一時間啞口無言。

「叮！」一下兵刃相交的聲響驚醒了廳內大氣也不敢透一口的各人。接著是一連串刀劈劍架的聲音，迅快地由遠而近，同時隱聞叱喝和驚呼聲。眾人交換了個眼色，都是心中懍然。韓府內舉行這麼重要的會議，各派自是派出門下弟子，把守要道，防止有外人隨便闖進來，眼前這人公然強闖，視八派如無物，而且看來弟子們還攔他不住，何人有此膽量，有此本領？

《覆雨翻雲》卷三終

新人間叢書130

覆雨翻雲修訂版〈卷三〉

作　者—黃易
主　編—葉美瑤
編　輯—邱淑鈴、黃嫵羽
董事長
發行人—孫思照
總經理—莫昭平
總編輯—陳蕙慧
出版者—時報文化出版企業股份有限公司
108台北市和平西路三段二四○號三樓
發行專線—(○二)二三○六—六八四二
讀者服務專線—○八○○—二三一—七○五・(○二)二三○四—七一○三
讀者服務傳眞—(○二)二三○四—六八五八
郵撥—一九三四四七二四時報出版公司
信箱—台北郵政七九～九九信箱
時報悅讀網—http://www.readingtimes.com.tw
電子郵件信箱—liter@readingtimes.com.tw
法律顧問—理律法律事務所　陳長文律師、李念祖律師
校　對—黃易、余淑宜、陳錦生
企　畫—陳靜宜
印　刷—盈昌印刷有限公司
初版一刷—二○○四年十一月十五日
初版二刷—二○一三年一月二十五日
定　價—新台幣二四○元
⊙行政院新聞局局版北市業字第八○號

ISBN 957-13-4189-4
Printed in Taiwan

國家圖書館出版品預行編目資料

覆雨翻雲修訂版／黃易著. --初版. --臺北
市：時報文化, 2004〔民93-〕
冊；　公分. --（新人間；128-139）

ISBN 957-13-4186-X（一套：平裝）

ISBN 957-13-4187-8（第1冊：平裝）ISBN 957-13-4188-6
（第2冊：平裝）ISBN 957-13-4189-4（第3冊：平裝）
ISBN 957-13-4190-8（第4冊：平裝）ISBN 957-13-4191-6
（第5冊：平裝）ISBN 957-13-4192-4（第6冊：平裝）
ISBN 957-13-4193-2（第7冊：平裝）ISBN 957-13-4194-0
（第8冊：平裝）ISBN 957-13-4195-9（第9冊：平裝）
ISBN 957-13-4196-7（第10冊：平裝）ISBN 957-13-4197-
5（第11冊：平裝）ISBN 957-13-4198-3（第12冊：平裝）

857.9

93016670